天衣无缝

宋庆华

群众出版社

图书在版编目（CIP）数据

天衣无缝／宋庆华著.—北京：群众出版社，2020.6
ISBN 978-7-5014-6071-7

Ⅰ.①天… Ⅱ.①宋… Ⅲ.①短篇小说—小说集—中国—当代②散
文集—中国—当代 Ⅳ.①I217.2

中国版本图书馆 CIP 数据核字（2020）第 062677 号

天衣无缝

宋庆华 著

出版发行：群众出版社
地　　址：北京市丰台区方庄芳星园三区 15 号楼
邮政编码：100078
经　　销：新华书店
印　　刷：天津盛辉印刷有限公司

版　　次：2020 年 7 月第 1 版
印　　次：2020 年 7 月第 1 次
印　　张：9.5
开　　本：880 毫米×1230 毫米　1/32
字　　数：238 千字

书　　号：ISBN 978-7-5014-6071-7
定　　价：60.00 元

网　　址：www.qzcbs.com
电子邮箱：qzcbs@sohu.com

营销中心电话：010-83903254
读者服务部电话（门市）：010-83903257
警官读者俱乐部电话（网购、邮购）：010-83903253
文艺分社电话：010-83901350

序 言

从情结到情怀

  我注定是一个职业警察，但不敢肯定自己是一个优秀的人民警察。入警第一岗从刑警干起，而后在治安、政工、文秘、科通诸多岗位干过，后来担任了公安局长，屈指算来已有三十几年光景。这过程很长，几乎占据了一个人全部的职场生涯，其间有两次离开警队的机遇，一次是下海，一次是上调政府任职，但都被我拒绝了。为什么拒绝？现在想来还是一种警察情结作梗；这过程很短，倏忽间如白驹过隙，回首往事，也曾有过憋屈，也曾有过沮丧甚至痛苦，但居然没有一丝一毫的悔意，这是为什么呢？仔细想来，还是因为脑子里有已经固化了的警察情结撑着。这警察就干得那么值当？回答是肯定的。

  情结是什么？是一个心理学术语，而且不同的学术派别还有不同的解释，我的理解没那么高深，也就简单地认为是经过不断提示或心理暗示而潜藏在心底的一种持久的意识，有点儿宿命的味道。人生第一课很重要，打小父母教育自己干什么都得像个样，不停提示中这个"像样"意识扎了根，以后干警察就得"像个警察样"的意识固化下来，久而久之形成一种情结。职场第一课很重要，从新警培训班的政委，到警队、分局、市局各级领导那时念叨的都是开国第一任公安部长罗瑞卿的名言："生做公安人，干好公安事，死了埋进公安坟。"有了这种终生职业教育的观念内化于心，怎么会不形成情结，在我心里几乎是虔诚的信仰。

不过，要把警察干好，也不是一桩简单的事。就我这样自认为干得"像样"的警察以为，至少要有三件"工具"：一要认真学习多门理论和科学知识，没有丰厚的基础知识形成不了专门工作的能力；二要多向社会学，公安工作说到底就是群众工作；三要有精益求精的匠人精神。在情结的统领下，手握三件越炼越淬越精湛的"工具"，想不干好公安工作都不行；越深入公安工作的实际，对社会对人性对世相的了解越深刻，在这一过程中，一个情感纯真的人民警察想不生发出心系天下的家国情怀都不行。

有了这种情怀，对世相百态越发关注，上心思虑，理性认识，积累于胸，沉淀多了就如骨鲠在喉不吐不快，于是，我选择了写。2013年，席卷渝城好几年的"唱红打黑"风暴平息，人们在沉默中反思，我对这世相的思考就是一部近30万字的小说。感谢啄木鸟杂志社和群众出版社的领导和编辑，使这部文字拙劣的小说得以发表和出版。之后这几年，在工作之余，从长篇、中篇、短篇，到小小说，书写警察情结，抒发家国情怀，尤嫌不足，想着"直抒胸臆"，便学着写了若干篇散文、随笔，于是，有了《天衣无缝》这部集子。

《天衣无缝》这部集子分为小说卷和散文卷，分别收录了13篇短篇小说和小小说，以及28篇散文。短篇小说《并非所指》讲述了警察以十分负责任的精神对一桩错案的纠正；《听诊会》叙述了警察工作的一种新方式；《点名》《识时务》《天衣无缝》《忠诚》描写了世相百态；《捐》描绘了一个文人"兼济天下"的梦境。散文卷中《路》叙述了我第一次穿警服的故事；《吾乃一蠢人》回顾了自己从警的历程；《大与小》谈的是公安基础工作与大发展的关系；《改革：时代洪流浩浩荡荡》展示了时代发展和公安改革；《写作：灵魂的飞翔》《并非无谓的坚守》阐述了自己对写作和文字的一些看法；《"够不着"与"生怕够不着"》《人活着就得有点儿尊严》《师恩》讴歌了人性的美好；《镜之杂说》《周庄游思》《标本的标本意义》《巨富及其以后》书写了对一些历史现象的新看法；《我的乡愁是座城》系列散文（六篇）是对重庆古城的亲历游记，想把这个共和国最年轻的直辖市的前世今生，连同如今的大变化一起呈现出来。

我奉行的写作信条依然是：笔之所至，心之所言。文字依然粗糙，依然拙劣，但心声致诚，但愿上天垂目，读者垂爱，心诚则灵。

宋庆华
2020年2月22日

目
录

小说卷

散文卷

小说卷

真正的悲剧，是把美好的东西撕碎了给人看。

并非所指

夜阑人静，窗外只听得见稀稀疏疏的风声和雨声，大地一片寂静。

咚！咚！咚！一阵急遽的敲门声响起，还夹杂一片人声，值班的信访处长王健从睡梦中惊醒。拉开信访接待大厅的门，一群人连同一股寒风呼啦地蹿了进来，没等他看清来人，突然听见"咚隆"一声响，中间一个女人跪倒在地，双手抱拳高举过头不停地弯腰作揖磕头，头手落地把水晶砖地板磕得砰砰作响，一个劲儿地撕心裂肺般连哭带号："大官儿，冤枉啊，他们冤枉好人啊，我男人是好人，您可要为民做主啊！"哭声还伴着清脆的金属撞击音。

"莫下跪！现在不是从前了！"女人身旁的男人大声在吼，双手要拉她起来，他腕上戴着一副锃亮的钢手铐，钢链哗哗地响。

王健急忙跨步上前伸手将她扶了起来，忙不迭地说："怎么回事？怎么回事？起来说话。"

那女人站起身，指指身旁的男人，说："大官儿，这是我男人，他冤啊！"王健把目光转向僵直站着的男人，见他可真瘦，瘦得颈项上青筋毕现，面黑，头发蓬乱，一张怒容满满的脸上胡子拉碴。

那男人紧抿着嘴，紧闭着眼，脸色黑里泛青，不言不语只顾喘粗气。那女人也埋头抽抽搭搭地呜咽。待人群安静下来，王健才看清进屋的七个人中间还有俩警察，因为淋了雨，湿漉漉的警服变成了黑色，满头满脸的雨水遮掩不住无奈无辜还有些尴尬的神情。他拿眼瞪了瞪俩警察，手指着年轻的一个以命令的口吻说："你去拿杯子，给大家倒杯水，让大家热乎热乎，不要弄感冒了。"回头盯住另一个中年警察说，"你说说，这是怎么回事？"

中年警察欲言又止，面露难色。王健说："那好吧，你跟我进来谈。"转身对着大厅说，"大家伙儿先坐会儿啊，喝点儿水，暖和暖和。"

进了办公室，王健掩上门说："我是市公安局信访处的处长王健，你是谁？戴手铐的那个人是谁？这是怎么回事？"中年警察闻言，啪，一个立正，右手举起行了一个军礼，声音洪亮地说："王处长好，我是白山县公安局陈家桥镇派出所的所长，叫刘勇。"接着，他噼噼啪啪竹筒倒豆子一般把事情讲得清清楚楚。

前天傍晚，派出所接到报警说有个叫朱少理的逃犯潜回了家，家人杀鸡宰鸭正犒劳他。派出所民警迅速核查，资料显示：朱少理，男，39岁，陈家桥镇朱家村二社农民。2006年因为扒窃被判刑一年，之后多次因为盗窃被治安拘留；2010年因为贩毒被判刑两年，2013年在市强制戒毒所强制戒毒期间脱逃。现因参与贩毒团伙被江城市江州区公安分局网上追逃。刘勇所长立即率民警前往擒人。"我们赶到朱家的时候，一家人正围成一桌高高兴兴地吃晚饭。民警抓了朱少理，一家人肯定也吓坏了。等我们出示手续说明情况时，朱少理突然晕倒了，这下炸了营，他家里人吵吵嚷嚷地就不让我们带人走。好不容易把人带到派出所，他的家人、亲戚来了一大堆，说什么的都有。讯问朱少理，他一言不发，问急了，就一句话，要见江城最大的警察，不然什么都不会说。"

"他要见局长，你就带他来了？他要见总理你也带他去北京？"王健当了几十年的警察却没见过这样办案的，他愤愤地盯住刘勇。

"王处长，我们当时也这样想。跟他熬了两天什么招数都使了，不灵，迫不得已才上市局来了！"

刘勇是有苦难言，出门前做的工作够多了：一边在镇卫生院给他检查身体，一边通知江州分局来接人，但对方没动静。派老民警讯问他，他只说要见局长。去村里做深入调查，也不见端倪。要图省事，他可以直接把人给江州分局送去，不过，刘勇这人也很犟，看着朱少理那副驴头噘嘴的样儿，他还不想放手了。"你犟我比你更犟！我不输这口气，哪怕我在县局遭人冷眼，挨批评，我也要弄穿这人这案！"

"整个过程中，警察有什么过错没有？动手没有？打人没有？"

"没有，绝对没有。现在谁还敢搞逼供！"刘勇又摇头又摆手，目光坚毅不容置疑。

王健掏出烟抽出一支递给刘勇，自己也点燃一支猛吸了一口说："刘所长，从我们掌握的情况来看，朱少理是逃犯，但了解他的人认为他是好人，对吧？"

刘勇掏出打火机点燃烟，点点头。

"问题就在这儿。"王健沉思半响，一支烟抽完又说，"如此看来，最直接有效的路子是见局长。"

"对的，最直接但也是最难的！"刘勇目不转睛地看着王健，将一切希望寄托在这位处长身上，他有理由相信市局的处长应该比基层派出所所长更有招数。

这时门外的信访接待大厅里又响起一阵嘈杂的声音，有个大嗓门在问："刘所长在哪里？谁是朱少理？"

王健刚拉开门，一个高大魁梧的警察立在眼前，一双手热情地伸了出来，不无歉意地说："嗨嗨，不好意思，王处长，一个逃犯怎么会惊动您老人家啊？"王健见是江州分局主管刑侦的副局长李大奎，上去就是一拳擂在他厚实的胸脯上，说："你个大奎，好久不见，这么个小案咋会惊动你呀？"

李大奎宽阔的眉毛竖立，圆瞪眼睛，刻意压低嗓门说："一个特大贩毒团伙案就差朱少理一人结不了案，而且他还算主犯之一。我们上网追逃，八方缉捕，耗了多少人力物力呀！"他调高了嗓门，又说，"这下好了，人家刘所长帮了咱一个大忙，得好好谢谢人家，也得谢谢您呀！"他使劲握住王健的手，还用力摇晃着。

王健痛得龇牙咧嘴，使劲抽出一只手指指身旁的刘勇，说："李局长，这才是你要感谢的刘所长。"

"哦，您就是刘所长，我们电脑系统坏了，今天修好后才见到你们发的信息。嗨嗨，兄弟，您帮了我们一个大忙啊。分局老大把咱们骂惨了，骂得狗血淋头啊，为了一个朱少理，我那帮弟兄们那个急哟，就差点上了墙……"李大奎转身两步跨进门，一个熊抱把刘勇揽进怀里紧紧抱住，嘴里顺溜出一串热情洋溢的话来。

王健招呼他俩坐下，李大奎从兜里掏出一包软中华，抽出两支烟一一给他俩点上，刘勇走过去把门关上，坐下来把事情的来龙去脉介绍了一番。听完，李大奎眉头一挑，蛮横地说："朱少理是犯罪嫌疑人，是毒贩，对吧？你说他死不开口，对吧？我不管他家里人怎么闹，人我要带走。"又说，"对啦，我带了四个荷枪实弹的刑警，在大厅里把朱少理控制住了，不管怎么说，人我得带走，得逮捕。"他乜了刘勇一眼，加重语气说，"你们没办法叫他开口，我有的是办法叫他开口。再说，就算他死不开口也得把他捕了判了。"

"哼！我把他抓住带回派出所，又从派出所带到市局，一点儿问题都没出，需要你来控制住？"刘勇对他的说法显然不满，至少对他有些轻蔑的语气不服，又说，"就你有本事，你能让他开口？我倒想看看你的道法。"刘勇显然是故意要将他的军。

这话李大奎是听懂了的。他逞能似的挥舞了一下粗壮的胳膊，说："试试？这辈子就干了警察，什么蟊贼没见过？茅坑里的石头又臭又硬，到了老子手里都得变成泥团。"李大奎不无得意地冲着门外大喝一声，"猴子，把朱少理带进来。小张，你来做笔录。"

几个刑警喊里咔嚓就把朱少理拎了进来，扔在一把椅子上。外边的家属一起来阻挡，吵嚷声一片。刘勇挡住："别吵，到里边问话呢，没事儿，大家安静点儿。"

房间里安静下来，王健介绍了李大奎的身份，在"局长"两个字上加重了语气，而且省略了"副"字。

李大奎挺了挺腰，开始问话："你，叫什么名字？"

"问了多少遍了，还问？"朱少理耷拉着脑袋，一副爱搭不理的样子。

刘勇拍了拍桌子："朱少理，抬起头来，放规矩点儿。这是市局，这是李局长！"

"叫什么名字？"李大奎提高了嗓门，声色俱厉。

还是姓名年龄性别那套程序，终于问答流畅地过了。李大奎睥睨刘勇一眼，那意思就是你看看这不是开口了吗。

"你知道你为什么被抓到公安局吗？"

"你们抓的我，还问我为什么。"朱少理徐徐地吐气，像在做深呼吸。

"你自己做的事，你不清楚？"

"我清楚呀，我没做坏事，更没做犯法的事。"

"没做犯法的事，警察会抓你？"

"我怎么知道你们为什么抓我！"

"那，我们冤枉你了？"李大奎的口气有些戏谑，还有点儿嘲弄的意味。

"冤枉不冤枉，你们清楚。"

"我们清楚得很，现在是要问你。"

"既然你们清楚，还问我干吗？"

"就是要你认罪，你懂吗？"

"我什么都不懂，只懂我什么坏事都没干。"

"你什么坏事都没干，警察怎么会抓你？"

嘭！李大奎气恼地拍了拍桌子，动起了粗口："朱少理，你他妈的绕圈子又绕回来了！"

李大奎捋了捋衣袖，嘭嘭嘭地把桌子拍得山响，嗓门更高。

王健仔细打量朱少理，见他的眉眼并不刁钻，目光里没有戾气，反倒像两汪清澈透明可以一眼见底的清水，但清水里荡起的涟漪看得出来有怨恨也有敌视的波纹，皮包骨般的脸黝黑精瘦，布满的皱纹显示出至少比他实际年龄超出十多岁的苍老。答完问题他立刻垂下头，用他凌乱但质地很硬的头发对着人。

这时，王健看到刘勇侧眼瞅着李大奎，一副不以为然的神情。他觉得这个来自基层的警察阅人无数，经验丰富，不可能对朱少理没个基本认识，否则他不会阻挡不住一个犯罪嫌疑人到市局上访，但他隐而不发又是为什么呢？

刘勇的腮帮子抽搐了一下，似乎想笑却克制住了，仍旧岿然不动的模样。这个细节被王健瞅见了，他给刘勇递了个眼神便起身往外走，身后还听见李大奎一个人在骂娘，知道他恼羞成怒了。

走出办公室，穿过信访接待大厅，进到另一个房间，刘勇跟了进来，王健转身就鼻子冒烟毫不客气地责问开来："你高兴啦？这是猫戏老鼠，还是老鼠戏猫？都是警察，看谁的笑话？刘所长，你老实告诉我，对朱少理你们没个基本判断？这明明是个老实巴交的农民工嘛，他要上访，你们就阻挡不住？"

刘勇一愣怔，稍一回神立马笑嘻嘻地说："我……我这不是没招儿了嘛。这案子肯定有蹊跷，这人肯定有隐情，可他口口声声要见江城警察最大的官，见了就什么都招了，这不，连李局长都搞不定……"

"你就把他引来了，你就把麻烦交给市局了，对吧？你就是想走捷径图个交差了事。"王健恼怒，又说，"咱局长是副市长，是市领导，不是什么人说见就能见的，再说啦，这夜半三更天寒地冻的，怎么好去惊动大领导啊，你这不是叫我为难吗？"愤怒之下，他用手指戳了戳刘勇的头，恨恨地说，"就是局长来了，随便问几个问题，你要是答不上来，该做的活儿没做好，你头上这顶乌纱帽戴不成了不说，还给你个处分，你想想这个后果啊。"

刘勇并没被镇住，脸上还挂着笑意说："我来之前有过思想斗争，连最坏的结果我都有准备。"又说，"这样，我们都图省事，就把人交给李局带走了事！"

王健想了想说："不能这样，这案子有问题，暂时不能交人。我单独和他谈谈，看他能不能泄点真货。"

刘勇看了看王健，会意地笑了。

临时充当询问室的办公室里，李大奎还在不停地说理、问话、骂娘。王健挥手止住了他，见朱少理还是低着头一声不吭，就说："你们出去吧，我和他单独谈谈。"刘勇指着王健说："朱少理，抬起头来，我告诉你，这位是市公安局信访处的王处长，这就是今天晚上能见到的最大的官了，有什么冤，有什么苦，你要如实讲，他能给你做主，知道了吗？"

朱少理举起戴着铐子的双手，用手指擤了一下鼻子："他们抓错人啦，我什么坏事都没干。"

"你不是朱少理？"

"我是朱少理，可我没干过坏事，我是好人哪。真的！"

"我看过你的材料，那些记录在案的事儿，怎么解释？你说你没干过坏事，那你说这些坏事是谁干的。"

"你问我，我问谁？"

王健心里咯噔一下，这圈子又绕回来了，要想绕出去得费点儿神。

朱少理瞪大了小眼睛，疑惑地问："你是局长？"

"不是，我是处长。你放心，我一定会秉公处理。"

朱少理拨浪鼓似的摇头，手铐在椅子的边缘上磕碰发出哗啦哗啦的响声："你做不了主的，你不是局长。我认识你们局长，圆圆的脸，大眼睛，有神，颜色跟我一样，黑黑的，叫郝敬，是个好人，是个青天，能为民做主。你请他来，我要见他，见了他我什么都说。"

王健瞪大眼睛，不无揶揄甚至是嘲讽地说："你以为你是谁啊？咱郝局长啊，一万多江城警察的头儿，你撒泡尿照照，就你这样儿？"

朱少理一本正经地说："我是谁？一个农民工，但我是一个公民，一个守法的公民，你们局长是人民的公仆，公民见见公仆，不会有错吧？"顿了顿，又说，"好歹我在南方大城市熬了十多年呢，见过的事多啦，我懂法，知道现在是法治社会，什么都讲法，你们也不可能办冤案，是吧？"

　　这话从眼前这个有些萎靡有点儿邋遢的人嘴里说出来，让王健吃惊不小，瞪得够大的眼睛，差点儿眼皮翻了权。他心里嘀咕，真是个难伺候的主儿，还是个一根筋，但嘴上却说："局长是公仆，没错。我们都是公仆，可公仆有分工啊，郝局长有他的事，我现在就管你的事。"说着说着，心里泛起一阵烦躁，又说，"朱少理，你少跟我兜圈子，我最后问你一句，你是不是不跟我说实话，你是不是非得要见到局长才说？"

　　"我早就听说郝局长是个好官，我知道我的事，所以我特别要见见他，看他是否像老百姓口中传说的那样。"说完，朱少理把戴着手铐的双手高举过头，那样儿如指天发愿。

　　王健没辙了，只好叫刘勇把他押了出去。夜很深了，王健现在明白刘勇为什么要带朱少理到市局见局长的无奈心境了。现在办案真不比从前了，老百姓的法制观念增强了，公安机关再也不敢蛮干，像李大奎那样还使蛮劲的人，已经吃不开了。但开口就要见局长，也是个难事呀！我往上报，局长怎么看我，会不会遭郝局的臭骂？但转念一想，刘勇一个所长搞不定朱少理这样的人，也是正常的。现在的人有太多太复杂的心思了，他开始同情起基层的民警了。

　　试试吧，也许……

　　他拿起桌上的电话，向市局指挥中心汇报了这里的情况。一会儿，电话回了过来，王健一听，忙不迭地说："对不起呀，丁副局长，这么晚还打搅您，属下无能，这点儿小事还惊动您。"电话那端说："这么晚？这么早哦，天都要亮了。你们肯定熬夜了，你们辛苦。我说怎么着？这么一个普通的案子，这么一个普通的人，非得要见郝局长？我来见见，行不？"

　　"不行！"王健急了，话一出口觉着不妥，又说，"领导，这人一根筋呀，我们什么话都说尽了，他是油盐不进呀，实在是没法子才跟您请示。"

"那好吧,我试试看,昨天郝局长去南江县看现场研究案子很晚才回来。"电话里叹了一口气,挂了。

放下电话,王健也长叹一口气,心中忐忑不安,便从烟盒里抽出一支烟点燃,猛吸了一口慢慢地吐出来,稳了稳神。他走到窗户边,拉开绒布窗帘打开玻璃窗,凛冽的寒风扑面而来,不禁打了个寒战,确实,天边已晨曦微露。

丁零零,桌上的电话响起,王健急忙扑过去抓在手上,听筒里说:"王健啊,我是郝敬,我到了。"话音刚落,王健已经听见大门外汽车引擎的声音,忙招呼刘勇、李大奎一起出门迎接。

郝敬在头里走进大门,大厅里旋即开锅了。朱少理刚撑起半个身子立马被两个警察按了下去,就举着双手,手上的钢铐哗啦啦地响,喊:"郝局长,我在这里,他们抓错了人,你要为我做主啊!"郝敬走到他面前,平静地问:"你就是朱少理?"朱少理想站起来却又被摁了下去:"我是,郝局长,我认识你。"郝敬皱了皱眉说:"你认识我?"朱少理又想站起来,警察又把他摁了下去,郝敬摆摆手示意警察把他放开,他就站起身来说:"我听说了好多您亲民爱民的事儿,在电视上见过您,您是好人哪,我有话跟您讲。"

郝敬满脸和蔼地笑着说:"那好吧,你进来,我们谈谈。"说完,带头往里边办公室走去,朱少理在两个警察伴随下跟了进来。

刚坐下,郝敬就问:"你的情况我基本上都清楚了,你有什么话,直接跟我讲,好吗?"

朱少理情绪有点儿激动:"他们把我抓错了,我是好人哪,郝局长。"

郝敬很冷静,耐心地问:"抓错了?错在什么地方?你实话告诉我，好吗？"

朱少理有些迟疑，木讷地回答："我，我也不知道错在什么地方。"

郝敬安慰他，语调很轻松："你别紧张，实话实说，有理说理，有事说事。"

朱少理两眼盯着他，充满期待，语气恳切："郝局长，我不想骗你，也不想给你添麻烦，我是朱少理，但我不是你们的犯罪嫌疑人，明白吗？"

郝敬心里突地震颤一下，试着问："可能有人冒用了你的名字干了坏事，是吧？"又问，"如果是，那你说可能会是谁？"

朱少理垂下目光，手指摩挲着腕上的铐子，像是沉思，也像是犹豫。

"感谢你对我的信任，可我来了，你却无话可说，看来你还是不信任我。"说话间，郝敬的眼光捕捉到两个细节，一个是朱少理的眼眶里泛潮，如果他不强力克制，一定会有泪水流下来，再就是他手指摩挲铐子时很有规律，左手食指一下，右手食指一下，一点儿不乱，心中判断这是个意志力很强、做事有条不紊而且考虑比较周密的人，便说，"你找我肯定是有话说的，我相信你会对我说真话，说出真相我们才能帮你，才对你有利，对不对？"

朱少理抬起头，泪花在眼圈里打旋儿："郝局长，您真会帮我？我就一草根哟！"

郝敬郑重地点头，目光如炬："草根树根都是根，法治社会讲平等。"

朱少理正眼望着郝敬，目光明亮："郝局长，您也是副市长，是我们江城人的父母官，我有个不情之请，也许不合适，我说出来，请你不要拒绝。"又说，"我就想请您到我们村子去看一看，行不？"

郝敬略一思忖，以商量的口吻说："有什么话在这里讲不好吗？到你老家去讲同在这里讲有区别吗？我看，就在这里讲吧，如果你说的事情需要调查，市里还方便一点儿，对吧？"

朱少理昂起头犟起脖子，以不容商量的口气说："市长，您去村里一看，不用我说，您什么都明白了。"

"去了，就能明白？"郝敬想了想，笑了，"那好，咱们就去你老家瞧瞧。"

朱少理也笑了，举起双手用手背擦擦眼，千恩万谢一般："谢谢市长，谢谢郝局长！"

朱少理举起的手铐有些扎眼，郝敬说："要不要把你的手铐摘了？"

朱少理摇头，笑笑说："不用，不用，警察把我铐了带走，全村人都知道，没事儿。"

王健给大家安排了简单的早餐。郝敬把王健、李大奎、刘勇叫到一块儿，一边吃，一边商量了面儿上和下乡去的调查工作。刘勇心里直打鼓，虽然局长提的几个问题他都答上了，局长也说大家在这么短的时间把事干成这样，也尽心了，但现在看来这个朱少理肯定是抓错了，这个结怎么解？他心里没数。

天色大亮，阳光普照，冬季的天意昭示的还是寒冷。

汽车沿着泡江左岸的高速公路疾驰，晌午时分，车抵村边，朱少理满脸堆笑，抢先站起身来："市长，这里是村西头，我家在东边，我们下去走走，看看新农村。"

"好啊。"郝敬欣然答应，"看什么？你头里走，指点指点。"

走在水泥硬化了的村道上，郝敬看见庄稼地里蒙上一层白茫茫的霜，满山遍野的树木凋零草丛枯萎，但见村道两旁和半坡上一溜儿黑瓦或红墙或青砖的农舍，错落有致，挺有型的，禁不住问："哎，怎么老乡们的房子修得这么漂亮，都是新的？"

朱少理在两个警察伴随下走在头里，此时停步转身等郝敬走近了，说："村里大部分青壮年都出去打工了，剩下的老弱病残孕什么都干不了，大片庄稼地撂荒。这些房子都是用打工仔寄回来的钱修的。"

郝敬若有所思："他们出去都干些什么呢？"

"脏活儿累活儿什么都干，当然，也干了见不得人的事。这年头的人想钱都想疯了，人人向钱看，人人都想捞钱，只要能捞钱什么坏事脏事都干得出来。"朱少理脸上明显露出愤懑、鄙夷、无奈的神色，而且越说越激动，"不瞒您说，市长，有的人走出去，卖淫、诈骗、偷盗、贩毒、赌博什么都干，您看啊，有的房子是新的，但也是脏的。"

朱少理说这番话的神情是极自然的，不像是危言耸听装出来的，郝敬在琢磨他的表情。

走近村东头，郝敬远远地就看见路边一个很大的庄园：用红砖砌起的一个四方阔院，中央是一栋四层高的楼，淡黄色的瓷砖折射着阳光一晃一晃地耀眼，几株银杏树泛黄的树叶与楼相映相衬，倒是显得很和谐。走近了看，高大的门楼下绿色的大铁门半掩，可以窥见院子里绿色掩映的昏暗。这与一路走来看到的没有围墙的院子只有一层顶多两层楼的其他农舍相比较显然不同凡响，气派、辉煌、张扬、高大上。他不由得问："小朱，这家恐怕是村里的首富吧？这是谁家呀？"

朱少理脸上有点儿惊诧："什么首富啊，这是我堂兄朱少勇的家。他跟我一样是个打工仔，这几年不知道在外面做什么生意，发啦。不过，他家里还是很遭孽，他父亲也就是我伯父去世得早，母亲长期卧床不起，弟弟是个智障，他出去十多年没回过家，只听说寄回来很多钱，他媳妇拉扯着两个十来岁的孩子，这么大一座宅子空荡荡的。"又说，"郝市长，请您进去看看吧，关心关心老百姓的疾苦啊。"

朱少理推开大门，喊道："伯母，大伯母，大领导来看您来了。"他领头穿过庭院走进东厢房的一间卧室，郝敬跟了进来，见一张大床上躺着一个干瘦小个儿的老太婆。老太婆听见有人在喊叫，正使劲地撑起身子，问："谁呀？"

"是我，少理。伯母，您看，郝敬市长专门来看您啦。"朱少理连忙上前几步，到床边搀起老太婆。

老人迷糊着眼睛："市长？看我？"瞅见朱少理双手被铐着，眼睛一下子睁大了，"哟，枷，少理哟，你怎么戴着铁枷呢？"

郝敬躬下身子，说："老人家，听说您病得厉害，我们路过进来看您，没什么事的。"

老太婆"哎呀"一声松了神，瘫倒在床上，有气无力地说："市长啊，我们一家子都得感谢少理啊。他是个好人啊，他把朱少勇带出去打工，现在生意做大了，赚了钱才建了房子，养活了一家人呀。"呻吟一阵，又说，"少理这孩子是个好孩子呀，老实、勤快、肯帮人，村里人都知道。"

出了院门，郝敬眉头紧锁，像是一个大大的问号，说："小朱，你带我看你堂兄家，什么意思？你堂兄是做什么生意的，家里这么有钱？"又对刘勇说，"这些外出打工人员的情况，你们掌握多少？"

朱少理说："市长，您看看就明白了。您比我更明白，对吧？"

郝敬点了点头。

刘勇说："农村在外打工人员太多了，但重点人头的情况我们是知道的。这家朱少勇出门十多年了，我们确实没掌握什么情况。"

横过村道，爬几步坎就上到朱少理家门前的院坝，一家人把朱少理围住，问长问短。

这时，白山县公安局局长苟巨桦气喘吁吁地赶到了，身后跟着的好几个人也是喘着粗气一溜儿小跑，隔老远他就扯起嗓门喊："郝市长，您来怎么也不吩咐一声啊？我怎么也得去迎接您呀。"转头把跟来的几个人介绍给郝敬，有镇党委书记、镇长、村支部书记、村长、社长。郝敬笑盈盈地说："鼻子挺灵的，这么远就嗅到我来到你的地盘。"瞅见刘勇低头，又说，"是谁走漏了风声？"

苟巨桦自嘲："狗鼻子嘛，咋不灵呢？"众人皆笑。

王健在院坝边的黄果树接听电话，又给郝敬招手示意。郝敬瞅见，起身走过去，王健递给他一份电传，说："这是苟局长送来的，是南方城市公安机关查证朱少理的情况报告，苟巨桦怕挨剋不敢直接给您，叫我转呈。"郝敬接了，就一页纸，一目十行看完，说："哼！他做错了事，还怕我剋。"王健接着说："市局那边只查到朱少勇 2007 年 5 月因为扒窃被南江区公安分局治安拘留七天的违法记录，在江宁区查到了他最新的暂住地址。"郝敬果断下令："全力找到朱少勇，抓紧采样、比对、核实，一有进展马上向我汇报。"又说，"告诉他们，我在这里等，不出结果我不会回城。"

时过晌午，寒风乍起。郝敬把王健、苟巨桦、李大奎和镇长、书记召集到朱家正中的堂屋碰头。情况集中后，分歧落在对朱少理是放还是不放上面，郝敬拍板："放，现场放。"李大奎问："谁去执行？"郝敬说："谁铐的，谁去解铐。"苟巨桦说："好，叫刘勇去，解铃还须系铃人。"郝敬说："但我们得等那边朱少勇的情况核查落地之后。"苟巨桦郑重点头。

刘勇和村长带着饭店的伙计送来了盒饭，白花花的米饭上面浇盖了肉丝、酱菜、大白菜，热气腾腾，香味诱人，大家人手一盒狼吞虎咽地吃了起来。

吃完午饭，王健从屋子里出来，走到朱家院外的坝子上，对坐在石凳边的郝敬附耳报告："朱少勇已被市局禁毒支队抓获，初审，已经供认是他冒用了朱少理的名字。"

"刘勇！"郝敬大声道。

刘勇站上前来："到！局长！"

"该你的事了！"郝局长领头，身后是王健、苟巨桦和民警们，对面同样站着的是镇长、村长以及朱少理的一大家人，还有些看热闹的乡亲。

郝敬笔挺地立着说："朱少理，你的事我们弄错了，该怎么赔偿依法办，咱们不含糊。作为江城警察最大的头儿，我有责任，我先给你赔礼，我们立刻把你铐子摘了。"说完，站直身体给朱少理鞠躬，他身后一拨警察也齐刷刷地躬下了腰。

朱少理从没见过这阵势，心慌慌地连说："受不起，受不起！我的郝局长，拿钥匙来我自己摘！"

郝局长这个鞠躬是屏息着缓下缓起的，就像电影里的慢动作一样，久久地停留在老乡们的视线里。当他抬头站正，所长刘勇已经跨步上前，走到朱少理的面前，钥匙捅进锁孔，铐子张开龇牙大口，金属链环丁零响，朱少理的双腕露出来了！

郝敬接过刘勇递过来的手铐，一手举起手铐，一手搂着朱少理，在院坝中间站定，大声说："我宣布，白山县公安局陈家桥镇派出所把朱少理同志铐错了，应当纠正，现在这个铐错的手铐已经摘下来了！"

"郝局长，我的事怎么弄错了？"朱少理不解地问。

郝敬说："你这个堂兄朱少勇很不地道，他在很多年前第一次犯案时，就盗用了你的名字。"

朱少理一听，泪水夺眶而出，握住郝敬的手一个劲儿地说："谢谢，谢谢，要不是你们，我这黑锅要背到哪年哪月！"

这时，一个中年农妇凑近，说："我家里有鞭炮，我去放一串，高兴高兴，也去去晦气，郝局长您批不批？"刘勇插话："她是朱少理的老婆，就是在市局信访处一直哭哭啼啼的那个婆姨。"那女人红了脸："人家不是觉着冤，心里着急嘛。"

郝敬举起右手说："放鞭炮不用我批，但我赞成。"

噼噼啪啪的鞭炮炸响，房前屋后栖息的鸟儿被惊动，叽叽喳喳地在树梢上空盘旋，久久不见离去。

点　名

　　快过年了，按照惯例，市领导要来局里慰问看望大家并在电视电话会上对全系统的干部群众做重要讲话。不过，今年的情况有点特殊，来局里慰问的市领导肯定是去年刚提拔上去的前任局长，他对局里去年乃至以前大大小小的事情了如指掌，所以写讲话材料成了第一大难题。

　　新任局长把这个球踢给了新任局办主任李方勇。

　　接球的李方勇二话没说就答应下来，似乎胸有成竹。他是一个有头脑又会来事的人，倒不是说他经常跟前任局长下去搞调研写材料且深得赏识，而是说他干什么事都有自己的一套。

　　他先征求新局长的意见，领导说："你跟大领导这么多年，他的思路你比我更懂，对吧？"他点头，脑子里一片空白。

　　接着，他又跑去请示副市长，大领导说："今年讲点什么，我都交代给你们局长了，现在他是你的直接领导，你们局里的工作、开拓、用人思路得按他的意思来，懂了吧？"

　　"懂，懂，懂。"他郑重点头，脑子里一团糨糊，越理越乱。

　　领命回局，他把几个写材料的高手找来，一副深得要旨的样子，说："这次市领导讲话要推陈出新，'陈'不用说了，过去那一套咱们再熟悉不过了，这'新'嘛，我看就是要点几个典型的人，要见人见事见思想，关键是要引起重视，既要调动各级领导的积极性，又要引导咱局里今后的用人方向。"

"以前，副市长的讲话可从没点名道姓的哟。"高科长挠挠头说。

"副市长没有过吗？去年不就提名点姓了吗，后来这几个人不就……"李方勇说完，感觉失语，又补上一句，"这是咱局长的风格，当市长了，还是要选贤任能嘛。"

几位写手几乎同时都想起去年春节前，副市长，不，那时还是局长，在讲话里专门表扬了几个人，其中包括现任局长和李方勇，不出半年这几个人都官升一级。他们无不点头意会。

"副市长讲话，点着名给基层领导唱赞歌，以前没有过，新！"小马说。

小王还争着要写初稿。

李方勇拍板："高科长牵头，大家群策群力，务必写出大领导的水平和风格。"

消息不胫而走，一向冷清的材料科依然门前冷落，但看不见的背后却热闹得不可开交，几个写手的电话、短信、微信、QQ、邮箱爆棚，推荐自荐的人及上报的事迹太多，高科长犯了难，把矛盾上交到李方勇那里。

李方勇稳重有余，启发道："你们要集思广益，要从局办的各个处室征求一下意见，然后选择顶尖的先进人物写上去。"喝口茶，又说，"强调一下啊，这可是大领导上任后第一次来局讲话，分量非同小可，会前一定要注意保密啊。"

终于，一年一度的工作大会在期待中召开，副市长在极其隆重的掌声中开始讲话。他讲得既自然动情又中肯精到，尤其是总结工作时谈到的每一个部分都点名点姓地表扬一至两个部门领导，有时还抬头用目光扫视一下会场，像是在搜寻点到名的人。坐在台下前排的李方勇听得最认真，知道领导讲话基本是照本宣科，再偷觑会场，见点到名的人面含喜色，目光专注地盯着主席台，也像是在捕捉大领导的目光，没对上眼的也像是对上了眼的一样自觉不自觉地微微点头。

这个春节，整个局办几十号人都过得很忙碌很闹热。一天晚上，在接受下面一个区局的宴请后，刚踏出喜来登酒店大门，酒足饭饱的高科长一把拽住李方勇，高高竖起大拇指，喷出一口口酒气，连声说："李主任，高人啊，实在是高。"

李方勇伸手把他挺得老高的大拇指按了下来，声色不动地说："什么高？你才姓高。"

点名之后

　　王家飞一向以清廉、对自己对他人要求严格、能干事且干得成事而著称，在市局当局长六年留下极佳的口碑，这些优点在省委组织部下来考察时，已经得到了印证，就连他升任副市长之后，局里的人对他还是赞不绝口。

　　有人说，王家飞从不以权谋私，从不收人钱财，做事干干净净，做人堂堂正正。

　　也有人说，时下最大的腐败就是用人腐败，可王局长总是选贤任能，你看他去年总结大会上表扬的那几个人都提拔了，当然个个都有政绩，也还过得硬。

　　还有人故弄玄虚，拿他的姓名测字，说，王家飞是农家子弟，是山沟沟里飞出来的金凤凰，靠的是自己的翅膀硬才飞得高。他要提拔的干部，就非常看重能力。

　　榜样的力量是无穷的。张小鲁把这些都看在眼里听在耳里，也照着样子干，可心里却一直打鼓，郁闷、怨怼、不甘不服的情绪纠结不断。他在郊区一个分局当局长，一干就是十年，治下的辖区和单位各项考核指标在全市系统的排位年年靠前，从没下过前五名，综合反映出他的领导能力不可谓不强啊。另外，他也应该算是一个清廉干部,钱、财、物、色绝不妄取,几乎没什么负面传闻。可苦干实干这么些年,怎么会一直都窝在这个位置上不见半点儿动静呢?不过,这次王局长升官倒给他生出一点儿祈望,市局排位最末的一个副局长扶正,还有一位副局长到点退休,一下子空出两个职位,横看竖比,怎么着都该轮到自己上位了。

只埋头拉车不抬头看路是不行的,但看来看去却看不到路在何方。不生这个念头倒也罢,动了这心思而找不到解决的办法就搅得他成天茶饭不思,坐卧不安。想来想去,想得生疼的脑子竟突地豁然开朗:最近两年凡是在全年工作会上得到王局长表扬的人都被擢升上位了,且毫无悬念,无一例外,可见得到王家飞的赞赏就是一条好路子嘛。顺着这条思路想,又怎么才能接近和得到王家飞的赏识呢?送钱,他可是两袖清风一身廉洁的领导,会收吗?显然不行。送点儿合适的礼品吧?又没合适的人引荐,也不行。写信?除了歌功颂德、阿谀奉承,再信誓旦旦表表忠心之外,突出说说自己的实绩,末了,才提出升官的请求,这个方式好像太俗套,想想也都肉麻,怎么下得了笔,而这事稍不留神传了出去,自己这张老脸往哪儿搁,岂不毁了自己半世清名?这不行那不行,他想放弃,理由嘛,来自榜样,王家飞不跑不送不也照样升官吗?是金子总要发光,不会永远被埋没的,这是老话,但既然能够流传下来成为老话,肯定是有道理的。

他左思右想一筹莫展,恰巧市局办公室主任池方打来电话,通知今年春节前新任副市长要来局视察,要做重要讲话,要求分局特别重视此次报送的材料。张小鲁眉头一皱,心想路子来了,没等谈完工作立马抓紧说:"池主任,咱两兄弟好久没聚了,今晚有时间吗,聚聚?"电话里的声音略显迟疑:"啥事呢?"他说:"没事儿,就我俩聚聚,这不快过节了嘛,就天境大饭店,不见不散啊。"

张小鲁早早来到饭店，订了房，点了菜，开了酒瓶，静候着。

池方姗姗来迟，一进门还满脸狐疑："张大局长，啥事啊，承蒙这般高看？这可是五星级的啊。"

张小鲁笑意盈盈迎上来，说："五星六星算什么，重要的是开心。"他用手指指桌上的酒菜，又说，"坐吧，没事儿，就这一瓶窖藏五十年的茅台，咱俩好好碰几杯。"

池方斜瞪了一只眼说："这，无功不受禄啊，你不说由头，我不喝。"

"咦，就一桩小事，出在你手上。节前不是王副市长要来局里讲话吗，求求你把我们分局的事儿多写几句，当然把我也给捎带上一笔。"他一副不经意的样儿，显得自然而轻松。

"噢，我还以为是什么大不了的事，这个，好说，好说。"池方坐下，自如地说，"这些年你确实干得不错呀。"

开始上菜，燕鲍翅齐全，水陆空皆有，两人喝了个酣畅淋漓。

宴罢出门，张小鲁紧紧握住池方的手，说："放了两箱酒几条烟在你车上，此事拜托。"

池方已经显出醉态，满嘴喷酒气，连说："我哪里喝得了这么多酒？"

"按您的意思处理吧，您比我懂。"张小鲁示意司机开车送他回家，又说，"这是个意思，事成，必有重谢。"

节前干部大会如期召开。王家飞在新任局长陪同下走进会场，依次同前排站起来迎接他的各区县局主要领导一一握手并说几句礼节性的问候，握着张小鲁的手时，眼光一亮，说："呵，小鲁，呵呵，张局长，好久不见啊。"张小鲁连忙接上一句："十分想念您啊，王市长。"

王家飞在讲话中两次点到他的名，一次表扬他单位，一次夸奖他个人，说他工作能力强，有丰富的经验，成绩十分突出，而且乐于奉献，默默无闻地实干，值得大家学习。张小鲁竖起耳朵听得非常认真，生怕漏掉一个字，心里头暗自惊喜。

王家飞点名表扬的人很快就会得到提拔，几乎是局里人公认的惯例。可这次好像不大一样，半年过去了，干部调整不见半点儿动静。张小鲁好几次请池方喝酒，还安排了歌厅娱乐，想打听又不好意思问，只好闷在心里。眼看第二年春节又要到了，局里的干部还是一个没动，他憋不住了，终于在一次酒局中，避开众人，趁着醉意问池方："上次市长讲话是表扬了我的吧？"

池方酡红的脸上一只醉眼瞪起，说："那可不是表扬，是狠狠地夸了你一大通。"

张小鲁醉态深沉，说："这么说，王市长对我应该有所了解的吧？"

"天下谁人不识君呀。这些年你干得这么出色，全市系统上下你可是大名鼎鼎呀。"池方把他的手拉住，另一只手盖了上去，用力揉了揉，显出从没有过的亲热劲儿。

张小鲁心头一暖，嗫嚅道："他老人家可是一言九鼎，雷厉风行，按理说，他欣赏的干部很快都会得到提拔呀。"

"噢，噢，这个，这个嘛，市长心里有数。"池方支吾，脸上城府很深。

"那倒是，那倒是。"张小鲁重重地点头，像是有所领悟。

这天晚饭后，池方坚持不去唱歌，说："今晚喝高了，再说明天局长要去市里汇报，我得先回局里把材料再斟酌斟酌。"

"明天，明天你见到王市长，好不好帮忙问问我的事？"张小鲁两眼放光。

池方似是而非地点了点头，动作幅度不大。

走出饭店，一阵凛冽的寒风扑面而来，张小鲁哇的一声，呕吐出一大摊子秽物，人也蹲下了，池方一惊反倒清醒了多半。

这次次序倒了过来，大家先送走了张小鲁。回到自己车上，池方想起张小鲁醉酒的狼狈样儿，觉着好笑，又想到他趑趄嗫嚅之态，不禁心生哀叹，就这三脚猫功夫还想着上位，难啊，上峰点点名，夸几句，哦，事儿都这么简单，这个世界不就清爽了吗？

好好干

　　大领导退休，来局里话别，座谈会后自然有一顿丰盛的宴请。

　　席间，大家对大领导不停敬酒，继续恭维有加。大领导毕竟在这个局当领导十几年，去到市里也分管这个局，大家彼此都熟悉，有的还情谊颇深，略微推辞后也频频举杯，似乎甘之如饴，眉宇间含有一丝让人不易察觉的得意神情。

　　酒至半酣，大宇摇晃着醉步从另一桌走过来敬酒，说："大领导，还认识我吗？我是小宇。真得谢谢你呀，没有你的栽培就没有我的今天哪。"说着，不知是因为感激之情上涌，还是酒精起作用，眼角挂起了泪花，急忙用手臂擦了擦，又说，"以前你见了我，都当面表扬我呢，好几次握着我的手拍拍我的肩，说小宇，好好干，前途无量啊。听了你老的教导，我好好干了，官也当了，好歹也处级了。向你学习，以后我也握着一些年轻人的手，说小王，好好干，前途无量啊。嗯，这招管用，人家对我可尊重呢。"

　　"是吗？管用吗？哦，小李呀？"大领导已经喝下好几杯，醉眼蒙眬地盯着他，脑子里怎么也想不起他是谁，叫李什么来着。

不过他心里有底，能够参加这个座谈会和宴会的人至少也是这个局正处以上的领导干部，而这级干部的提拔无一不过他的手。对他们我没恩，也有情呀。

"今天你退休了，还对我说句什么呢？"大宇接着问。

见大宇像是很恭谨的样子，大领导不失礼貌地站起身，一手端着酒杯，一手拍拍他的肩，说："哦，不，现在该是老李了，还是那句话，好好干，前途无量啊。"

"哼，嗬！"大宇醉眼里似乎疑惑重重，挠挠头上的白发，"嗬，小宇变成老宇，我也快退休了，还得好好干？"

"是啊，你能走上领导岗位，不就是这些年好好干的结果吗？"大领导神情严肃，眼里依然饱含无限的深意。

"是呀，是呀，混了几十年好不容易当了个副处级员，真是愧对大领导啊。"

"啊……"大领导惊愕，吐了几口粗气很快就镇定下来，问，"你，你叫什么？"

"来，大领导，我敬你，老规矩，你一小杯，我一大杯。"说完，大宇先干了杯中酒，然后把嘴凑近大领导耳边，悄声说，"你肚子里还有半句话，一直没对我讲。"

大领导支棱起醉眼，厉声问："什么话？"

"哦，你知道我叫宇文化，我说的是你没告诉我那句真话，好好干的下半句。"

"什么真话？"

宇文化嗓门略高，仍努力维持着平静，说："那半句话是，哄你玩儿的。"

大领导乍听一惊，杯中酒洒在手上，顺着指尖滴落在了厚绒绒的地毯上，形成几点显眼的污渍。

这时，旁边的局长察觉了点儿异样，转过头来责问："宇文化，什么话？给大领导乱说什么？"

宇文化这一大杯喝下去，真有些醉了，语无伦次地说："我，我宇文化，没，没什么话。"说完，蹒跚而去。

局长恼怒："你，你，像什么话？"

大领导止住了他："什么话？真话。"又问，"他怎么来的？"

局长说："他们处长请病假，派他来顶位。"

大领导一屁股坐了下来，脸上失去了光彩，样子有些颓唐。

识时务

十年前的一天，好像也是个秋日，他路过华经寺，见寺门外的路肩上一溜儿排开看相、测字的摊位，都人头攒动热热闹闹，唯独一个算命招幡下的摊位前空无一人，甚觉好奇，便走上前去搭讪。

"别人生意那么好，唯独你冷清，怕是算命算得糗？"

"试试，算不准不要钱。"

"恐怕就是要价太高了吧？"

摊主一直没抬头，闷声闷气很是冷峻，说："算命测运，可知未来，恐怕不在乎钱多钱少吧。"

这话这语气勾起了点儿兴趣，看样子这老头儿与众不同，有些孤傲，也可能还有绝活，他追问："那在乎什么呢？"

此时的他，心里落寞也正烦，刚处好一个局领导的关系，眼瞅着就要拉他上一格，他自己却升官走人了。虽说他也算老官场了，明白"搞定一把手"是官场铁律，可眼下也疑虑重重：再来一个什么样的人？来了又该怎么去处？有必要像原来一样步步跟进吗？那么，以后又换领导怎么办？万一……到底该怎么办？他心里没辙。

"嘿，这个你就不懂了嘞，在乎摸骨看势，教人识时务懂命运。"摊主终于抬起了头，脸上两个黑洞，嗬，原来是个瞎子。

"你个盲人怎么看势？懂什么命？"他像是吞下一只绿头苍蝇一样心里怪怪的，竟出言不逊。

瞎子以不容置疑的声音说："来，把手伸过来，眼睛看着我。"

他看见两个黑洞洞的眼窝，里边像是塞满了肉皮和淤积的死血垃圾，不禁心生厌恶，转过头去。

"喏，看着我的眼睛！"不知瞎子怎么感知他转了头。

"俊者龙中彦首，杰者人中豪首，只有识时务者才担当得呀。"他念念有词，像是传授一番真经，实际上只有这一句，他反复念了多次，才听清楚了。

他豁然一凛，恭敬奉上五百元，说："识时务，就得跟时务，对吧？"

瞎子双手合十，深沉地说："保重，保重。"

他立起身，像是悟得真传，转头离去。

身后，瞎子作一长揖，声音颤抖："你悟性高，是真俊杰呀！"

今天，他心情很乱，悄悄溜出机关大院想一个人上街走走，不觉间溜达到了华经寺门口。咦，那瞎子还在，模样儿没变，小桌子搭的摊位前依然空无一人。想起十年前的那一幕，心里一暗，这老瞎子是算命，他妈的还是算计？老子怕是上当了哟。他又气又恼，便靠了过去，想好好挖苦洗涮他一番。

"大师，你还在这里摆地摊呀？"

"我这命不摆地摊，还能干吗？"瞎子不抬头。

"这年头但凡有点儿本事的，都挣大钱发大财了。你也太不识时务了吧！"

瞎子抬了头，说："时事怎样，我心头明白得很，可我这命不行啊，兄弟，命是天定，运可自择，懂吗？"

这话倒是既中肯又在理，弄得他一时语塞。

瞎子又说："你才是识时务的真俊杰呀，领导，快十年了，你飞黄腾达了也不来看看我，来，坐下来，我给你摸骨、看势……"

"我都要进去了，还俊杰？"他没好气地说。

"我说嘛，没事儿你是不会来看我的。咦，你说进哪儿？进医院？你中气这么足，保养这么好，肯定活一百岁。"瞎子一句一顿说话，故作深沉状。

"进哪儿？进牢房啊。你叫我识时务，每换一个领导，我都紧跟，官倒是当大了，钱也捞多了，这不东窗事发了，上家下家都进去了，我也快了……这，都怪你这个瞎子，啥都看不见还看势，看个球啊，老子把你摊子掀了。"他鼻孔冒烟，说完就要动手。

"别，你别撸袖子，识时务的关键在于别被时误。大官你看不清，大钱你数不清，你不被时误才怪哪。"瞎子直愣愣地"望"着他，眼皮都不眨一下。

"这么说还都怪我啰？你倒没事？当初不是听了你说的那些屁话，我会低三下四去舔人家的屁股？给人家装孙子？"他懊恼，气不打一处来。

"钱是你收的，福是你享的，吃喝嫖赌，嗯，吃香喝辣的事你跟我说过吗？你快活的时候想到过我这个瞎子吗？"这番数落不像是挖苦，语气还很考究，"你呀，陷得太深，转身太快，又没我时时点拨，你不被时误几乎不可能。"

"吃喝嫖赌？跟你说？你他妈这不是说瞎话吗！"他反倒被挖苦，恼羞成怒，但压抑着悻悻离开，边走边捶头，骂不绝口，"我才是他妈的瞎了狗眼，连瞎子都不如！"

"你怎么骂娘啊？娘可没惹你呀！你这个样子怎么识时务呀？哎，你还没付钱啊！"瞎子坐着没动，只是冲着他的背影喊，半晌不见反响，才垂头丧气念出一句，"唉，这种人，唉，这点儿小钱，唉，不被时误才怪。"

心　梗

　　局长老婆死了，据说死于心梗，头天晚上还好好的，早上醒来，局长发现她死在了床上。

　　局长简办丧事，把灵堂设在家里。

　　局里人闻讯，争先恐后前去吊唁。

　　局长悲痛欲绝的样子催人泪下，大家也都悲戚和惋惜，有人悄悄说，柳叶儿肯定会高兴。

　　这说法也不是没道理。局长与局办副主任柳叶儿关系非同一般的传闻早已有之，这下更引发了不少关注。

　　但柳叶儿一切如常，既看不出高兴也不见脸上有悲伤，就连里里外外不停地张罗也举止得当。传闻在关键时刻戛然而止。

　　几天后，因为一项重点工程，局里要派一个组去欧盟洽谈，局长点名柳叶儿参加，结果被市里把名字刷了。工程进度不等人，处理完丧事，局长只好率队走了。

　　归来，人事部报告，柳叶儿调走了。

　　"调走了？调哪儿啦？"局长一惊，十分恼怒。

　　"调市纪委了。"

　　"我还没签字同意，居然就把人调走了？你们还有没有规矩？"局长义愤填膺。

"没办法，是市长叫办的。"

"哦！"局长头上的汗涌了出来，一下子瘫坐在大班椅上。

急忙回家清理保险柜，还好，只少了一个别墅的产权证和两张银行卡，心情稍安，可仔细回想，又急得汗如雨下，这三样东西加起来可超过五千万呀！

打电话关机，发短信微信，都不见半点儿音讯，他破口大骂那个妖冶的狐狸精，急如热锅上的蚂蚁团团转，无用。转念一想，她知情但未必敢举报，再说我俩的情已非一日两日，这个数何足挂齿，唉，就算蚀财免灾吧。

忽一日，市长来电话请他赴宴，说是有点事在桌面上议议。他想正好探探风声，便早早来到酒店。踩着点，推门进入包间，见好几个委办局的头儿都在，逐一寒暄后刚落座，就见市长在服务员引导下进门来，大家一起起立迎接。

市长身后紧跟着一身正装的柳叶儿，座位也挨着。市长坐稳，清清嗓子后说："先介绍一下，柳同志是新上任的纪委副书记。"

举座皆恭敬示意，唯有局长吃惊不小。

市长对局长说："这些年得感谢你对她的培养啊。"又说，"小柳，先给你的老领导敬酒。"

柳叶儿端上一大杯酒，扭着细腰款款走过来，脸上浅浅的酒窝装满妩媚的笑，说："局长，真得感谢你这些年对我的悉心栽培，喝。"

局长压低嗓门说："烈酒如火，别惹火烧身。"

她眼里依旧一汪秋水，说："喝，咱俩先喝三杯。"

这种场合，局长没推杯的份儿，只好一杯接一杯地喝，心底那个憋屈推动怨怼直接燃烧成愤怒却不敢往外冒，嘿，从没喝过这么苦味的茅台。

第二天，局长死在家里。据说也是死于心梗。

局长无嗣。局里人在清理遗物时发现几瓶印满花里胡哨图案的药，一瓶开着，另几瓶还未开封，瓶身上全是洋文。一个博士生抓了一瓶在手上看，立马围上几个人好奇地问："是药吧？什么药呀？"博士有些语拙："不好翻，译不好，说白了吧，就是国外新出的一种功力强大的伟哥。"

几个人的嘴几乎一致嘟成圆圈哦了一声，尾音拖得很长，像是突然明白了什么似的。

天衣无缝

　　"什么？要拿这个项目？不可能，不可能。"况党生猛地一下坐直身子，头摇得像拨浪鼓似的断然否定。

　　这话的意思再明白不过了，一口封死。刚在沙发上落座的青建生和余东风，面面相觑，十分尴尬。余东风到底是生意场上的老手，不慌不忙地掏出一包软中华，轻拍两下抠出一支烟，双手给况党生奉上，说："我们公司并不是说一定要做这个项目，是我们已经在规划、设计、预算上做好了准备，想得到您的支持。"接着，揿下打火机给他点燃，又说，"我们只是想给政府做点前期工作。"

　　况党生点燃烟，呼地喷出一口，说："你是不知道的。青建生，你是发改委的副主任，知道这是本市天字第一号工程，本身分量重，市委市政府高度重视，是本市的地标性建筑。"缓缓又说，"当然哦，投资体量也大。"

　　"是的，是的。"青建生鸡啄米似的点头，"不然，怎么叫'天街一号'。"

　　"既然你知道这个项目重要，那，你还来添什么乱？"况党生鼻孔里冒出的烟气又粗又黑，脸色也很难看。

"不，不，市长，我决不敢添乱。"市长动怒，在青建生看来犹如雷霆万钧，解释中连舌头都不听使唤，"我，想，余总他们公司有这个实力，在，在南方城市拿的工程比这个，还大。再说，余东风这个人，挺实在，我对他也知根知底，就推荐给您……"

"嘿嘿，嘿。"余东风一脸诡笑，仿佛也被况党生吓住了，但心中方寸不乱，"市长的大手笔大气魄大担当，谁人不知哪个不晓，余某佩服佩服。"待吸进一口烟吐出来，又说，"不过，请市长放心，余某人在商场打拼几十年，也绝不是那种不靠谱的主儿，绝对不会辜负您的要求和希望，请市长考验考验。"

"考验？什么呀？"况党生把烟头换了一只手拿，沉吟着说，"实力？人品？唉！"

"请市长放心，咱，绝对信得过。"余东风趁机站起身，毕恭毕敬走上前去，递上名片和一个纸质文件袋。

况党生站起身，礼节性地收下名片，顺手把文件袋推开，说："信封袋子之类的都不要拿来了，免得今后瓜田李下说不清楚。"端起茶杯喝了一口，意味深长地说，"君子之交还是一杯清茶好啊。"

市长这举动，意在送客。

"市长别误会，袋子里就是我们公司的一些介绍资料。"余东风说完，两人遂告辞。

走出大楼，一踏上停在大院里的车，青建生就瘫倒在椅子上，埋怨道："完了，泡汤了，我说别急着直接找他嘛，你，唉！"

余东风说："没完。"话音未落，手机铃响，忙接通，"喂，您好市长，哦，那个文件袋就是一些资料，您想看就看，不想看就扔了呗。"电话里的声音很响亮，也不容商量："你必须原封不动把它拿走，免得让人误解，立刻啊，上楼来啊，拿走。"

青建生听得清楚，脸色赤白，像是遭了雷劈。

余东风扮了个鬼脸，下车去了。不一会儿，余东风拎着那个文件袋，摇摇晃晃回到车上，稳稳地说："青大哥，我永远的哥呀，您是高人，实在是高啊。"

青建生心里忐忑，又像是明白了点什么，忙问："你在袋子里装了银行卡？"

余东风点头："龙卡。"

"上了多少眼药水？"

余东风伸出一个手掌，左右摇了摇，像是打哑语。

"这个无所谓，关键是后面多少个零？"

余东风另一只手凑上来，张开两个指头，七个指头一伸一曲地张合。

"啊，五千万啊。"青建生暗吃一惊，急忙伸出双手把他指头合拢，使劲捂住，"你才高，财重才够得上高啊。"

一个月后，余东风的公司按正常招投标程序，一举拿下"天街一号"。

三个月后，青建生坐上了市发改委主任的位置。

半年后，省委组织部下来一个考察组，几天后回去向省委汇报："况党生同志工作有魄力，作风严谨，廉洁奉公，建议转任书记。"

况党生搬进市委大楼的第一天就把余东风招来谈话，主题就一句话："相濡以沫，不如相忘于江湖。"余东风心领神会，频频点头，一支烟没抽完便起身告辞。

第二天，他在书记办公室与青建生进行了一次长谈，讲了许多教育和鼓励的话，末了，郑重其事地说："任何时候做事，讲究的都是严密严谨严整。就这样，好好干吧，我是知道你了解你的。"

青建生心中不知是激动，还是敬佩之情，抑或是一丝隐忧涌了上来，眼噙泪水，转身出门竟频频回头，直到坐在宽大的办公桌后的况党生大幅度地挥挥手才掩门离去。

前人栽树

老局长简策喜退下来不到一年就死在了家里，死因很简单，到场医生一眼判明，典型的脑溢血。

局里派人给他料理后事，后事也简单。简策喜的老婆死得早，当然，他身边从不缺女人，光鲜的是没一个来讨遗产找茬儿的。两个儿子也都持有外国绿卡，一个做跨国贸易，据传做本市本局的项目不少；一个做学术研究，事业有成不说，还很少回家打扰老爹的好事。局里通知了他俩，都说暂时回不来，全权拜托局里处理。据照顾他日常生活的胖阿姨说，简策喜昨晚睡觉前都好好的，王局长来看他，两人还关在书房里聊了很长时间的话呢。

葬礼结束，传言却流了下来：

"简策喜不简单啊，一生艳福不浅啊，升官发财死老婆占全了哦。"

"老东西捞得够多了，财产、儿子、孙子都去了美国，嘿，都说坏人不得好死，可他死得还痛快。"

"老子当官，儿孙风光啊。"

也有柔和一点儿的流言：

"也好，他自己捞够了，给大家也留了点儿残汤剩水，至少分了一套福利房呀。"

"哼哼，不修房，没项目，他到哪儿去捞钱？"

流言越传越多，把新任局长也牵扯进来：

"你们以为王忠义是个好人？局里哪个项目不经他手？办公楼、宿舍楼、十号生产基地建设哪个不是上亿的规模，结算都超了预算，没猫儿腻？"

"是呀，王忠义为什么能接班？不就是跟他干了这些事吗！"

流言止于智者。王忠义明白此理，场面上从不制止也不解释。汹涌的口水舆情很快退潮，逐渐平息。但老局长葬礼后没出两个月，他就被市纪委"请"走了。

于是，流言又起：

"我说嘛，王忠义不是个好东西，也是个贪官。"

"说不定简策喜就是他害死的。他以为简策喜闭口了，他就没事了。"

"报应啊，背地里他比简策喜还坏，弄人玩人还到处充好人，自以为玩得高明，哼！"

新任局长不再是本市本局人士，是从省上交流下来的。

宣布任命的干部大会在新落成的办公大楼宽敞明亮的礼堂举行后，新局长陪市领导和组织部长、纪委书记一起参观新楼，边看边感慨："这楼修得气派，漂亮，真是大手笔。"

"简策喜挥大笔，王忠义添光彩。"组织部长随口说了句。

新局长看着树木葳蕤的花园，深吸一口清新的空气，缓缓吐出，说："前人栽树，后人乘凉啊。"

市领导脸色大变，冷峻地说："乘凉就好好乘凉，别把树刨倒了。"

组织部长随声附和："是呀，是呀，千万不要把树根刨了，也别随手摘树叶哟，摘光了树叶，没了绿荫，哪儿来凉风啊？"

跟在后头的纪委书记哈哈大笑，说："这样一搞，枯树一根，狂风来了拿什么抵挡啊？"

这一番话似乎都话中有话且意味深长，走在一旁的新任局长听了，心里咯噔一下，正呼出的热乎乎的鼻息戛然而止，禁不住倒吸一口冷气，顿觉冰凉瘆人。

同学会

高中毕业这些年，龚晓敏、李红、唐杰三人走得近点儿，都在社会上做点儿生意，有共同语言，手头也有几个钱，所以三天两头聚一回，说说话，喝喝酒，喝高了就 K 歌、洗脚或者打牌。日子过得快活，也就溜快，不觉间居然过了十年有余。一天，无聊中不知谁提议要开个同学会，点燃了三人的新激情。

"吃喝玩乐，也就这么回事。玩个新鲜的，把老同学聚拢来聊聊。"李红说。

"十五周年了，小庆一回，二十周年大庆，对不?"龚晓敏瞪起红眼，大声地说。

"对头，对头，你来撑头，我们站台。"唐杰说。

李红像是指挥者，说："你掏腰包出大头，唐杰出小头，我来联络安排。"

三人说干就干，先串了几个同学小聚，说出这个话题议了议，虽喋喋不休，却众口一词同意李红的意见。

"我牵头吗? 不行，不行。"龚晓敏瘪着嘴，头摇得像摇头摆尾的风筝，"咱班上有的是干部，想当初，老子在班上成绩最差，表现最差，你们瞧都瞧不起我，不行，不行。"

李红端着酒杯走过去，一手搭在他肩上，对他，也是对着大家伙，说："你行，只有你行，不用拉赞助，也不用大伙儿凑份子钱，你是大老板了，只有你行啊，对不对？"

"对，对，只有你行。"

"你掐一根汗毛都比俺们腰粗，你不行，谁行？"

"原来那些班干部个个窝囊废，你看那个班长王小宝，读了大学又咋样，现在还在机关里干科员，什么主任科员，成天给科长、处长端茶倒水，跑得屁颠屁颠的，听说他老婆就要跟他离婚了。"

"嘿，嘿，是逗嘛，学习委员现在干城管，体育委员在开大货车，团支书像样点，在电大干辅导员。唉，马尾穿豆腐，根本没一个提得起的，哪个比得上你龚董事长哟。"

"钱倒是小事，一单就买了。"龚晓敏眯起一只眼，一张嘴鼓得圆圆的，脸上露出些得意之色，"你们当真？那，我就安排了哟。"

"当真。""当真。"众人举杯，不无恭维地说，"先敬老大一杯。"

"那好，我就全部安排好。"龚晓敏豪气上头，一口将大杯啤酒吞下，然后说，"三月份第二个周末，春暖花开，真武山宾馆重温旧情，十五周年同学会，开干。"

龚晓敏不愧是公司老总，同学会安排得井然有序，气氛热烈而祥和。五十个同班同学来得整整齐齐，玩得高高兴兴，其乐融融，可就在结束当晚的告别宴上闹出一景。

正要散席离去的人团团围住了这一桌，龚晓敏和王小宝较起了酒劲，场面煞是闹热。

"你要扭住我喝，我说了，奉陪到底，可你至少得补上三杯。"王小宝不温不火，把手中的酒杯捂在桌面上，"你先说不喝，不喝，现在又要扭住我喝，不公平嘛。"

"嘿，你这个宝器，不要以为你还是班长，如今你狗屁都不是。我敬你酒，是看得起你……这样说吧，你把三杯喝了，我去买单，我喝三杯，你去买单，行不？"龚晓敏脸红筋胀，呼呼吐气，唾沫四溅，有些前言不搭后语。

桌面上摆着斟满白酒的六个大玻璃杯，明晃晃的，扎眼。

一边的几个人开始起哄。

"对头，就这么办。"

"哪个喝不下哪个就买单，王小宝尿了吧？"

王小宝依然神色自若，挥挥手，不紧不慢地说："这是我们两个的事，跟你们没关系。"接着，小心翼翼地端起一杯酒晃了晃，又说，"喝酒就喝酒，怎么扯上买单的事儿，这哪儿跟哪儿呀？"

这边有人鸣不平。

"龚老板，你他妈太欺负人了吧，昨天上山你牛皮哄哄说你全买单，今天就想一下子批发到人家王小宝身上，没意思了吧。"

场面乱糟糟的，听不清一句完整的话。

唐杰站进圈子里来打圆场，拉住两人的手说："都是老同学，想喝就喝，不喝就算了。"

龚晓敏反倒来劲了，噌地一下子蹿上一把椅子，左手高举一杯酒，右手举高往下压，声若洪钟："同学们，我还宣布一件事，咱们班长读书的时候帮了咱们，咱也帮帮他，好不好？我出五十万帮王小宝跑官，捞个处长当当，成了，毕业二十周年大庆让他请我们在这里喝酒，好不好？"

众人齐呼："好。"

唐杰的巴掌拍得山响，高喊："有人出血，有人升官，大家都有酒喝，好呀好呀。"

这下，王小宝的脸涨得通红，有些局促不安。

龚晓敏更上劲了，手中的酒杯举得更高，嗓门更大："咱得帮帮咱们的好班长，读了这么多书，还给那些歪瓜裂枣当差，不值啊。这样吧，这六杯酒我跟王小宝一人三杯，喝完，我说话算数，不喝，谁他妈王八蛋。"说完，跳下椅子，哗啦啦把酒倒进两个分酒器，端起一个咕噜咕噜就往喉咙里倒。

掌声、喝彩声，响成一片。

当众人将目光转向王小宝时，他脸色转青，铁青，腮帮子咬紧现出一棱一棱的轮廓。他似乎无言以对，只得端上一个分酒器一口一口地喝，喝完，放下，转身，一步一步朝门外走去。

大厅人声鼎沸，有人发出尖厉的啸叫。

没有故事的日子过得飞快，转眼五年过去，临近二十周年纪念日了，同学群里吵得热火朝天，可就不见龚晓敏和王小宝发声。

这天，一个叫"柯劲"的人挤进群里发微信："受人之托宣布：三月份第二个周末，真武山宾馆，同学会如期举行，敬请大家赏光。"

群里炸锅：你是谁？他是谁？受谁托付？我班同学没有叫柯劲的人啊。真的，假的？怕是骗子吧！

就没人站出来证实。

"柯劲"又发声了："重要的事情说三遍……"

同学会准时举行。真武山宾馆宴会大厅的布置比五年前更热烈，到会的同学兴奋中还多了点儿一探究竟的兴趣。"柯劲"终于露面。这个年轻、帅气、身姿挺拔的小鲜肉手持话筒走上主席台，一腔中气十足的普通话响起，一阵惊呼感叹。

"各位兄台、师姐，大家好，我是柯劲，受人重托，今天就由我来主持同学会庆典并负责宴请各位大哥哥大姐姐，祝福大家玩得开心，过得愉快，不过，还请大家少安毋躁，龚晓敏、唐杰大哥、李红大姐还没到，我们得先等等。"

人头骚动，嘈杂声起，柯劲镇定自若。忽然传来一阵略显夸张的汽车喇叭声和引擎轰鸣声，他在麦克里喊了一声："龚总到了，小宝大哥，我们一起去迎接一下，可以吗？"

王小宝站起身，缓缓朝外走，到大厅门口的台阶上站定，倒背着手，岿然不动的样子。今天他西服革履，发型很潮，精神抖擞，看得出兴致颇高。

一辆银灰色的玛莎拉蒂风驰而至，在门廊停下的时候仿佛不经意鸣了声喇叭。车门开处，走下三个人。李红、唐杰在后面跟着，龚晓敏走头里，满脸堆笑，容光焕发，踏上台阶伸出手："哈哈，王局长，终于混上大官了啊。哈哈，这么客气干吗，还出门迎接什么？"

"啊，局长，五年升三级啊。"

"局长，王小宝当局长了啊。"

"到底是班长，当官也是童子功呀。"

旁边的人听见，显然惊诧，七嘴八舌议论纷纷。

王小宝站在台阶上，两眼直视着他，像是见着一个陌生人。身后的柯劲闪了出来，不无揶揄地说："龚大老板，来晚了呀，守时是起码的规矩呀。"

"啊。"这下轮到龚晓敏吃惊，是惊慌失措，伸出去的手正不知怎么放，很是尴尬，突地又见柯劲，手指指王小宝又指指柯劲，"你？你？你们？怎么回事？"

柯劲笑了笑，说："我来介绍一下，这是我大哥的大哥，王小宝副局长。"

"你，蓝老板，你不用说了，大老板，我知道，你，不是在省城吗？你来干吗？大哥呢？还在深圳？"龚晓敏双手由掌变拳挂在胸前，忙不迭地往后退，差点儿摔下台阶。

"你他妈的，龚胖子，啰唆什么，听我说。"柯劲有点儿不耐烦。

龚晓敏继续喋喋不休："我知道了，王局长是你大哥，你是我的老板，他就是我的老板，对不？"

"错！"柯劲恼怒不堪，"告诉你，小宝大哥是我大哥的大哥，懂了吧？今天我来就是为了宴请他的同学们，懂了吧？你他妈的，来了，就乖乖坐下，吃菜喝酒不说话，懂了吧？"

"懂了，懂了。"龚晓敏点头如捣蒜，像泄了气的皮球站在那里，"蓝老板，你怎么又叫柯劲？不懂。"

"不懂吧？"柯劲上前一步，伸手在他发亮的额头上使劲拍了两下，"你不是要跟咱小宝哥死磕吗？'磕劲'啊。"

龚晓敏差点瘫倒在地，被蓝老板一把拉住，刚站稳，摸了摸被打疼的额头，顺手就给了自己一大耳刮子，带着哭腔连声说："我浑，操，我敢跟您'磕劲'，我他妈找死。小宝哥，老同学，我的好班长，您大人大量，要原谅我啊。"

看见这一幕，周围的人好像明白了什么，发出阵阵嘘声。

"走吧，晓敏，不能拂了人家蓝老板的好意，一起去参加他给我们办的庆典。"王小宝终于出手，拉起龚晓敏转身朝门里走。

江城土话里"磕劲"除了死磕之意，还有"磕"什么"劲"，不屑的意味。

门廊处还有人待在那里，像是没回过神来，嘴里念念有词："柯劲，磕劲，死磕，这个龚胖子找死。"

忠　诚

　　江城官场这几年的变化有点儿快，一方面是省委、市委加大了干部交流的力度，不等换届，届中调整就好些个人，另一方面是一些领导干部自身出问题垮了台。但在老百姓眼里，只看到当官的走马灯似的来一拨去一拨，换得让人眼花缭乱，换得让人连名字都没记住就又换人了，于是，一个新创的歇后语在坊间流传开来：江城的啄木倌儿——长不了。

　　土话"啄木倌儿"就是啄木鸟，本该是盯住一棵树就锲而不舍地啄其病灶消灭树皮下的害虫的鸟儿，进了江城地面就变成了象征性啄几下虫，甚至是点点头就溜转了。这层意思只有江城人懂。这是怎么回事呢？异地交流来的干部专门就此求教本地人，回答竟是一句文绉绉的话："水土异也。"怎样才能不做这"啄木倌儿"？回答也官味儿十足："与群众打成一片噻。"就连无所事事扯闲篇的老头儿聊到官场也摇头叹气："没根没底的树苗栽下去，活得长吗？江城这块地儿，唉！"天天晚饭后跳广场舞的老大妈，歇息的时候也议议官场的事，说："是得变啊，这跟咱们跳坝坝舞一个道理，一会儿三步一会儿变四步，你不变，节奏跟得上吗？"也有人说："不是节奏问题，是水土不服。"还有人说：

"是啊，是啊，本乡本土的冯副市长不就坐得稳稳的啰。"处江湖之远的老头儿老太太们对江城官场都一目了然。都说群众的眼睛是雪亮的，果真不虚。

老百姓嘴里的冯副市长大名冯缘，确实是本土大名鼎鼎的人物，不过这"名"都是正面的，以至于成为一些父母教育子女的励志楷模：瞧瞧人家冯缘，一个乡下孩子，爹妈还在土里刨食，靠自己努力学习考上大学，毕业从基层单位的一个职员干起，不到二十年就干到了一个局的正职，眼下这不到三十年的工夫就已经在副市长的职位上坐了八年之久。还有一种心灵鸡汤是这种说法：靠自己，会读书，培养学习力，像冯缘一样工作那么忙还坚持学习，拿了硕士拿博士，在省委的《求索》杂志上大块大块发文章，功成名就，值得学啊。最引人注目的是他的"官声"很好，说他前二十年顺风顺水，尤其是后十年稳如磐石成为不倒翁，为什么？对党忠诚，努力干事，清正廉洁，人家都做到了。

说来也是，冯缘大会小会上讲得最多的就是"忠诚"二字，对党、人民、国家、事业忠诚，忠诚是第一位的，没有忠诚，你的能力、学识、才干毫无用处。言之凿凿，掷地有声。

冯缘人前人后讲得最多的也是忠诚。曾经有一次，身边小圈子里几个铁杆兄弟聚会，有人端上一大杯酒，毕恭毕敬地敬了他，末了，真诚请教他做官的秘诀。他细眯了眼，郑重其事地说："两个字：忠诚。"众人不以为然，还有人小声嘀咕了一句："大哥拿我们当外人，这儿还说官场的话。"

"是官话吗？"冯缘点燃一支烟，眼睛眯成了一条缝，脸色更深沉了，"那好，我问问你们，古人说良禽择木而栖，下一句是什么？"

众人不可测知他的真意，竟面面相觑，一下子冷了场。

有人说："贤臣择主而事。"

有人勉强答："士为知己而搏。"

也有人像是表忠心一般发誓："女为悦己者容，士为知己者死。"

他不置可否，面色凝重得像是能拧出水来，又问："那，你们是想做良禽，还是贤臣呢？"

这下人人傻眼了，不知如何作答。有人端起酒杯的手僵在了空中，有人嘴张得像个圆圈却说不出话来。冷落半晌，有个在他家出入频繁也是他一手提拔起来的局长，像是试探也像是信誓旦旦地讨好，说："什么良禽、贤臣的哟，我们就知道大哥您是我们心中最大最粗的一根柱子，我们抱定了您哪，就死心塌地跟定您哪，这就叫忠诚，对吧？"

"对，对，对。"一屋子的人都点头，纷纷称是。

冯缘依旧不动声色，慢条斯理地说："张局长，你也懂忠诚？"不等他回答，又说，"用心居中，全心全意谓之忠，言行一致方为诚，这里面可容不得半点儿虚假呀。"

"对呀，对呀，我们对您是绝对忠诚的呀。"

"不假，不假，我们对大哥您不会来半点儿虚的。"

"大哥就是我们的主子，是恩人啊，我可不敢也不会对大恩人玩虚的弄假的呀。"张局长语调最为高亢。

"那好，那好。"冯缘两眼放光，脸上红泛起来，端起桌边的红酒杯，"张局长把小拉菲给每个弟兄的杯都满上，今天咱们以红酒替代忠诚，干。"

张局长酒杯举得老高，乘着酒劲吼了一嗓子："弟兄们，忠于老大，歃血为盟，干。"

像这种以冯缘为中心的小圈子的聚会，极少。他心里明白，前面的仕途顺当，不假，因为一直有贵人相助，这几年表面上看稳住了，实则风雨飘摇，好几次化险为夷，最终结局如何不得而知。尤其是近段时间，中央巡视组到了省里，省委的巡视组进了市里，听说张局长也被纪委请去喝了咖啡。想到这些，他心绪有点烦乱。

这天晚上，他的手机被一个陌生号码叫响，拒绝了又响起，摁灭了又闹铃，如此僵持几个回合，只好接通，呵，原来是省城一个熟识的商人朋友打来的。两人寒暄半天，对方才说李副省长近几天联系不上了，问谁都推说不知。挂了电话，他不仅心烦，而且意乱了，难怪这家伙换了号码给我打电话。想想平素在老领导面前振振有词地讲忠诚，这时候该出手了。于是，他立马驾车去了省城。

不知是跑了趟省城露出了马脚，还是纯属巧合。第二天上班，他衣冠楚楚地走进市政府大院，信步踏进自己的办公室，迎接他的不是秘书，而是纪委的几个干部。他眼前一黑，闭上了被黑眼圈包裹的眼睛。

三个月后他才亮相，是在纪委录制的警示片里。特写镜头，他一脸沮丧，泪花滴落，一上来就忏悔："我说的忠诚是对某个人，是对小圈子，是对私利，而我对党、对人民的忠诚，是伪忠诚，干了许多对不起党和人民的事，还自以为聪明……"

听诊会

郝进好不容易有了点闲暇坐下来，点开局域网上的局长信箱，哗啦啦，掉出一大片标注未读的来信，点开两三封稍长一点儿的读了，看来有点儿意思，再选读几封短点儿的，嗯，有点儿意思，两种不同观点显现，还有点儿针锋相对。他脑子里突地蹿出个想法，有点儿奇特，但觉着可以一试。

叫来局办主任和秘书，他吩咐道："梳理局长信箱里的观点，发个通知叫大家来讨论来争论，再推举两个代表人物各抒己见，下周我们拿半天时间，办个听观点把脉络出诊断的研究会，我主持，来个网上直播，全警自愿参与，大家亮明观点。"

"听诊会"如期举行。

"医院遇上有疑难杂症的病人就会叫上相关科室的专家来会诊，今天，我们的警务工作遇到了问题也想请各路高手说说高见。"郝进说了开场白，"今年以来，刑事案件高发，全市民警想方设法熬更守夜苦战，但效果不佳，很多同志在信箱给我出主意，今天就请了两位民警代表，大家一起来探讨一下打、破、防问题。"他说完，抬起右手指了指旁边的人，"来，你先说。"

"尊敬的郝市长，大家好，我叫王煦，是下城分局红旗街派出所的一名探长，我的观点是……"镜头对准的王煦是个三十来岁的年轻人，皮肤白皙，相貌堂堂，两眼炯炯有神，一上镜就准备侃侃而谈，却被郝进挥手止住了。

郝进转头对着左边："来，你给我们介绍一下自己。"

会议桌左边的罗进步，四十多岁，看上去有些显老，肩扛二级警督警衔，见郝进点了名，急忙清了清嗓子，稳重地说："大家好，我是上城分局刑警队的罗进步，从当警察的第一天起就干刑侦，干了二十几年，破了一些案子但进步不大，还是一个副队长。"

"好，大家相互认识了，我们就开门见山，直接挑明观点。"郝进微笑着说，"需要说明的是今天是'听诊会'，参会的人都可以发表意见，不在现场的同志可以通过网络说话，最后看能不能形成一致意见。"

郝进讲了一段话，摄像机抓紧把会场全方位做了一个扫描，郝进正对面第一排坐着市局党委的所有领导，后两排坐满了民警代表，人人手里都拿着一个 iPad 或者笔记本电脑。

主播屏上显示：目前有 24867 人在线。

郝进诙谐地说："让进步不大的同志先说，好吧！"

罗进步振作精神开讲。他先举了两个案例，一起盗窃案，一起杀人案，都是通过抓基础工作，在群众中摸线索滚雪球破掉的。他说："这两起都是大案，先用了许多科技信息化手段，不管用，还是靠传统办法破了案，我认为，大数据要建要用，但公安基础工作不能丢，尤其是一些优秀的方法，要继续当作法宝。"

"呵呵，你们看，网上全是顶、点赞、叫好。呵呵，来了，有不同声音了。"郝进一边刷屏，一边高声念叨，"'一江春水'说，你那些下地段做老大爷老太婆工作的方法早已过时了。'憋气先生'说，那些婆婆妈妈的事没人做了，再说，社区也没大妈了，大妈都去带孙子、旅游、跳坝坝舞去了。"

"好，我们接着干。王煦，你不是急于先说吗？好，该你啦。"

王煦反倒局促了，脸涨得通红，像个红艳艳的大苹果，说话也不大流利了："我，我的观点是，21 世纪没大数据引领，公安工作没法搞。"他也举了一个破杀人大案的例子，他带来一个 U 盘插进电脑展示了破案的全过程，一环接一环，步步紧逼，确实精彩。

网上又是一片叫好。有个叫"老兵"的说："请教一下王警官，你把大数据破案叫作非接触式破案，那么，不接触老百姓你的数据何来？你要落地抓人不访问老百姓行吗？案破了派出所要堵塞治安防范漏洞不依靠老百姓行吗？"郝进做了一个手势，示意王煦回答。

王煦的脸红得发烧，有些结巴地说："破案有许多方式，大数据是现在的主流方式。非接触式，只是我取名的一个概念，破案还得综合运用各种手段，对吧？"

"老兵"发回："对啊，对啊。"

这时，郝进的耳麦里响起局办主任的请示，说是有个派出所民警刚处置完一起"110"，在车上看见直播，想结合实际进来发个言。

"好啊，你把对讲、视频系统给他接进来吧。"郝进一口答应。

主屏上很快出现一个方头方脑的三级警司，他坐在一辆桑塔纳警车主驾座上，挥手问好。

郝进止住了他："先别说事，把车停好再说。"

那家伙一挺腰，举手敬礼："报告局长，我是光明街派出所的社区民警王一然，车已经停在了路边安全地带。"

"好，你说吧，刚出警回来辛苦了。"

王一然说了他们刚接警处理的一起治安纠纷，主角是一家刚搬进小区的新住户，因为口角升级为动手斗殴，警察到场止住了，调解也到位了，可主角不服，拒不认错。"这下好了，业主邻居都站出来了，一起来帮助他，最后他被说服了，表示以后再也不会在王片警辖区要横了。"

"呵呵，你还挺有本事啊，有这样表扬自己的吗？"郝进调侃道，"说说，你是怎么做到的，辖区老百姓就这么帮你。"

"天天下地段'泡'呗，大家处久了处好了，感情深了，人家怎么会不帮你？"他在镜头里没半点儿羞赧的神色，"市长，人是社会动物，更是感情动物啊。"

"哦，哦，这个，哦，我懂了。"郝进豁然顿悟的样子，引发网上线下一片笑脸一片笑声，"王煦，你跟他都是年轻一代，想不想问问他什么？"

"那好，一然，我问你，平时你干活用电脑多吗？你觉着大数据比你那个下地段的群众工作，哪种效果好些？"

王一然笑了笑，说："小哥，不瞒你说，我也算是电脑玩家，不算超级也算腕级，不过，我觉得干警察老是靠着网络数据，冷冰冰的，没有接触人的热度。"

"好，好，一个冷冰冰，一个有热度，说得好。"郝进忍不住击节叫好。

王一然一脸憨笑从屏幕上消失后，郝进接着念网上提问，罗进步和王煦又分别作答，不知不觉滑过三个小时。局办主任在耳麦中提示他："既定时间到，该结束了。"

郝进稳稳地说："最后我有两个问题提出来大家研究，一个是这种方式和开大会，哪种好？"话音未落，网上迅疾一片叫好。

"还有一个问题啊，今天的讨论不做结论，但不管怎么做，广大民警得把手中的活儿干起来，还得干好，对吧?"顿时，网上一片"干"字，大片撸起袖子显肌肉的胳臂。郝进看看，心底激奋，情绪亢奋，大幅度地挥挥手，大声称赞："对的嘛，就是要干、干、干。"

第二天上午召开的党委会上，郝进问："用这种方式开全局大会，行不行啊?"

党委委员纷纷赞同：

"这种形式新鲜、活泼，还一竿子插到底，效果应该好。"

"民警参与面大，有兴趣，也激发了工作热情。"

也有人说："这样做，是不是有些不大严肃?"

"嗬，要严肃的? 来啰。我们把昨天的民意集中一下，梳理一下，再议一下，形成党委文件下发下去执行，不就是一件十分严肃的事吗?"

"哦。"有人豁然开朗。有人陷入沉思。

三个局

"天下苦秦久矣。"闲下来，即便是在办公室，小秦也会用指头夹着钢笔在手中摆弄，摇头晃脑意味十足地来上这么一句。至于写在脸上的表情，有时候是悠然自得，有时候是愁眉苦脸，更多的时候是无可奈何花落去一般的落寞。如果是三五知己聚在一起，他的下一句口头禅一定会联系实际："小秦苦局亦久矣。"

局里与他走得近的人说，小秦有才，一部《史记》读得烂熟。又说，小秦能说会写，干事精明，业务精通，还经常出点子改进工作，简化办事程序。还有人为他抱屈，说小秦是个人才呀，这么多年还是办事员，憋屈死人呀。

毕竟这么大个局，熟悉他的人不可能太多，多数人对他的评价或者印象是，有点儿清高，不大合群，在局外还是挺有江湖味的。

小秦的日子说苦也不苦，一个颇有实权的局，一个掌握审批权的处，这个处里他占有最后批准出证的位置，虽说是权力的末端，到他这里来办事的人职位也不会很高，但时时求着他，自然也事事顺着他，隔三岔五地请他赴个酒局，虽说档次不是很高，但吃香喝辣、逢迎拍马、声色犬马，该有的都有，有时酒喝到兴头也高歌一曲抒发豪情壮志，同样也有着"君临天下""老子也算一人物"的风发意气。

小秦的日子说苦还确实苦，且苦不堪言。尤其是冷静下来坐在办公桌前，眼瞅着身边的人不是高升，就是去了别的更有实权的岗位，而他待在这个被他称为"末端"的位置硬是十几年没挪动一步。最让他想不通的是那些被提拔的人，德能勤绩哪个方面都不能与他相比，若论业务，他不仅精通，还有所创新，唉，能人遭嫉呀。想来想去，他终于找到了根源，不是本人无能，而是上面无人，所以久处"末端"无人问津。可他一"凤凰男"，上面能说得上话的人无从找起呀，因而苦恼不堪。

不过，小秦也有时来运转的机遇。这天快下班了，一家开发公司的办事员小宫来取证，同来的还有他们公司的一个副总，不巧的是证没出来，小秦连忙解释："我的错，我的错，天茂局长肯定签批了，流程没转过来，中间环节我没催，唉，对不起，钟副总。"

钟副总名叫钟情，三十来岁，身材窈窕，容颜姣好，真给人一见钟情的感觉。见小秦有点儿慌乱的神情，莞尔一笑，轻松地说："没关系，没关系，秦哥哥，就晚一天吧，没关系。公司经常给你添麻烦，今天我请客，撮一顿，好不？"

"好呀，好呀，钟总请客，何乐不为，秦哥，走吧。"小宫在一旁撺掇，直乐。

小秦知道钟情跟局里上下都很熟，从前只是远距离见过她，连搭讪的机会都没有，眼前见了不禁心旌荡漾，嘴里却说："不好吧，这么大个老总请咱办事员吃饭，不敢当啊。"

"什么不敢当，你是政府，我们是企业，小媳妇啊，要不，我叫上你们李处长。"说完，钟情拨通了李处长的电话。

饭局开了，酒是自然要喝的。喝酒过程中的角色像是有点错位。李处长处处恭维钟情，钟情像是不怎么领情似的矜持，却转过头来频频跟小秦碰杯，小秦呢，先是看顶头上司的脸色有些拘谨，架不住钟情几杯酒劝下去，渐渐放开胆喝起来，至于小宫，就一直是伺候酒杯的角儿。

"酒喝得差不多了，小宫安排一下，我们陪秦哥哥唱歌去。"钟情脸庞通红，依旧笑意盈盈，不失风度。

"好呀，咱们也领略领略钟总的大歌星风采。"李处长随时逢迎。

进了KTV，除了叫来两位陪歌的小姐，格局基本没变。这里有个细节，钟情甩了个响指，阻止了给小秦叫小姐。动作很小，但小秦看见了，心头一暖。

钟情似乎理所当然唱了第一曲，声音确实柔美，站着唱歌在闪烁旋转的灯光里凸现出的倩影，确实如完美的维纳斯。小秦惊若天人，竟痴痴地呆坐在沙发上。一曲终了，按理该李处长接上，可钟情拿着无线话筒绕了一大圈过来找小秦，叫他唱第二曲。小秦知趣，死活不接话筒，钟情伸出双手拉住他的手，硬生生地塞将给他，凑近他耳朵说："小秦苦局久矣，放开唱，把郁闷都放了，唱。"

酒劲、蜜意、柔情、激情，一起涌上头来，小秦大踏步走上歌台痛快淋漓地唱了几首，这中间他觑见李处长几次去邀请钟情跳舞都被拒绝了，看样子被拒绝得颇为坚决，而钟情端起一杯红酒不时呷上一口，像是倾心地听着他的歌声。他又一次心暖，尽全力压制住酒精的作用，竭力把每一句歌词唱得字正腔圆，情深意长。一曲接一曲，突然，麦克被人夺走，李处长开唱，抒情的旋律中，钟情款款向他走来，笑意盈盈地邀他跳舞，两人一下子搂在了一起……当晚，怎样结束，怎样回家，他一概不知，只记得她微微有些上翘的嘴唇凑拢在他耳边："小秦苦局久矣，这不公。"柔弱清脆的声音和楚楚动人的笑容一直在他脑海里盘旋，清晰不灭。

几天过去，一切依旧。细嚼钟情的话，却让小秦百思不得其解，渐渐地又使他更郁闷。从李处长对钟情极尽讨好的样子看，钟情的后台很大，是谁呢？是张局长。那么，她与张天茂局长是什么关系？是亲戚？有权钱交易？也可能是情妇关系？唉，想不透。

一个月后，局里调李处长去下属一个企业干老总。欢送会上，大家都兴高采烈地祝贺他高升，拿年薪，掌管大型国企，但谁心里都明白他是被贬了。小秦猜想与钟情有关，也猜想与自己有关。

钟情来电话了，约他吃饭。他有些害怕，也有些心猿意马。

西餐厅，情侣座，柔情的萨克斯背景音乐，朦胧的烛光，精致的美食，高档的红酒。美人的甜言蜜语和主动的频频举杯，使小秦犹如在梦幻中度过了这个短暂的夜晚，他想入非非，就差那么一点点冲动，伸出手去抓住老是在眼前晃动的那只透出香气白花花的纤细的手。

没过几天，钟情又打来电话说："晚上，老地方，不见不散哟。"

小秦一直既忐忑不安，又跃跃欲试，想把冲动变为现实，又怕承担不起后果。这次接了电话，强烈的直觉告诉他，要出点儿什么事，是出手还是出轨？脑子里突地又冒出一句：小秦苦酒局矣。

小秦踏着饭点走进小包房，拉开咖啡色玻璃门，几乎惊得如雷轰顶。圆形玻璃桌与钟情对着的一端，张天茂正襟危坐，手指夹住一支烟，另一只手里握着一只打火机，两人谈兴正浓。看见推门进来的小秦呆若木鸡，钟情立马起身迎接，把他拉过去，说："张局长，这就是小秦。"

张天茂若有所思："哦，小秦，坐，过来坐。"

钟情热情有余，一边招呼客人，一边吩咐服务员上菜。

开席后，张天茂端着一杯红酒，呷一口，脸上堆了笑，说："小秦，我请教你，你是秦家港人，江南大学毕业，大名叫秦先红。小秦苦局久矣，是你的传世名言吧？什么意思？"

小秦既惊悚又激动，端起酒杯的手颤抖不已，头不停地点，话音也在抖动："是，是，是，局长，没想到您这么了解我，我丝毫没有埋怨的意思啊。局长，我敬您一杯，我服了您哪，您这么了解下情。"

张天茂声色不动，把酒杯伸过来与小秦的杯碰了碰，没喝，又说："市里新来的纪委书记秦先刚，跟你一个字辈，也是你家乡人，你们是什么关系？"

小秦一口把酒干了，抹了抹嘴，说："没关系，没有关系。"

钟情又举杯，说："来，小秦，我俩一起敬敬张局长。"

张天茂很是亲切地与小秦聊起了闲篇儿，自然也问到局里群众对他的评价。以张局长对他的了解，以大领导的礼贤下士的风度，加之又喝了几杯，小秦文思如泉，赞美的口才文采都发挥出来了，居然说出平日里自己都觉着刺耳的马屁话："张局长这些年在局里创立的功勋，局里人都说是前无古人后无来者，说您简直就是一伟人。"说着话，他的大拇指还在不停地翘起像点赞。

张天茂没有心花怒放的样儿，递过来一支烟，止住了他的话头，又伸过打火机给他点上，神色凝重地说："别乱说，伟人不是吹的，伟人得拿出丰功伟绩，得由群众公认，还要经得起时间检验。再说呢，咱就一凡人，臭豆腐吃多了放臭屁的俗人。"

小秦原本受宠若惊，这下更对他佩服得五体投地，嘴里却说："越自谦越自嘲的人越是底蕴深厚的人，在我心里，您就一伟人呀！"

钟情发出银铃般的笑声，说："你们两个可是惺惺惜惺惺啊！"

张天茂会意地笑，小秦受了感染也跟着笑。

整个房间传导着愉悦。

张天茂的手机响了，接通，嗯嗯一通后，放下，转头说："市领导有事找我，你们慢慢喝，我先走一步。"说完，很绅士地点点头，起身走了。

两人接着喝，钟情说："怎么样？张局长这个人有意思吧？你俩虽然位置不同，但在我眼里一样是大男人啊，不是吗？"

小秦若有所思，答非所问地说："钟总运筹帷幄啊。"

小秦总觉着这个酒局有些迷蒙，还带点卿卿我我的味儿，但究竟怎么回事，竟然想不透彻。喝到最后，怎么分手，怎么回家，事后也回想不起。

两个月过去，小秦希冀的好事不见什么动静，倒是听见连环雷不停地炸响，先是听说李处长被纪检委叫走了，接着听说张天茂出事了，好几个局长处长进了专案组，再听说是钟情他们公司老大爆的雷。他坐不住了，拨通了她的电话。

"钟总，没事吧，晚上聚聚？"

"哦，亲，没事啊。喝酒？小事啊，改日吧，这几天有几件小事忙着处理。"声音依然柔美，依然平静。

"没事就好，没事就好。"放下电话，小秦还是放不下心。

一天，小秦被专案组请去喝茶，提了几个问题，他居然一问三不知，再三晓以利害后，办案人员直截了当地问："你知道钟情与张天茂什么关系吧？"

"不知道。"小秦依然回答干脆。

"张天茂和钟情究竟是什么关系？你同他们两人都走得那么

近，你一定是应该知道的。"办案人员穷追不舍。

"我真不知道。"他一脸疑惑，不像是装的。

"那么，你同钟情是什么关系？你自己的事情，总不能说不知道吧？"

"我跟她没关系，只是吃过两顿饭，真没关系。"

"没关系，会送你一套别墅？在你名下，你不能说不知道吧？"

"啊，我名下，别墅，一套？"小秦大惊失色，脑子一转好像有些明白钟情为什么会对他有点钟情的意思了。

小秦出了专案组，有人关心问起缘由，他一连摇头，说："没意思，你们就别问了。"

有知情的朋友问起结果，他伸出三根指头，说："三个局。"

有人猜："是酒局，色局，骗局。"

他摇头，又说："酒局，茶局，苦局。"闻者似有所悟，忽听他长叹一句，"小秦苦局久矣。"

捐

　　我这人一向清贫，除了人过中年后无厘头地长出一身赘肉外，还从未坐拥过更多的身外之物。不过，事物总有反转之势，这些年，拼拼凑凑归拢至手下的怕也有百万之巨，先不说是什么东西，就是上百万这个数字，也足以让我这个从来都是靠掰指头计数的人傲娇得眩晕。任何东西多了就得考虑出路，就得在旁人，尤其是熟识的人面前炫耀炫耀，正像老人们说的，发财不归家，好比锦衣夜行。虽然读了一点儿书，长了些知识，毕竟还是在这块被翻种了几百上千代人的土地长出来的我，仍然没跳出这个俗套。

　　说来不好意思，我这一百多万不是别的，清醒的时候，我知道是字，遇上别人多恭维几句，自己再念几遍这数目，就会头脑发热，热度高了就会腾云驾雾地犯迷糊，这是字，不假，但这是印刷体的字呀，这字可以变钱，变大钱，不是吗？长篇的，中篇的，短篇的，不都是小说吗？加点情节用点手法糅合杜撰成有点儿筋道的电影或者绵长似麻线的电视连续剧，加以铺天盖地放大了的忽悠，那票房呼啦呼啦往上蹿，那票子就哗啦啦地数，数到手抽筋，数到点钞机烧坏一台，又换一台新的。再说时间就是金钱，几年十几年光阴就在我这一字一句的反复斟酌下溜走，那得值多少钱哪，岂止百万。

人穷脑子并不坏，也不邪，还尽想的是多做善事，做大事，想多看几眼别人羡慕和敬佩的目光，只是心有余而力不足啊！这下好了，兜里的钱多得装都装不下了，可以满足一下心愿了，是虚荣心吗？不是，是真心。印象中，那个大山深处的孩子，衣衫褴褛，骨瘦如柴，脏兮兮的脸上一双黑白分明的小眼睛充满一个大大的希冀，这双眼睛特别亮，装进我心里以后怎么也暗淡不下去，其实小孩的心愿就是辍学后再背上书包。好，叔叔来也，包你就是上大学也不差钱。转日，邀约上几个朋友，当然都是些不差钱的角儿，去山里扶贫。出发的时候，我的安排很有些仪式感，宽阔干净的迎宾大道边，摆放一溜儿黑色锃亮的路虎，每台车的左右反光镜都拴上一根扎了火红花朵的绸缎，那绸缎迎风飘扬，也像是钢花飞溅，挡风玻璃右上方贴了红底黄字的编号"大巴山一号""大巴山二号"依次排列，背景是鳞次栉比现代化的大楼，金灿灿的太阳越过东边的山峦倾泻万千钢针，一切都显得刺眼而气象峥嵘，让人欢欣鼓舞。

车队浩荡，车轮滚滚，辗转来到了大巴山下，那一片白底红字的墓碑似整齐的士兵站立，松塔滴翠林涛低吟的红军陵园，让人感觉肃穆而庄严。大家下车参观、瞻仰、祭奠先辈，再拉起一面硕大的红旗，整队、宣誓、合影，人人神色凝重。

再向大山深处进发。

在一处山坳的一个窝棚，找到脸上脏兮兮的小男孩，八九岁的样儿，就他一个人正在吊锅里煮红薯叶熬玉米汤，看见"家"里一下子涌进这么多大人，他不仅不惊诧不打怵，反倒如同见到久别的亲人一般欣喜不已，忙着不停地招呼客人。

我心底一颤，找到了，就是我印象中的那个男孩那个草棚一样的家。

"爹妈呢？"我问。

他说："爸妈上班，很远。"

"那，你跟谁在家呢？"我们一行中的一个女人关切地问。

他放下正在搅拌锅里的铁铲，笑了笑，露出两排黑乎乎的小米牙，说："外婆呀。她上山去了。"

"你跟外婆住在这大山里，不怕吗？"那女人又问。那个女人很漂亮，齐耳的短发，高挑的个儿，一袭红色的长裙在身，一举一动都显出飘逸、洒脱和足够的女人味。老实说，我特在意那个女人，正面侧身看她都近乎一个完美的倩影，尤其她投给我的眼神，我感觉是在意和欣赏，想着心里甜滋滋的，好几次梦中都为她惊醒，然后是亢奋。

他伸出小胳膊，亮出根本就不存在的肌肉，说："不怕，有我呢!"

这动作好可爱，众人给逗乐了，山窝窝弥漫起愉快的笑声，把树上的鸟儿惊得叽喳乱飞。

"该上二年级了吧？怎么不去上学？"我故意虎起脸问。

"没钱。"童稚的声音很干脆。

"给，钱。"我掏出一沓钱递给他，"但是，有一个条件。"

"什么条件？"他瞪大了眼睛望着我，眼球的晶体澄净，没有一丝杂质。

"你猜猜。"我拿眼偷觑那个红衣女人，她也瞪大了眼睛，不是看那男孩，而是看我，而且没躲我的目光。

"不，不知道。"

"一定要去上学。"那女人抢答道。

"对，我就想上学。"小男孩一把接过钱，高兴得原地跳起转圈，高喊，"有钱啰，可以上学啰，谢谢叔叔。"

众人又给逗乐了，纷纷掏钱给他。红衣女人变戏法似的从身后拿出一个纸质文件袋，把小男孩手里抱不住的钱接过来整理齐展，装进袋里递给他，说："拿好了，待会儿交给外婆。"说完，她拿眼瞥了我，也许是责怪我做事不仔细，但我心里一暖。

"走，我们去下一家。"我吆喝一声，带头沿小路向山后走。

下一家是一个辍学的小女孩，大家一边问情况，一边高兴地掏钱。

这样一家接一家地走，山旮旯里这番动静不小。走到第六家的时候，社长、村长、乡长和许多山民已经等候在那家石头和泥块垒砌的房前。乡长是个精瘦精干的高个子，看见我们踏进院坝，便头里迎上来做自我介绍，一边热情地跟我们每个人逐一握手，一边笑容可掬地频频致谢。山民们自发拍起阵阵掌声。

乡长说："这样走，这山里沟沟坎坎的，你们太辛苦，可以委托乡政府来做扶贫工作。"

"不。"大家七嘴八舌，都不同意，坚持要自己进家入门亲自扶贫。

红衣女人不知道什么时候站在了我身后，鼻孔里哼出一句："又想贪占农民的粮食。"

乡长又说："这样吧，明天县里有一个捐赠仪式，大家可以去认捐几所希望小学，这个纳入了政府计划，层层监管，最后还要通过你们验收。"

对这个提议，大家出奇地一致拥护。

第二天早上，艳阳高照，不大的县城中心广场搭起硕大的舞台，四周彩旗飘飘，锣鼓喧天，号角齐鸣，县长主持，书记鼓动，接下来，企业家、慈善家纷纷举牌上台认捐，场面热闹非凡。我们一行中，我第一个大步跨上台举牌认捐两所小学，其他人紧随我后，都上台做了捐赠。

下台办捐赠手续。我发现红衣女人一直看着我，眼光里充满仰慕，我得意扬扬地掏出银行卡交给工作人员，一刷，再刷，嘣，里边没钱，更不用说四十万了。我嗫嚅，不是有一百多万吗？怎么没有了呢？我顿时面红耳赤头冒虚汗，觉着尴尬极了，不过我脑子转得也快，起身借口说打电话，溜到了人群外，赶紧躲进车里。"哐"的一声，车门把外面的世界隔开，可我还是觉着被许多眼睛盯着，怎么挥斥都赶不走。我愤懑，我恼怒，我轰然发动汽车，猛冲出县城，朝下山的路疾驰而去。车速越来越快，恍惚中发现后面有闪光的红蓝警灯紧追，突然前面出现一个急转弯道，刹车是来不及了，直接冲向悬崖外，车颠三倒四地在山坡上翻滚，我则在车内翻滚，一声闷响，我的头撞上挡风玻璃，一股腥味漫进鼻孔，一片红色迷糊了两眼……

"汉民，汉民，怎么啦？你怎么啦？"是红衣女人的声音，对，是她，急切中仍有亲昵的韵味。

我没死，我有了意识，我努力睁开眼睛，怎么，一片黑暗。

啪，头顶的灯亮了，周遭一片雪白，白得刺眼。

一个女人过来抱住我，有些惊慌："汉民，你做什么梦啊，睡得好好的，怎么摔到地板上了？啊，血，啊，头撞到柜子的角上，啊，这么多血。"

啊，血。我感到头部剧痛，意识仍然有些模糊。"你，你，你是谁？是红……"

"红，红什么呀，是血。"女人的声音有些粗粝了，"不规矩，睡觉还翻筋作怪。"

啊，是老婆，咦，怎么会是我老婆呢？我正好找她要我卡上的钱哪。

"我那一百多万呢？"我质问的语气很粗。

"遇鬼了，这几天老听你说梦话，说你写的一百多万字都变成钱了，头都撞破了梦还没醒。"老婆使劲抱住我的头摇了好几下，头顶喷出的血迹画出很优美的弧线。

散文卷

没有思索和悲哀，就不会有文学。

路

——第一次穿上警服纪事

"路"字象形，一看就知道是"各"人用"足"走路；也可会意，"路"在各自的"足"下，怎么走都是一条属于自己的路。表面看似简单明了，细究起来，几乎每个汉字都有它既深邃又奇妙的寓意。人人都用"足"走路，人人都行走在这个世上，平常得很呀，但并不是人人都能看出个中藏着一些深刻的底蕴，明白"足"下便是人生，不同的"足"会走出不同的"路"，不同的路走出来的便是千差万别的人生。

四十年前的那个欲冷还暖的初秋，尚处在懵懂年龄的我第一次穿上警服，回首理不出个头绪的过往，前望迷茫不知去路的职场，令人不知所措的尴尬和局促，种种滋味在心里翻滚，竟忍不住一时泪往上涌。那一刻蚀骨铭心，至今记忆犹新。毕竟那是自己第一次作足下之路的选择，真正开始人生之路的起步。

有道是，十年寒窗苦，一朝名就时。然而，对于我们上个世纪60年代出生的人来说，没有完整的学校教育，没有完整的课本，没有好好读上一本像样的完整的书，有的全都是学堂外的荒唐史，不是"停课闹革命"宣扬"读书无用论"，就是今天批这个"权威"明天斗那个"大人物",划阶级分山头搞斗争无休无止地折腾,中国之大竟安放不下一张平静的书桌。学业荒废,青春荒寂,心田荒芜,想受一下"寒窗苦"几无可能,自然也就没有辉煌的"名就时"。1977年高中毕业,恰逢神州大地结束了那个鄙弃文化摧毁知识的荒谬时代,恢复了高考,迎来了科学的春天,但我等以貌似受过完整学校教育的学历,托着无知无识之大脑,挺着不学无术之身躯,走进考场,毫无悬念的是一次又一次名落孙山。不甘心"无知"的愚昧,下最笨的功夫"恶补"最基本最基础的文化知识,终于在1982年那个残阳如血的秋日,收到了一所师范学院的录取通知书,同时也收到了单位推荐我参加的招警录取书。喜乎?悲乎?秋水冷暖,唯我自知。

但是,横亘在眼前的是一道更大的选择题:人生之路何去何从?

仰头凝视苍穹,埋首思考人生。读大学握笔从文,干警察提枪执法,何去何从颇费思量。令人感到欣慰的是,重新捡起被遗弃的课本的这些年,也读了许多经典书籍,使原本空无的心田"补种"了一些知识的庄稼,原本浑噩的大脑也有了一些理性的思考。尝到知识的甜头,想从文的念头油然而生,再加之上个世纪80年代思想解放,文学繁茂,文青时髦,我心驰神往。

晚餐的桌上,家人围坐灯下,这个绕不过去的话题自然成为一道不得不选择的"硬菜"。我说,我要上大学,要继续读书。遗憾的是亲情一边倒,最后,父亲说,砸烂的公检法刚刚恢复,需要人才。母亲劝,干警察吧,任何社会都不可能缺失公平正义,再说呢,学习求知是一辈子的事,当警察也并不妨碍你读书呀。我心潮难平。

迈着并不十分情愿的步履,我踽踽独行,走进临时设在歌乐山上的重庆市公安局新民警训练班。

被彻底砸烂的公安机关确实百废待兴。学校是临时借来的军营，领导和教官都是刚从牛棚里解放出来的老警，没有系统的教材，没有成套的训练设施，一切因陋就简，但一切都一丝不苟，严肃认真。

第一天上操场，两百多号青年稀稀拉拉行不成队站不成形，随着一声严厉的军令"立正"，严格的警体训练拉开序幕，队列、拉练跑、摔跤、擒拿格斗，一个个科目接踵而来，没有什么情愿不情愿，只有苦、累、疼痛和疲惫。我咬牙紧跟。

记忆最深的是举行警服发放仪式那天的情景：虽说已入秋，但夏季的溽热还没散尽。嘹亮的集结号吹响，灿烂阳光下的气氛尤其庄严，两百多号新警在号令声中整队完毕，个个屏息凝神身姿挺拔，人人脸上冒热汗泛红光，看上去多少都带点儿兴奋甚至神圣的神情。听见点名，我从整齐的方队里应声出列，正步迈向主席台，立定，敬礼，上前一步走，郑重其事地从两鬓斑白的老政委手里接过一套崭新的警服，还礼后转身，正步入列。程序简单，动作简单，但每个人都感受到了一种不简单，把每个动作都做得极其标准、利索和庄重。

回到宿舍，一一将"上白下蓝，革命红旗两边挂"的警服穿戴整齐，然后伫立在警容镜前，仔细打量眼前这个浑身上下都洋溢着青春气息的警察，那一刻怦然心动，鼻子一酸泪上眼眶，是懊恼，是后悔，还是激动？我思绪万千。

穿上这身警服意味着"足"下之路没有了其他的选择，而这条路于我而言一无所知，该怎么走，才能走好这条路？我心虚迷茫。

入警第一节理论课讲理想，老政委语重心长，谈了许多做人做警察的道理和要义，其中讲了开国第一任公安部长罗瑞卿的殷殷期望：进了公安门，做好公安人，死了埋进公安坟。我心悸动絜然。

身着警服回家，母亲一边扣紧我脖子上的风纪扣，抻抻警服的下摆，一边说：人总得活出点儿自己的价值，干了警察就得像个警察样儿，想想怎么把路走好。闻言心中咯噔一下，想到前路漫漫，不由得一丝慌乱露在脸上。知儿莫如母，母亲又为我正了正头上的蓝色大檐帽，神色坚毅地说：跟党走哇。

没错，听妈妈的话跟党走。我心坦然笃定。

殊途同归。我们来自一个未知的世界，终将去到同样未知的地方，这两者之间的过程，晦暗也好，光彩也罢，全都得靠自己的脚坚持自己的信仰走出自己的路。进了公安门，才知做好公安人并非一个简单的命题。四十年从警路，经风雨可谓刺破血雨腥风，有战友牺牲在凶残暴戾的犯罪分子的枪口下，有队友惨遭歹徒围殴伤痕累累；历坎坷可谓踏平荆棘丛丛，有同伴摔倒在糖衣炮弹的侵袭下，有人绊进白色陷阱或者粉色的坑，也有人掉了队却再也追不上，更有人一马当先奋勇前行一直走在先进的行列。我坚定了信仰也就坚实了脚步，不管世风浮躁，来不及搭理尘世喧嚣，砥砺前行，跨过急流，越过险滩，身后那摞起来足足有半米多高的奖章、奖状、奖牌和荣誉证书，无疑是一步又一步稳健脚步留下的鲜红烫金的印记。我于心无愧。

每当一轮红日从东方冉冉升起，沐浴着温暖的阳光，一一抚慰这身挺括得体的警服，从上白下蓝到橄榄绿，再到藏蓝色的改装，整理双肩上从警员、警司、警督，再晋升至警监的警衔，一而再再而三地回味从警路上的苦涩、酸咸和甜蜜，体悟一个人民警察的神圣职责。我无怨无悔。

是的，路就在脚下，只有不忘信仰，脚踏实地，方能渐行渐远。

写作：灵魂的飞翔

老树发新枝，小树长嫩叶，翠绿翠绿的，枫树的叶片红了，三角梅的枝头艳了，深深浅浅的，交相辉映。阵阵草木花香，声声鸟儿啁啾，突兀袭来，由不得人心旌不动摇。我推开桌前的电脑，揉揉充满倦意的枯涩的双眼，转头窗外，草木葳蕤鸟语花香的满园春色映入眼帘，抬眼眺望大江两岸连绵起伏的峰巅山峦，也披挂满了生机盎然的绿。湛蓝的天，雪白的云，几只苍鹰自由翱翔，箭一般直冲云霄继而蜿蜒而下，画出一道道优美的弧线，一切都触目惊心，一切都令人心醉，呵呵，又一个风和气爽万物向荣的春天来了！

联想到人生的这一刻，记忆的闸门哗地拉开，往事载着情感、慨叹、唏嘘像涌动的大河宣泄开来，继而又汇集成眼前的责问，不是埋头于无休无止的事务，就是低头于不停不息的读写，春夏秋冬一茬又一茬地轮回，多少个美好的春天从身边溜走，我这是干什么呢？故纸新籍摆满案头，枯灯黄卷迎昼送夜，我还是在写，也写了许多，这是为什么呢？是给春添了几分活色，还是给大地增了几分天香？像一头埋头拉车的牛，只知负重前行，竟顾不上欣赏一路迤逦的风光，来不及停下脚步品评人生的酸甜苦辣咸，就这么走，走着走着，大半生光阴过去了。在眼前一幅大好春光图前猛一抬头，竟茫然不知惋惜。

我为什么要写？为什么写？我曾经思，曾经问，此刻我更加认真地追问。

我思，故我在；我写，故我在。但，仅仅如此吗？

对于写作者而言，一般都关注"写什么""怎么写""写得怎样"这三个问题。诚然，写一篇文章也好，创作一部文学作品也罢，用心"把握"好了这三个方面，以心为炉"熬炼"出来的作品再差也不会差到哪里去，至少应该是"像样"吧。我这个业余写作者的写，同样也尊崇这个路数，但从萌动念头，谋篇布局，到坐下来拿起笔或者操起电脑的键盘之前，更多想到的还有一个"为什么写"的问题。键盘上敲出的那点儿不怎么"像样"的文字，自然也是朝着这个方向在流淌在汇集，直到完稿、投稿、待编辑审核后刊发以至收到读者的反馈，也特别关心是不是实现了当初的目标。

从第一篇手写体变铅字的文章发表至今，30多年过去了，年岁渐长，阅历渐增，谋生之余仍笔耕不辍，自认为算是勤奋之辈。尽管见之于世的文章不多也不见什么名利双收，即使笔力不逮仍牵强附会拼凑文字而滥竽充数，毕竟已有上百万字的作品刊发于报纸、期刊、网站，为什么能够坚持写下来？我想，缘由恐怕是我将"为什么写"看得至高至重。从最初只是出于一种良好愿望的冲动，写着写着就磨砺成为一种情结、一种信仰、一种习惯，融合成了工作、学习、生活的一部分。正因为心中揣着期望、情结和信仰，才可能不断从生活中发掘兴趣并保持旺盛的激情，才甘愿不辞辛劳胼手胝足去跋涉，去耕耘，去追求。

记得第一次在报纸上发表文章，是上个世纪80年代的事。那时，新中国第一次"严打"风暴如摧枯拉朽一般席卷神州大地。作为公安基层警队的一名专司侦查破案职责的刑警，积年累月，经手的案件形形色色数不胜数，让人忙得脚后跟踢后脑勺，根本就没有多余的思考。直到有一天经办了一起诈骗案，案犯和受害人的种种境遇突地触碰到脑子里那根脆弱的神经，才不自觉地停下办案的手和脚，静顿地思考了好些日子，终于拿起笔写下第一篇算是文学创作的纪实文章。

案犯落网时不过三十来岁，一米八的个儿，身材矫健，相貌堂堂，举止儒雅，用今天的话来形容简直就一"高大上"的帅哥。这家伙原本是西北纺织城的一个机修工，因为违反劳动纪律被工厂开除，接着就凭着三寸不烂之舌流窜各地搞诈骗。忽一日窜至渝城，专门在学校、机关、商场门口寻找年轻漂亮的姑娘搭讪，自称是中央电视台的导演，正主持拍摄 80 集电视连续剧《蒋家王朝》，来这里是想物色女一号和几名主要女演员。如果有人感兴趣，他便拿出事先准备好的导演证、工作证、剧组介绍信之类的证明文件，骗取了初步的信任，才逐渐抖搂背景，一会儿说自己姓许，是某个知名的省部级领导的儿子，一会儿又变成一个中央领导的孙子，套上近乎后，还不时慨叹单位纪律规定很严，家庭教育要求更高，一直不准他谈恋爱找对象，这次好不容易找到机会溜出了京城，云云。几番表演，层层递进，由不得那些涉世不深的年轻姑娘不上当受骗。及至案发，这家伙骗了三十几位女性，骗钱骗物骗情，有的被骗钱财数额颇巨，还有人心甘情愿与他同居甚至谈婚论嫁。

接到犯罪线索，警队立即组织专案侦办，且不说查找案犯踪迹直至最终擒获这只狡猾狐狸的艰辛，也不说当初缺少交通工具没有信息化条件要查证其真实身份是何等曲折，只说说访问那些受害人调查取证时困惑、心悸和尴尬的境遇。当警察亮明身份，明确告诉受害人对方是一犯罪嫌疑人时，那些花容月貌的姑娘并未大惊失色，反倒是质疑警察，是你们搞错了吧，人家可是高干子弟呀，有的仍期望甚高，我等着他，他会让我演电视剧《蒋家王朝》的女一号；有的执迷不悟，不可能，人家证件、手续什么都有；更有甚者，她们的父母深信不疑不说，还振振有词，怎么啦？嫉妒啊，我女儿就要嫁他这个人。作为办案警察，除了苦口婆心不厌其烦解释之外，我困惑得心疼，无奈至哀叹，容颜姣好的姑娘踏出人生第一步就遭遇色狼，气质甚佳的小女孩满怀对生活的美好憧憬偏偏撞上一只骗人的狐狸，善良的人们怎么这么容易上当受骗，就凭着罪犯两片薄嘴口吐莲花就丧失了最后的底线。我不忍看这些个细嫩如朝花的姑娘醒悟过来那一刻的悲哀和欲生欲死的痛切，那情景就是铁人看了也会心痛，诚如鲁迅先生说的："真正的悲剧，是把美好的东西撕碎了给人看。"我不仅得直面，还得把真相告诉她们，在她们眼里罪犯的画皮是我捅破的，是我把她们眼里"美好的东西"撕碎了，仿佛我才是真正的罪人。我心悸许久，思考许久，应当告诫更多的人，灿灿阳光之下并非都是金光大道，还应当警惕脚下随时可能出现的陷阱，于是我拿起了笔。十分清楚地记得，1986 年 12 月 1 日，我写的第一篇稿件上了这个城市晚报的头版，接着转二版连载七天。拿着报纸，手写体作文变铅字的喜悦，大名远扬的遐想，陶醉其间不亦乐乎，直到有一天编辑部转来一封读者来信，读着里边大段感谢作者揭露骗局提醒世人谨防上当的文字，才意识到写文章都有一个"为什么写"的问题。兴奋冷却下来，联想宽泛了些。警察的职责是揭露犯罪，惩罚罪犯，使游走在法律边缘意欲攫取、侵犯他人合法财产和生命安全的人因畏惧而却步，把这个责任尽到了就算履职完了吗？警醒世人防范犯罪恐怕才是更大的社会责任，这需要全社会的共同努力。

略感欣慰的是，这篇文章至少对当初提笔时想警醒世人的期望起了一定作用，也算是一个警察尽了一份额外的社会责任。

我从小就没什么梦想，毕竟出生在饭都吃不饱的年代，更谈不上什么文学大梦，但第一篇稿子见报便改变了我的命运，从此就是写，一直踏踏实实地写。第一篇稿子见报不久，组织上调我去做地方公安报的编辑记者，还凑合着担任了公安部的《人民公安报》驻地记者。专职写手，天天描写公安工作的方方面面，时时叙述公安人的所作所为，但消息、通讯、纪实报道突出的就一个"实"字，明面的目的就一个：宣传。成天埋头就写，大多是"命题作文"，没有"为什么写"的问题？写实之余，我想，是不是就没有深度挖掘、剖析案件背后和解读事件前因后果的问题？同类题材是否应当提炼出来进行文学处理，既增加可读性，又延伸时效性？

就拿警察的主业——侦查破案打击犯罪来说吧。破案是一个逆向溯源过程，案犯在一定的时间地点把造成的犯罪结果摆在那里，刑警就是倒过去从发现罪犯遗留的蛛丝马迹入手，侦查取证，揭露犯罪，最终擒获罪犯。那么，如何写破案很有讲究，而"为什么写"决定了作者的选择方向、挖掘深度和社会影响力。破案的过程充满许多异常曲折甚至诡异逆反的因素或者节点，本身就是值得一写的文字，写出来博人眼球是毫无问题的；这中间警察与罪犯有勇有谋的博弈，"勇"到刀枪对持以命相搏，"谋"至绞尽脑汁纤毫必较，也是一篇可圈可点值得泼墨重写的大文章，写出来发表社会效果也不错。但我更多地注意到了案件的背后，不同案犯背负不同的犯罪动机，折射一种或者一类社会现象。还有，虽然案破了，罪犯也去了他该去的地方，但犯罪产生的恶果留在了大墙外，有的还在滋长、发酵、膨胀，一时半会儿还消弭不了，该怎样引起社会的关注，警醒群众，予以预防和心理疏导教育？我首先考虑的是写出来能对社会起更好的作用，才会动笔。

曾经有文友批评我在写作上是情感动物，触情动性就写，也有人批评我太看重"为什么写"，不懂得如何去迎合市场，这样写怎么也走不远行不高。但我与自己的大脑商量的结果是，没有真情实意，不能产生更好的社会效果就不值得写，如果看人脸色写命题作文，如果为了迎合市场写了"适销对路"的作品，违拗自己的意愿和情感作曲意的褒或贬，与自己的良知、原则和掌握的常识过不去，会是一件极痛苦的事情。

谁愿意为难自己，尤其是在写作这件极个人的事情上？

好在是警察记者，不像宣传部门的记者要按照提纲或者编辑意图去写，见教公安与纪实写作并行不悖，笔触跟随公安工作的深入，也延伸至社会生活的诸多方面。有了"为什么写"的引导，我可以有更多选择和把握重心。一起拐卖妇女儿童的团伙案破了，除了讴歌办案民警辗转千里调查取证的艰辛与曲折，揭露犯罪分子哄骗、利诱、胁迫的作案手法，我还深入了解罪犯的作案动机以及这类犯罪给受害人家庭造成的危害，连续予以深度剖析，最大限度地去警示人们；集结众多警力历时甚长终于破获了一起杀人碎尸案，作为专业报纸的记者应当写什么报什么不用提示，但我更多地发掘案件背后引人深思的案犯个人经历、家庭背景、杀人动机以及社会原因，这样写出来才足以让人们在主导教育、疏导矛盾和防范犯罪方面予以重视。遗憾的是，作为记者的写作几乎没有文学艺术含量，不具独特的审美意义和长久的时效，我曾困惑于此，试图向文学进发而不尽如人愿。

就写作而言，更大的遗憾是，身不由己地中断记者生涯。1993 年 3 月，一纸调令又让我重返公安工作一线，还没来得及做由记者当作家、由记叙文生发出文学作品、由"豆腐块"演变成"大部头"的大梦，命运戛然转折，不得不就此别过向字里行间讨生活的日子。

没想到，这一断就是整整 20 年，全身心地投入到冗繁复杂的公务之中，几乎没有了写作的念头，文学梦也消失得干干净净。

虽然工作之余，我也坚持写点儿文字，但只是工作报告、调研文章或者论文之类的材料，即便如此，也是偶尔为之，零星成篇，难以为继。二十个春秋轮回，把年富力强的生命奉献给了社会，所幸因为工作缘故，也更广泛更深入地接触社会的不同层面，见识了三教九流的生活，对社会对时代渐次积累了更深刻的思考和认识；所幸因为秉性使然，公务倥偬中挤出缝隙，哪怕这个缝隙再逼仄，也会捧起一本书读上几页，案头上经史哲随时奉读，书架上儒释道信手拈读，经典著作反复研读。现在回想起来，那段人生阅历何其宝贵，亲身经历及耳闻目睹的世相百态，对积累感知沉淀认知升华思想何等重要。

没想到，"为什么写"的老问题会重新燃烧我写的激情，而且向文学创作发起了冲锋。

2013 年，渝城那场平地而起的狂风骤雨终于平息下来，如海啸一般暴虐过的这个西南腹地的城市，人事凋敝如残枝败叶，不得不使人们在清理、扫除、重归秩序的同时也冷静地清理着自己的头脑，反思着自己的所作所为。曾经的"唱红"气象万千狂热一时，曾经的"打黑"野蛮霸凌波翻浪滚，所有的言与行都在光明正大的口号和公平正义的旗帜下，无坚不摧地横扫一切。但是，就在倏忽间，甚嚣尘上的喧嚣偃旗息鼓，风头正劲的闹剧烟消云散，这是为什么？实际上，人们从未停止过思考，经历了那段凄风残雨的岁月的人更是引为深思，无数个"为什么"骤问着无数个保持有正常思维的头脑。身边的这种客观存在，能够麻木忽略？种种怪异的真相长久地笼罩在重重迷雾之中，能够假寐无视？黄钟毁弃，瓦釜雷鸣，能够沉默容忍？思考中透着焦虑，胸中块垒淤积，脑子风云激荡，仰天长啸呼之不出，我得叙述这些真相，给世人给后人留一些思考和判断，终于在一个万籁俱寂的夜里拿起了笔。

这个目标激发我满血复活，从未搞过文学创作的我，竟不知深浅不辨高低写起了现实小说。老实说，这是一个不可选择的选择。这一写，就是一部近30万字的《绝对意外》脱稿。投稿若干处，要么被退稿，要么被直接拒绝。这部书稿写于2013年秋季，八方投送时值当年的冬季，若干次被拒的心情如寒水一般。衷心感谢啄木鸟杂志社的领导和编辑，在冬去春来的季节接手了这部稿子。2014年被《啄木鸟》期刊（夏季号）以中篇小说刊发，并入选当年年度中国公安文学精选（中篇小说卷），次年被群众出版社以长篇小说出版。国家级大刊和出版社在我眼里的地位崇高至极，这种鼓励是巨大而悠远的，由此激发的这一写，就像是泄闸的洪水一发不可收拾，竟接二连三地写出若干中篇、短篇、小小说。好在有30多年的人生积累，无须采风，不用体验生活，读过的典籍、亲历的人事、耳聆目睹的世相就是极佳的创作素材，独立自由的思想翱翔之上，围绕官场贪腐、警界乱象、案件侦破、案后反思和反映人民警察生活的酸甜苦辣，以及塑造刚正不阿百折不挠的人民警察形象等诸多主题，汇拢材料、提炼精气、构思提纲，然后就忠实地认真地不停地写，不断推送给报纸、杂志、网站，接着又选出几个中短篇小说出版了两个集子《绝对现场》和《绝对关键》。这一写，就像是要把胸中淤积的块垒倾盆吐出，想把若干个"为什么写"抖搂干净。以小说这种形式似乎还不足以充分表现，还觉着没尽情没尽意，又学着写起了散文、随笔、杂文，正如我在一篇文章中慨叹的那样"何不直抒胸臆写情怀"，真想敞开胸腔袒露灵魂，把自己所闻所见所思所想奉献给社会奉献给这个时代，给人们以揭露罪恶的快慰、鞭笞丑陋的冷嘲、针砭社会时弊的热讽、弃恶扬善的劝谕、抵御诱惑识破骗局的警示，让人们健康、安心、自得地享受美好时光美好生活的愉悦。

没想到，梳理追溯起来，"为什么写"居然是我爱上、热爱、坚持写作的源头，埋进心中不一般的情愫。

对出生于上个世纪 50 年代末 60 年代初的我们这代人，最大的不幸就是遭遇了背弃知识毁灭文化的"十年浩劫"，在正当接受国民教育学习基础知识培养基本技能的年龄段，去干一些悖天理违常伦的荒唐事；最大的幸事是又躬逢了社会的大转折，迎来了科学的春天和改革开放的大时代，尤其是整个社会对过去的反思，触动人的灵魂，解放人的思想。小民如我身处大时代只能应时而动，既恶补基础知识，又如饥似渴地读经典，可以说是在脑子里把平整理了文学的土壤，埋下了写作的种子。踏入社会遇上动情触性的人和事，一想到写出来会对这个时代有所裨益，就毫不犹豫地开笔。想想也好，既然文学是人学，具有社会性的时代特征，如果不能从叙述、描写的内容中窥见或者提炼一定的思想，纯粹当作玩赏春花秋月或者无病呻吟的文字游戏，不如不写。

没想到，"为什么写"里边潜藏着自己生命的价值，对它的追问竟然成就了孜孜以求的人生意义。

鲁迅先生说：没有思索和悲哀，就不会有文学。排除了俗世的功利性目标，"为什么写"必然使人冷静观察世事、客观思索世相，尤其是多角度多维度地深刻思考，这样写出来的作品相信会有一定的思想性、影响力和震撼力，能够体现作者的生命价值和人生意义。我是这么看，也是这样做的。

用这样一种更深刻更全面的思考过程来创作文学作品，就能在时间里往返，在空间里穿越，与时代相向而行，与世界平起平坐，以现实之上的恣意翱翔，既贴近社会，又展翅高飞俯瞰大势，既纵横捭阖，又收放自如。遗憾的是，我朝着这个目标胼手胝足砥砺前行，却差之甚远。

人是一种傻傻的动物，"以有涯随无涯，殆也"的道理尽人皆知，却还在固执地倔强地认真地求知、探索、传承科学与文化，而且偏爱文学的人多从苦难、悲剧、忧伤的角度去切入思考，着魔至"朝闻道，夕死可矣"的地步。人又是一种很聪明的动物，因为具备思考的能力，使他不仅仅停留在物质的层面，更享有精神乃至灵魂境界的生活。无数个迎朝阳送晚霞的昏黄交割时分，我追问自己写作的目的。写作者虽说不是"授业，解惑"的师者，但至少应当做做"传道"者或是"殉道"者，就像当年鲁迅、郭沫若毅然弃医从文，以文刺激国民的麻木不仁的神经，疗救劣根性的痼疾，丰富和传承优秀的中华文化；虽说永远无法企及大师的高度，但永远为梦想而不停顿地写，焚膏继晷亦当无怨无悔。诚然，对于我这种半路出家的初学者，蹚野路子追逐文学的书写者，业余创作仅仅是一个方面。另一方面还得学，学文学理论，学创作技巧；还得读，读经典著作，读名家作品。写作很苦，确实是一种需要加倍付出的心力劳作，是一件极艰难而困苦的事，但持之以恒坚持下来，成为一种常态，成为日常生活不可或缺的一部分，"苦"便消退了，淡隐了。反之"甜"来，写作中创造并收获了无以言说的精神愉悦，叙述穿越时空浏览古今中外，深入社会领教五行八作，把万相百态以独有的风格在字里行间再现出来；描写塑造出不同形象的人物，刻画不同的性格特征，探幽不同的精神世界，与各自的灵魂对话、碰撞、交流、共鸣，以自己独行的灵魂去追逐、融合中华民族的魂魄。鲁迅先生说："惟有民魂是值得宝贵的，惟有他发扬起来，中国才有真进步。"

没想到，对"为什么写"的深究拷问，竟差点儿使我弃笔罢写，重新拿笔的手竟前所未有地惊悚战栗。

书籍是人类进步的阶梯。这是人人耳熟能详的至理名言，这个"阶梯"的进步首先要靠好的作者呕心沥血写出好的作品。难以置信的是，曾经写出惊世骇俗的好作品影响多少代读者促进社会进步的大作家，曾经著作等身已是名贯中西的大师，步入日暮之时却弃笔罢写，叹息写以何用，不知是一种力有不逮的无奈，还是对人生参悟透彻之后的言行，但对我之震撼是巨大的。曾经一部《丑陋的中国人》致海内外华人世界振聋发聩，以犀利的杂文遭遇十年牢狱之灾，尔后仍奋笔不止，一篇接一篇利剑一般的文章讽刺假丑恶的世相，挖掘国人的劣根性，抨击酱缸文化，想把中国人的劣症顽疾连根除掉。这样一个钢筋铁骨般的大文豪柏杨，居然在垂暮之年慨叹："写这么多有什么用？"其言溢出的心灰意冷之情令人唏嘘。无独有偶。以"文学就是人学"一论绝千古的文学理论学者钱谷融，刚满六十四岁，正值创作盛年，却坚称："以后我不再写了。"还有，举世闻名的世界文学大师托尔斯泰一生笔耕不辍，晚年时记者问他为什么不写作了，答案居然会是："这是无聊的事，书太多了，如今无论写出什么书来也影响不了世界。"亦是一种无奈的哀叹。

再者，踏入庞然大物般的图书馆，走进巍峨耸立的购书城，琳琅满目的图书企立在一排排一列列顶天立地的书架上，用汗牛充栋来形容书多尚不达意，说浩如烟海一点儿也不过分。年过半百的我逡巡其间，已经没有了当年徜徉书海的惬意，反倒觉着那一排排挺立的厚薄不一的书脊像一座座令人景行行止的高山倾压下来，使人无法喘息，感觉到自身不可想象的卑微。想想大师们出手皆是举世惊赞的大作，老来尚且嗟叹：写书何用？再想想我等几无天赋的凡夫俗子，成天冥思苦想搜肠刮肚地爬格子敲键盘，拉拉杂杂拼凑不甚"像样"的文字，勉强成书，有道是"文章千古事"，下一句应当是"若非是经典"。既不算"经典"，怎么留存？怎么流传？更遑论"人类进步的阶梯"。细思极恐，不觉羞愧而委顿，汗流涔涔，以致无地自容。

罢了，罢了，就此搁笔吧。

思罢掉头，却依稀看见以燃烧生命铸就文字的路遥、酝酿半生发誓要写出一部"枕棺之作"的陈忠实、与轮椅相伴三十年靠透析维持生命却趁着小得不能再小的"病隙"抓紧"碎笔"成就大作的史铁生，还有斜倚在轮椅扶手边的霍金、卧病在床仍口述文章的巴金……直面他们，我豁然明白，他们是以燃烧自己的方式在延续生命，用人格、信仰、灵魂铸就的传世之作影响、改善、延续这个民族的脉流。直面他们，我不敢想象他们下笔伊始就知道自己写下的都会是"传世之作"，他们的每一篇文字都会是"经典"，不是我对先贤大师的不恭，而是常识告诉我，"经典"之所以成为经典要经过众识和时间的考验，非一时辉煌铸就。再说文学是再创作的艺术，自由的空间，形式的创新，技巧的多样，天开地阔。不写，文以载道也好，道以文传也罢，无从谈起；不写，我笔投何处？何以泄我思抒我情？同样走投无路，也使我无地自容。

我把"写书何用"的嗟叹更多地看作是大师们对人世间通灵到底的感悟，是独行的灵魂进入最高层面的袒露，试想，没有大量读写的积累、持久深入的思索是不能抵达这样的灵魂层面的。以清新风格的"荷花淀派"小说领军的大作家孙犁曾感悟："晚年对世事体会深了，偶一触及，便有入木凿石之感，但确实也不愿再写多少了。"想想，"入木凿石之感"的写作是一种什么样的境界呀！既然如此，我等无名小辈还需刻苦努力，趁着自己尚在物质与精神的层面苦苦挣扎，尚未抵达灵魂的高处，尚且在俗世红尘中保留着那一点儿初心，再者已逾"知天命之年"，有限阳寿更催人时不我待地耕耘，否则，就如鲁迅所言："死者倘不埋在活人心中，那就真的死掉了。"

叔本华认为："作家可以分为流星、行星、恒星三类。第一类的时效只在转瞬之间……第二类是行星，耐久得多。只有第三类不变，他们坚守着太空，闪着自己的光芒……"我算什么呢？按时下的体制，不是哪一级也不是哪一类作协或者文联的会员，根本算不上作家，充其量就一个写作者，那么，顶多就是一块从空中落下借光而亮的陨石，甚至来不及放光就淹没在西伯利亚的大漠里。在文学日益边缘化的今天，我无意于给这个社会增加什么影响力，也无意于功名利禄之争，只想把这种劳碌自己于人无害或许有所增益的生存状态融入这个时代，至于写出的文字或长或短或深或浅，能否走红一时或者扬名立万，根本就不在我的初心之列。

尽管这是一个没多少人读书就是有人读书也读不了多少的年代，尽管这是一个写书不是为博得眼球就是为赚取市场捞得利益的社会，我坚信，经过省示的灵魂会有一种澄明，澄澈透明的灵魂必将产生有一定思想内涵、艺术品位和智慧光芒的文学作品，而追问写作动机就是澄明灵魂，从而进入抛弃功利的写作境界。这样的写作，注定是冷漠的、贬义的、边缘化的，但我以为是公心的、纯粹的，也是高尚的，自己从中获取的精神愉悦是悠远而广阔的，除此之外的一切，根本就不在我的初心之列。

春光无限，鹰击长空。我之灵魂似苍鹰翱翔，矫健有力的翅膀不正是握在手里的笔和指缝下的键盘吗？聚神凝思后的文字托起灵魂振翅高飞，强有力地在蓝天上搏击。

其实，春天一次也没错过我，不仅没错过，还比自身经历更多次地迎来人间春色，还更加心旷神怡地享受了春之色彩、春之温暖、春之韵味，因为我的笔无数次描摹过春天的景象，灵魂阅尽春色，让自己的身心拥抱春之魂魄，与春韵一起律动。

以个人的认知度、自己的文学造诣，天资平平的我，也许永远也写不出经典之作，但我坚信，不忘初心的写作，只要能够以心灵之镜"烛照"读者之心，于灵魂间产生些微共鸣，那就凸显了生命的价值，使平面的人生凿刻出一点点立体的意义。

这样融入灵魂的写作就是一种飞翔，贴近人世间，穿越时空间，一飞冲云霄，展翅翔大洋，直抵人心底，无拘无束，恣意汪洋，出神入化的飞翔！而我手中的笔，只是记录下了它飞翔的轨迹而已。

大与小

　　近日，一位资深女警在微信朋友圈晒出一组年轻时的工作照片，看了让人触景生情，怦然心动。倒不仅仅是因为她着一身橄榄绿警服，浑身洋溢着青春气息的绰约风姿而动人，更让人感动的是照片里都是当年她在基层派出所当户籍民警时与地段居民互动的情景，有她与青年学生谈心的身影，有她带领一帮子幼童在草坪上荡秋千、做游戏的场景，有她夹着户口本到居民家中同老太太老爷爷喝茶聊天、一起包饺子的图景，还有她郑重其事地主持居民代表会议的留影。最令人触目动心的是每张照片都凸显一片其乐融融的亲情，里边的每一个人脸上都布满真情的笑容，每一帧画面都充满动感，仿佛身临其境伸手就能够触摸到人人发自内心的真情实意。

　　这些看似不起眼的小事，里边蕴藉着公安基层基础工作的要义。这情这景仿佛就在眼前，也好像离我们渐行渐远。当年全国公安战线的先进集体——东莱派出所、大阳沟派出所的先进事迹，爱民模范马天明、谢德荣和许许多多的基层公安民警所做的工作不就是这些照片展示的情景吗？细致入微的工作方式、不分分内分外的关心关爱和水乳交融的警民鱼水情，这些照片真实的写照不能不勾起我们美好的记忆，沉吟之余，禁不住问一句，难道当年公安民警许多优良传统和作风只能仅存于脑海里回味？

用我所掌握的不甚精湛的摄影技术和基本知识来判断，这些照片无论构图、角度、用光都不差，至少出自一个对摄影相当用心的人士之手。再用心细看，还能看出，这些影像绝不是故意摆拍而成的，而是跟拍的自然实景，因为那一张张笑脸充盈的情感十分真实，跟硬憋、假装甚至导演出来的扮相大不一样，实际上为了配合一个小小的无权无势的户籍民警，地段群众也犯不着言不由衷地装出一副和蔼动人的笑容。

带着疑问，我专门问了照片中那个穿橄榄绿警服的主角，她介绍说，那只是她上个世纪八九十年代在城区一个派出所干户籍民警时留下的许多弥足珍贵的照片中的几张。辖区居委会一个治保委员退休前是一家厂子搞宣传的干事，酷爱摄影，手里老是拿着一部老式相机四处转悠拍风景拍民居拍百姓生活和好人好事，拍完了，黑白胶片自己冲洗印，彩色的自费拿去洗印，偶尔还在报纸杂志上发表几张作品。这几张照片就是他平时抓拍的，在她要调离那个地段时作为礼物送给她的。由此说开了当年的地段工作，她信手拈来如数家珍。那时警力少，一个户籍警管一个段有三四千户一万多号人，要把基础工作做扎实，只得不辞辛劳不分昼夜走千家进万户，了解情况，调查问题，知人知情，千方百计做到底数清情况明。

基础工作做好了，能把公安工作落实到一个什么样的程度？我问。只要上级布置的任务涉及我管理的辖区或者人口，不用再去调查，也不用翻本本，我立马掰开指头就能说个八九不离十，实在有困难找个治保委员问问就解决了。说这番话时，她轻松自如，神采飞扬，显得底气十足。

我问，要把基础工作做扎实是一件既费力不讨好又很困难的事，你是怎么做到的？没群众支持能做到吗？她回答是，做小事啊，从那些毫不起眼的小事做起啊，只要你暖了辖区群众的心，还有什么做不好的事。譬如小巷里的路灯坏了没人管，你及时联系协调给换了，黑黢黢的巷子亮堂了，群众的心就亮了；譬如某一家老太太生急病，你立刻找车把她送到联系好的医院；再如你进居民家中不是虎着脸谈事，而是嘘寒问暖，从关心关爱出发说邻里间的事，那效果就不一样。群众心动了，就把大家组织起来看护儿童、帮教违青、守楼护院、治安巡逻，基础工作不就起来了嘛。忆起往事，这位警察朋友一再感慨，只要你把这些鸡毛蒜皮的小事当作大事来做，而且做深做细做到人家心窝子里去，大家还不拥护你？平日里居民对你的亲热劲不用说，逢年过节这家包饺子送你那家吃汤圆请你，真不把你当外人，那可是把咱警察当作比亲人还亲的亲人。

好一个"把小事当作大事来做"，她不舍昼夜，放弃节假日，不知费了多少心血去忙乎那些无足轻重具体入微却关乎一家一户安宁的小事，事虽小，只要诚心诚意去做就有了热度就能暖人心。事实上，从上个世纪 50 年代开始，这种为民做实事做好事的爱民传统，就在公安机关传承了下来，并且不断发扬光大。这样做事的人民警察肯定很辛苦很劳累，有时甚至热脸贴着冷屁股，但把小事做好了，就贴近了群众走进了百姓的心窝子，自然能赢得老百姓的高兴、拥护和支持，群众就"把咱警察当作比亲人还亲的亲人"。有了这份深情厚谊，何愁不能维护一方稳定、保一方平安？就这两句话，这位身材娇小羸弱却甘于把小事做好的女警，在我眼里的形象霎时高大起来。这是任何身临其境的人，心中都无法拒绝的真实崇高的人民警察形象。

较之于过去的这种"小"，再看看如今眼下什么都冠之以"大"的现状，以及这种"大"对以往的"小"持藐视和摒弃的态度，难免不使人生出些许愁绪和疑问。

进入 21 世纪，因为前所未有的人口规模以及城市化进程，因为由工业化转型进入信息化的社会发展，以互联网为代表的全球通信连接技术革命带动经济社会飞速前行，一个新的高速发展的时代已经不可阻挡地来到人们面前。公安工作自然毫无悬念地跟进时代步伐，除了体制机制改革，"互联网+"、大数据、云计算、人工智能、机器人等诸多新科技新手段被引入公安工作中，使得公安民警如虎添翼，使得公安工作事半功倍，极大地便利了人民群众，也极大地提高了社会治安管理和公安工作的效率。

毋庸讳言，时代的发展需要大踏步大跨步的前进，大开发、大建设、大工程推动经济社会快速进步，尤其是大数据、云计算等高科技的应用，的确快速提高了人民群众的物质文化生活水平。但是，我们还应当冷静、客观、清醒地看到，过去我们常批评"贪大求洋"，现在却一味追求"高大上"，至少对"大"是孜孜以求的，唯恐"大"得不够，"大"得不够吸引更多的眼球，还动不动冠之以"国际"二字以求"洋"。如此求"大"之风盛行，一些极为有益的"小"（也可能是问题的"小"）被忽略，甚至被彻底抛弃了，弄不好就会成为深刻的历史教训。就拿公安工作来说吧，一些陈旧的犯罪形式和犯罪手法沉渣泛起，部分治安防范问题靠物防技防不能解决，老幼年市民的防范犯罪知识不足技能低下，人民群众对公安工作的满意度呈下降趋势，诸如此类的问题仅仅依靠大数据、"互联网+"这些高科技大手段恐怕并不能完全解决，还得要"大"中有"小"，汲取优良传统作风中好的做法，从小事做起，还得要广大民警深入一家一户做细致具体工作方能奏效。

高下相倾，长短相形，任何事物都在比较中存在，而合理的存在无疑都是有作用的。"大"之所以显著、庞然、辉煌而引人注目，是因为它蕴含着无数的"小"，无"小"不能成其为"大"。即使独立存在的"小"，尽管细微、赢弱，往往可能被忽略，但其个体的存在和特有的作用恐怕也是无以替代的吧。"大"的作用固然显耀，"小"的功能也万万忽视不得，高山虽巍峨但人可以将其踩在脚下，可鞋里的一颗小沙粒却可以阻挡你的脚步。"小"看似不显山不露水，实际上日积月累在关键时刻方能显大用。公安工作尤其需要"大"与"小"的有机结合，不可偏废，只有这样才能全面地真实有效地取得真实的进步。

《管子·心术》说："道在天地之间也，其大无外，其小无内。"这话把围绕"道"这个内核，"大"与"小"的作用解说得无法想象。

公安工作的"内核"就是群众工作，走千家进万户，嘘寒问暖，扶贫帮困，赢得百姓的心，取得群众的支持。这是做好公安工作的根本。那么，光做"大"事不够，还不能忽略"小"事，必须做好细小入微有热度暖民心的事情，这些看似无用的小事恰恰在把握"道"上有大用。

这位警察朋友还感触颇深地说了一句十分精当的话：其实，群众工作真的无小事。

改革：时代洪流浩浩荡荡

高铁，光滑漂亮的流线体一脚踏进科技迅猛发展的新时代，走向经济高度发达世界的一张崭新的中国名片，其本身就是披荆斩棘突飞猛进一路高歌开拓未来的时代象征。

乘高铁，除了坐享车内精致的装饰、完备的服务设施和舒适的座卧环境，品味时间浓缩且几无舟车劳顿的愉悦，充分感受突破传统的运营方式而使用全电子化操控所带来的风驰电掣的速度，举目窗外，高速度带来的景物景色如魔幻般瞬间移动变化，大山、田园、草场、森林，突兀而至，江河、湖泊、高楼、大桥，转瞬即逝，变幻无穷，让人目不暇接，即使想稍稍回神略微回味一下眼前美景而不可得的遗憾，也都是满满的兴奋和甜丝丝的回忆。

高科技产生高速度，高速度带来的视觉冲击前所未有。不能忘记的是，人们对速度的感知都有一个惊诧、失衡、熟悉、接受的过程。就拿 1895 年第一部拍摄火车的电影《火车进站》上映这事来说吧，这段不到一分钟时长的胶片记录了 19 世纪火车驶入巴黎萧达站的情景，绝大多数观众竟吓得大惊失色，有人还钻到了座位底下。火车的诞生与进步，以其怪兽一般庞然大物的身躯、雷霆万钧的呼啸和闻所未闻的速度，让人不由自主地以其为形象来形容以后的人类发展。但是，以蒸汽机为标志，人类社会进入工业革命时代，300多年来的经济社会发展进程，仅仅以火车这种运输工具的更新换代、动力改变、技术更新整合，哪怕就是以它全新的姿态和动态来譬喻时代社会的快速发展仍是远远不够的。工业化催生新技术诞生，信息化引领高科技发展，致使整个社会进入一个全新的层面，资本运作加速经济对社会的推动力，城市化促进人财物大流动，无论是工具（包括运输工具）的更新，还是环境改变、资源重新配置、高技术群布局、科技创新与大尺度大空间的拓展，大数据、"云计算"、"互联网+"、人工智能支配人类活动的时空，用"斗转星移""变幻无穷""日新月异"这些词语来形容也未必完全囊括得了。

经济社会的快速发展，让生存在这个时代的人们思想观念、意识形态，乃至工作生活的脚步不一定都跟得上发展的节拍。许多传统的东西正在消失、正在裂变、正在更新，人们惯性的思维、固化的程序、缓慢而机械的节奏被飞速发展的社会冲击得七零八落，新的理念、新的结构、新的秩序正在重组构建。但是，经济社会的高速发展难免会遗留和造成许多问题与矛盾，比如环境污染，比如认识的差异，比如体制的不适应，诸如此类不解决就会阻碍时代进步的问题明而显之摆在了人们眼前，解决问题的方案在哪里？矛盾化解的出路在哪里？人们焦虑、思索、调查研究，寻找症结所在，找到问题的关键，取得的共识就是改革，持续改革，让改革伴随经济社会发展的始终。

新时期的改革应当是全方位全领域全面的改革。就公安机关而言，履行维护社会稳定、管理社会治安、打击刑事犯罪是它的主要职责。面对剧烈变化的态势，如何履行好职能职责？除了借助"大数据""云计算""互联网+""智能化"高新科技提高战斗能力之外，更应当注重改革自身的结构和不适应形势的工作方式方法，从体制和机制上去打造一支能够回应人民群众新期待、满足时代新要求的人民警察队伍。

这个世界唯一不变的就是，它在不断地变化着。发展与改革已经成为这个新时代的主旋律，如沧海横流浩浩荡荡，势不可挡，顺之者昌，逆之者亡。

周庄游思

趁着"五一"小长假，应朋友之邀去了一趟苏州，拙政园、留园、虎丘、山塘街、阊门码头，一路名胜古迹、江南园林、特色建筑让人大饱眼福，感觉目不暇接，美不胜收。灼热的春光似乎代表了江南人好客的热情，无论在哪里都尽情地倾洒下来，让人不胜热度汗流浃背。只是选择了一个夕阳时分抵达"姑苏城外寒山寺"，既欣赏了这座因为张继笔下一首诗而蜚声海内的名寺的风姿，待夜幕降临后，更领略了"夜半钟声到客船"的悠扬钟声和惬意的宁静。临别前一天，我们一行走进了周庄。

当我穿过熙熙攘攘的游人在双桥旁边的一个石墩坐下来小憩，抹一把脸颊至头顶的汗珠，眼瞅着一河清凌凌的碧水在脚下波澜不惊地荡漾，躁动的心渐渐静顿，脑子里忽地一激灵，这才意识到原来此行心仪的不是其他那些名胜古迹，眼前这个安宁祥和的江南水乡才是心底里最向往的地方。

记不得准确的时间，大略是上个世纪90年代的一次出公差到苏州时顺道来过这里，因为来去匆匆，连游览都算不上，只能说是在朦胧中十分潦草地看了它一眼，用现在的话说就是一次"打卡"，心中难免留下些许遗憾。只记得那是冬季的一个阴雨天，阴翳遮蔽了阳光，细雨霏霏，寒风沁骨。走在周庄的宽街窄巷里，两边不高的房子大都关着门板，偶尔见到门缝或者窗户洒出点光亮也都昏昏晃晃，忽而听见水鸟振翅飞翔呼啦啦的声音和啾啾的轻鸣，忽而传来"咕咚、吱呀"的摇橹划桨声和有高有低却含混不清的说话声。也是在双桥边上立足良久，睁大两眼任冰凉的雨水滴进温热的眼眶，努力想看清楚近在咫尺的民居茶肆酒坊和只闻其声的小鸟小舟人影，却只能看见一团又一团浓浓的雨雾滚滚而来。江南水多湖广，类似周庄这种傍水而生的小镇有的是，都独具特色各具风格，有的名气还大得很，但唯有周庄，从来未曾照面的周庄，不知怎么会在我心里积起那么一点儿挂念，而身在此地只可见混沌茫茫的水天一片，着急、焦虑和无奈的心情更使这点挂念加了一道刻痕。时间不容许我等到雾散，尽管十分不情愿，也不得不留憾而去。

这次好啦，终于又踏上了横跨静水的小桥。仿佛天解人意欲给我以额外的补偿，刚入五月的周庄，太阳当头照，地上热浪滚，亮晃晃的光芒，把整个周庄连同它平日里隐藏在深处的一切都毫无遗漏地展现了出来，让我这个对它念想已久的外乡客把该看的都看了，该听的都听了，该品尝的都品尝了，就连慵懒地半躺在乌篷船窄窄的船头贪婪地搜览小河两岸别具一格的景色时，也不忘痴情地欣赏船尾摇橹大婶划船的桨声和她吟唱的江南小调，一路过来，眼耳鼻舌身这五官感受的幸福指数畸高，还溢出一身热汗。

吴冠中说："黄山集中了山的美，而周庄则汇集了水乡的美。"享有"中国第一水乡"美誉的周庄果真名不虚传，缘河成村，傍水建镇，以街结市，井字形小河流水清漾，十几座元明清朝代留下的古石桥跨河接街，河岸街旁不间断的大宅小院、平房民居、茶肆酒坊，虽饱经风霜仍"整旧如旧"地保留了明清时代古色古香的建筑风格，一代又一代原住民日出而作枕河而眠，传承着这古老村落的生命活力。游遍周庄，处处草木葳蕤，绿树成荫，碧水长流，玲珑秀色，风韵怡人。面对这座始建于北宋，历九百多年风霜雪雨而不见半点儿颓败衰落的村庄，由不得你不震撼，从怜惜衍生出爱意乃至由衷的敬畏。

美景周庄，只一眼就能感觉到映入眼帘的山水、舟船、小桥和蓝顶白墙小楼摆布"恰到好处"的构图，赏心悦目，顿生愉悦。没想到的是这个小小的水乡底蕴很深，牵扯很大，曾展延至苏州、南京、江浙，乃至海外，曾关联到元末乱世、"大周"政权，以及大明王朝和它的最高统治者。周庄不大，所到之处，走不多远就会迎面碰上沈厅、沈万山故居或者沈氏后裔的宅子，都是造型上乘规模不小的园子；所闻之声，一路上听到本地朋友、外地游客谈论最多的是关于沈家的奇闻逸事，甚至是带点神秘色彩的传说，小至"万三蹄"这道菜的由来，及至修桥补路、集市建镇、造福乡梓，大到修建大明王朝都城南京的城墙，花大把的钱替明太祖朱元璋劳军……给人的印象是一进周庄便是沈家天下，满眼满耳充斥沈氏家族抹不掉的痕迹，直叫人抱屈而鸣：这个水乡小镇真应该称作沈庄。

确实，周庄之始远在沈氏家族落户此地之前三百年，但这个毫不起眼的小村庄之兴之旺之享盛名于世，能有绵延数百年的命脉和保持至今的规模，绝对是因为沈万三这个元末明初的江南首富且在中国历史上可以作为一种标本人物的缘故。据考证，从北宋元祐元年（公元 1086 年），周迪公郎在此经农设庄，捐田地建"泉福"寺庙，百姓感其功德，改称贞丰里为"周庄"，也不过数十户炊烟的寻常村落，平淡无奇且并无多少记载。及至 300 年后的元至顺元年（公元 1330 年），浙江湖州沈家漾人沈祐率其子沈万三及家人迁入周庄，从躬耕起家，再从事贸易，始有草市后有集镇。沈万三以江南首富之身促周庄兴盛，繁荣兴旺，名声大噪，后人津津乐道的故事就从这儿开始了。沈万三是个谜，更是一个传奇。短短几十年，他如何快速聚起巨大财富？在农耕社会士农工商阶层结构中，处于最底层的商人怎么会摇身一变就成为江南第一也是全国第一富翁的？周庄人仍将沈万三经商发财、经营田产、集市建镇、建国都城墙、劳天下军乃至家庭生活诸方面，既据事实又信风闻，流传许多故事和传说，不仅个个耳熟能详，几乎人人引以为豪。譬如沈家"第一桶金"的来历，传闻是这样的：他家藏有一只聚宝盆，无论在盆内放什么东西，立马变成珍宝，由此生聚财富多到数不胜数；至于聚宝盆的来历更奇，说是沈万三曾经贫病交加，活不下去了，一头撞向一堵老墙寻死，孰料头未破墙先破了，露出一个巨大的金灿灿的聚宝盆。津津乐道者，怕传说太离奇无人信实，又说聚宝盆是其祖上怕家道衰落后人生活无着，秘密藏入墙中的。传说毕竟不靠谱，靠谱的是沈万三在坊间在人们口中绝对不是为富不仁的暴发户形象。他经商发了大财后，用赚来的钱扶危济困，辟村庄为集镇，兴办乡学、造福乡梓，赢得了乡民和后世子孙啧啧称赞的口碑。

时至今日，周庄的原住民说起沈万三还多有溢美之词，其中的传说都是浪漫而美好的，事实上他发家致富，乃至富甲天下，有着一个艰苦创业、精心经营、大胆开拓、冒险与政权合作而博取财富的艰难曲折过程。熟悉周庄的苏州朋友介绍，沈万三能够迅速致富，史家论证是通过垦殖积累了原始财富，"竞以求富为务"。然后，把周庄作为商品贸易的集散流通基地，大胆利用别人的钱"借鸡下蛋、以蛋孵鸡"，借助白蚬江西接京杭大运河的水路便利"通番"，也就是开展对外贸易，从而赚取了巨大财富。这位朋友诙谐地说，沈万三恐怕不是靠压榨盘剥农民起家的地主，也不是靠血淋淋的掠夺式发财的土豪，而是中国历史上赫赫有名的商人，恐怕也是国内开辟"国际贸易"的第一人。

身在封建专制社会，不管你处在哪个阶层，要生存要发展，尤其想要求发达，不与官吏、官府、政权打交道相勾连恐怕是不可能的事。然而，风雨无常，貌似坚若磐石的官家皇权坍塌下来连底都兜不起，攀附其身的商人，也逃不脱成也是斯败也是斯的魔咒。元末，沈万三与占据苏州割据江南地区的张士诚的"大周"政权渊源甚深，及至洪武六年朱元璋攻打苏州，"诚王"张士诚能够固守城池长达八个月之久，造成明朝大军伤亡惨重，就是因为以沈万三为首的当地富民在财力上给予了鼎力相助。朱元璋由此对沈万三恨之入骨，城破之后，对苏州富户及老百姓采取了一系列残酷的报复举措。沈万三见风使舵，立马转身投靠新主子，先是给朱元璋敬献什么"龙角"、甲马、甲兵，乃至真金白银，见皇上要修建南京城，他就"助筑都城三分之一"，即现今南京城墙中华门至水西门一段，自以为取悦了龙颜，后更进一步请求出资犒赏三军。孰料这个拍马屁之举触动逆鳞，朱元璋大怒，斥之："匹夫犒天下之军，乱民也，宜诛之。"好在马皇后宅心仁厚，劝皇上息怒，说："不祥之民，天将灭之。陛下何诛焉！"沈万三这才保住小命，被发配至滇南，备受颠沛之苦，不久即客死异乡。

从贫穷到极点的叫花子，到剃发入寺捞一碗饭吃的和尚，含辛茹苦，卑躬屈膝，明争暗斗，朱元璋历九死一生而终于坐上大明王朝帝位。其仇官仇富的嫉恨心理深入骨髓且埋藏许久，一俟生杀大权在握自然恶性膨胀至无以复加，制造冤狱网罗株连大批开国功臣和生死兄弟，对全国中等以上富户杀光绞尽，观其一生乃至细数整个王朝，以反贪名义杀官，以为民名义灭富，令历朝历代统治者只能望其项背。对沈万三的折磨、盘剥、流放并未使朱元璋的仇富、嫉恨、报复的阴暗心理得到满足，还得殃及后人。沈万三先后娶妻妾13人，共生有五子四女，从洪武六年他被流放，到洪武三十一年他三女婿顾学文一家及沈家六口，近80余人被满门抄斩，没收田地。这25年间，朱氏王朝罗织种种罪名，将其繁盛家族煌煌家业，戕害殆尽，就连作为他立业之基的周庄，若干亲属和乡邻也被株连，致使昔日蒸蒸日上的繁华集镇也现破败衰落景象。

周庄躺在水上，神闲气定，温文尔雅，美景如画，历代文人骚客徜徉其间多有落墨，小河边上那座粉墙黛瓦造型雅致的迷楼，就藏有好些诗人、画家、书法家的大作和他们留下的故事，谁也想象不到柔弱如闺中女子的水乡经历过那么多血雨腥风，领教过那么大的惊涛骇浪。

沈氏家族的荣辱兴衰，令人唏嘘慨叹，受株连受其害周庄人及至他们的后人不仅无怨无恨，反倒说起来滋味甚浓，内中多藏嘉许。日头偏西，被游兴浓浓的客人一再推迟的午餐，才在一个船码头旁一家据说是"很周庄"地道味餐馆里摆上桌。空调吐出丝丝冷气，大家刚脱离了燥热的空间，谈兴升起，话题又扯上了沈家。小碟的凉菜没上几个，精明干练的老板娘就端着一个白色薄胎的瓷盘一路吆喝着走上楼来，盘中盛着一个完整的红彤彤油亮亮的猪蹄髈。在桌边放下盘子，她抽出蹄子边上一根细而扁的骨头，像变戏法一般变成一柄利刃在手，往蹄子肉上一划，肥肉瘦肉顷刻向两边翻开，更加浓郁的香喷喷的肉香扑鼻而来。她笑容可掬地说，大家尝尝，这就是著名的沈家肘子，又叫"万三蹄"。接着，又自问自答，说，你们知道怎么得的名吗？唉，那个和尚皇帝使坏，想找沈万三的岔子杀他的头，有一次宴请沈万三，叫人端上来一盘卤猪蹄子，故意问这是何物，咱沈老板是何等精明的人物啊，灵机一动，说这是万三蹄，呵呵，连皇上都傻眼了啊。说到这儿，她故意打住话头，不无得意地拿眼睐巡一桌人，众人意会忽地呵呵大笑，笑完举箸，一桌丰盛的苏州风味菜在愉悦的谈笑中一扫而光。

关于万三蹄，还有一个传说的版本。说是有一天，朱元璋突然造访沈家，沈万三受宠若惊，手足无措，竟不知道拿什么美味佳肴来接待才好。这时，厨房里飘出一股红烧肉香，勾起和尚皇帝阵阵食欲，但他仍打着官腔问江南富翁吃的是何等珍馐，沈万三急忙叫下人从厨房里端出一盘刚烧好的红烧猪蹄髈，自己随手从猪蹄髈边上抽出一根像刀样的细骨将松软的皮肉划开，顿时香气四溢。朱元璋虽垂涎欲滴，仍动了心机明知故问，这是啥好东西呀，沈万三急答就是"万三蹄"呀。这下朱元璋高兴了，忙不迭地大快朵颐，边吃边称赞不已。一道江南名菜由此而生，内中藏着生死险关，有人说，也藏着沈万三的聪明，却暴露了他只懂经商却不懂政治的大缺陷，最后招致杀身惨祸也是必然。

一道菜的来历隐藏着这么多可以品味的东西，岂止"万三蹄"，周庄还有一道名菜"莼菜烩鲈鱼"同样有些嚼头。西晋义学家张翰，生性潇洒，官居大司马东曹掾，见不得皇上颟顸、朝政腐败、天下将乱，留下一封辞职信竟不辞而别。信中辞官的理由居然是想念家乡的美味"莼菜烩鲈鱼"，还乡就食刻不容缓。朝廷以其擅离职守予以除名，乐得他一身轻松回家，了却了"莼鲈之思"的乡愁。瞧瞧，在官本位的社会，一个朝廷命官弃爵禄舍名利，竟然为的是一道菜，尽管是托词也尽显其在他心目中的分量，这就难怪这道菜香名远扬了。传说增厚了周庄的人文底色，让人津津乐道，却无法考证其真伪和细节，譬如朱元璋是否到过周庄，"万三蹄"出自御厨还是周家厨子。但不管怎么说，总给后人留下了两道苏州名菜，让人口舌生津，念着乡愁的"莼鲈之思"也使人的思乡情趣多了一分余味。

表面上，旅游无非就是走走看看听听，事实上，除了鉴赏大自然鬼斧神工雕刻的隽永山水，游历千奇百态的大千世界，每个人在看似相同的外在形式下，在感受变化开拓心境的过程中，因为关注的兴趣点不同，自身的文化底蕴不同，分析研究的方式不同，会产生不同的收获、不同的体会，有的还终生难忘。譬如对历史文化的关注和研究，抛开学术研究不说，个中的趣味还在于，一方面想了解其真相是什么，另一方面想认识真相背后的为什么，探究个中缘由，给现实生活提供借鉴的意义。游览沈万三故居，多种艺术手法全面展现了他致富经商、坎坷经历的传说和史实，包括他的日常起居生活场景，场面恢宏，金碧显耀，连园中花间路径都塑上了钱币和金元宝的图案，这里不啻为以周庄为背景以沈万三个人经历为主线的博物馆，让人对巨富家藏金山银山极尽奢靡挥霍的生活产生无穷的想象。遗憾的是虽然这里有实物但大都是后人的仿造，看着听着似乎又被蒙上一层云里雾里的面纱。确实，要把周庄、沈万三及其家族的身世弄得准确无误，把相隔数百年的人、事、地、物梳理得清清楚楚，几乎不可能。事实上，甭说那么遥远的时空，就是发生在现代的一些大事，因为种种原因有时候想解析真相还原过程，结果不仅是徒劳有时还反倒弄得扑朔迷离。但有一点是没有异议的，周庄是因为有了沈万三这个神一样的人物，才得以辟市为镇，兴旺发达，也是因为沈万三大起大落、与元末明初的乱象、与明朝皇帝朱元璋的纠葛被蒙上一层神秘的色彩，才勾起世人对周庄"望闻问切"想寻觅出点什么的兴趣，才使其绵延于今不失其独特而人文底蕴丰厚的风貌。

灭了沈万三，没灭周庄，沈家的余脉仍绵延尚存。位于周庄富安桥东南侧南市街的沈厅，是一处七进五门楼、大小房屋计100余间、占地2000多平方米的大庄园。有史为证，此为沈万三后裔沈本仁于清乾隆七年建成，原名敬业堂，清末改为松茂堂，今人称之为沈厅。徜徉在这个园林式的院落，苏州的朋友不胜感慨：朱元璋杀沈氏家族不可谓不多，想将其铲除得干干净净，结果沈家不灭，周庄还在，倒是明末李自成的农民起义军所到之处杀朱家皇姓后代毫不留情，杀戮 180 多万人，真是斩草除根，赶尽杀绝。

因为有了沈万三，周庄才有了这些故事，给这个沧桑的江南古镇涂抹了人文历史的底色，才诱起后人穿越时空去撩起这层层面纱，探索了解真相，体悟个中隐藏的神奇、惊涛骇浪的博弈，以及失去财富、金钱、亲情之后的落空与凄凉，从而倍加呵护珍惜这个标本意义的存在，使人哀之鉴之，深入领悟专横暴虐体制下的生命意义和生存策略。

于是，周庄村口建有 900 岁生日的纪念碑。石碑后面是周庄，周庄后面是一个时代的标本意义。

雾中的周庄诱我以向往，阳光下的周庄赏我以秀色。周庄，不容置疑的江南水乡名镇，随手而指的名胜，随处可见的古迹，存在至今，秀色依然，是因为它的故事虽遥远但本质意义还在，所以，在时间长河里它更多的时候没有波翻浪滚的泡沫飞扬，就像一个饱经沧桑的老人复归于平常和自然，安详地静坐在缓缓流淌的绿水之上。

旅游，思想跟不上脚步，行万里路不过是计步，文化不随思想同行，读万卷书也就一书虫，历境读史，触景生情，见物深思，方不失游历的价值和意义。

人生也不过是在大千世界中的一次游历。

离开的时候，天色将晚。回望周庄，影影绰绰的房舍轮廓仍显出古典的韵致，白蚬湖水波粼粼，一只健硕的鹰在婆娑的树梢上兀自盘旋，像是在寻觅什么，嘎嘎地叫着，像是诉说着什么。

我走了，人潮退去，喧嚣散尽，周庄正在恢复它早已习惯了的孤寂与清净，明天，晨曦升起，还会有人甚至更多的人来此一游，不过，周庄还是周庄。

巨富及其以后

　　与朋友一起游周庄，对古色古香的明清时代风格建筑、"老树新绿橹桨，小桥流水人家"的江南小镇那玲珑雅致的风韵、味道清淡而自成一体的苏州菜啧啧称赞，但一个主要话题却老是绕着"沈万三"这个人物转，且津津有味，饶有兴趣，走到哪儿说到哪儿。

　　说来也是，周庄村口立有一块九百周岁的纪念碑，从始称周庄起的三百年，这里就是一个不起眼的小村落，人烟稀少，平淡无奇，可自从六百年前随着沈氏家族的迁入，周庄的命运便被改写了。查史获知，元至顺元年（公元1330年），浙江湖州沈家漾人沈祐及子沈万三迁入周庄，躬耕起家，后从事贸易，花银子在庄上建起草市，周庄规模扩大，经济起步，明初始成集镇。奇的是沈万三其人，以普通农户入庄，短短几十年间聚财至江南首富，难道周庄的水土能生金长银？确实有一个童话般的传说在江浙一带流传，说他家祖上藏有一聚宝盆，放什么进去都可以换成金银珠宝。

　　从沈万三这个元末明初富甲天下的人物，联想到中国封建社会历史上的其他巨富。长达两千多年以农耕业为主要经济结构的封建社会，不同的历史时期居然还冒出一些被后世称为首富的代表人物，以正常的经济社会思维来看似乎不可思议，但他们确实又客观存在，细细思量起来颇值得玩味。我们不妨举几个例子，先从其财富的源头看，大致可以把他们分为两类：一类是体制外的商人，诸如春秋时期越国的宰相范蠡，弃官后从商致富"累十九年三致金，财聚巨万"；战国时期阳翟大商人吕不韦，靠"往来贩贱卖贵，家累千金"；元末明初江南巨富沈万三，由垦殖起家，集市经商，做海上贸易致富。另一类是体制内的官人，西晋时期出任南中郎将、荆州刺史的石崇，在荆州"劫远使商客，致富不赀"；东汉权臣梁冀，利用外戚出身大肆敛财；西汉文帝宠臣邓通，垄断铸钱业，广开铜矿，富甲天下；明代正德朝司礼监掌印太监刘瑾，利用权力贪污受贿，所收金银以数万公斤论；清代乾隆时大贪官和珅，身兼多职，权倾一时，敛财至富可敌国，及至嘉庆抄家时所获财产相当于乾隆盛世十八年的全国赋税收入，以至有"和珅跌倒，嘉庆吃饱"一说。

专制体制内的官人发财甚至累聚成巨富，好像没什么秘密可言，无非就是依靠手中的权力或者凭借其身份的影响力，据"公器"而谋"私利"，卖官鬻爵，收受贿赂，恣意贪污，巧取豪夺良民利益，其聚集钱财的多寡往往与其地位高低和权力大小成正比，富可敌国时其权力或者实力也可以喧宾夺主，甚至废主立己。唐代宗时的宰相元载，因为铲除权臣、宦官有功，深受皇上恩宠，任宰相十五年间独揽朝政，大肆受贿敛财，被惩治后，从其家中查抄的胡椒竟有 800 石（折合于今达 64 吨）之多，其在京城南北修建的华丽宏大的府邸足够分给数百户有品级的官员居住。体制外的商人聚敛钱财，史上的记载大多语焉不详或一语带过，实际分析起来也没什么技术含量，要么就是利用地域封闭信息不对称，依靠贩运贱买贵卖赚取差价，甚至囤积居奇哄抬物价，大把捞钱；要么依附官府利用权势垄断市场，盘剥百姓，不惜巧立名目捞取国库赋税，从而迅速致富，致巨富者往往攀附高官至权力的最高层。沈万三除了以市易市，凭借水路便利把贸易做到了海外，更重要的是借重了当时占据江浙一带建立"大周"政权的张士诚，二者过从甚密，以至于张士诚为他树碑立传。还有一个依附官吏发财的典型人物，就是晚清历史上攀附左宗棠的"红顶商人"胡雪岩。

聚财巨富的原始动力源于人人普遍具有的贪婪之心。人性是贪婪的，是对已知已有的东西和境界的不满足的怨怼，对新的更多的东西和更高的境界急切追求的欲望。如果把这种贪婪用于科技、人文、精神领域的探索、消费和占有，不仅多多益善，还能够得到社会的普遍赞赏，但若把这种贪婪施之于多占和独占人类创造出来的物质财富上，便会让人们对他轻看和贬损，况且专制体制下的巨富，来路绝不会干净，既不合情理也不合法，肮脏而畸形，有的甚至明目张胆地使用暴力血腥的手段获取不义之财。所以，人们更多的是把"贪婪"二字用于物质财富的占有者身上，贬之为贪婪之徒，管他是严嵩、和珅，还是吕不韦、范蠡。

令人既愤慨又遗憾的是，封建专制王朝下的富人从来都没有一丝一毫的自我觉悟和自我救赎，都是以自我占有和挥霍为目的，得意忘形，恬不知耻地夸富，毫无忌惮地炫富。世俗的人以为，人生得意，无非酒色财气富润屋，包括现代的一些暴富者炫耀而且攀比私人飞机、名车、豪宅、奢侈品，这些显摆的玩法已经够让人瞠目结舌了，但在历代富可敌国的巨富们眼里也不过是小菜一碟。建造硕大无朋的豪华庄园，豢养妻妾美人，搜罗奇珍异宝，吃尽山珍海味，这些尚不足奇，极端的例子是西晋首富石崇玩的让人叹为观止的斗富。石崇的庄园叫"金谷园"，占地方圆几十里，湖塘流水、亭台楼阁不必说，名贵花草、奇珍异宝不必看，就连园内的厕所也富丽奢侈如皇宫的内室。当时西晋晋武帝的舅舅王恺，既是皇亲国戚也是巧取豪夺的敛财霸主，更是耀武扬威炫富的高手，可石崇不服，把他给摽上了，权势上比不过，钱财上就想着压他一头。据说他饭后用糖水涮锅，石崇就用蜡烛当柴火烧；他用紫丝布做了 40 里布障，石崇就用更贵的锦绣做布障，而且多出 10 里；他用赤石脂涂墙壁，石崇就用当时很贵重的花椒。更为邪乎的是，石崇每次宴请宾客，都令美人出马斟酒劝饮，如果客人不喝酒，就让侍卫杀掉美人。一次宴请丞相王导和大将军王敦两兄弟，王敦执意偏不喝酒，石崇竟连斩三妇人。如此穷奢极欲的显富、炫富、斗富，丧心病狂至草菅人命惨无人道的地步，古今中外罕见之极。

尽管历史已经翻篇，但这些巨富不仅青史留名，还是堂而皇之浓墨重彩的一笔；尽管他们极力想把聚敛财富的路子和手段掩藏得严严实实，使其神秘莫测波谲云诡，但终归被掀开一角或者被考证，窥见其不光彩的真实面目。不管怎么说，在千百年专制君主制度下，在生产力低下的农耕经济结构中，在以士农工商阶层分配和消耗有限的社会物质财富的排序里，想以勤恳劳作诚实经商合理合法手段积累起巨额财富，而且是在短短的几十年时间内，几乎是天方夜谭。

暴得大富者，不祥。这句话应验在古代的巨富们身上，几乎无一脱逃。来路并不干净甚至肮脏血腥，攫取到手的财富太多太重，加之他们乖张忘形的炫耀，一时间，这些巨富头脑膨胀血脉偾张早已忘记了自己是谁，自己把自己推上了光鲜乃至绚烂的巅峰，待上天之手猛击一掌，清醒地睁眼看时，前头万丈深渊，回首来路污秽，只能落得个身败名裂粉身碎骨的悲剧下场。沈万三富得流油，资助了号称"诚王"张士诚的"大周"政权，眼看城头变幻大王旗，转身就去讨好朱元璋，出巨资承建南京城墙的三分之一工程，尚以为不足，进而提出犒劳三军，终致触动龙王喉头下的逆鳞，天下军乃朱家军，私家利器岂容他人染指。龙颜大怒之下，被流放云南，客死他乡。接下来的二三十年间，沈家一门数代被朱元璋假以种种借口赶尽杀绝，金山银山都付诸东流。

如果说沈万三显富的玩法是想保富或者攀附新王朝进一步聚敛财富，还算是有点商业头脑或者政治智慧的话，那么，石崇的玩法就纯粹是在酒色财气上逞能、斗狠、找死。他去广西视察，碰上了一个倾城倾国的绝色美人绿珠，一注掷下三斛珍珠，其价值在当时算是一个天文数字，将她买下带回京城洛阳，为他斗富增添了举世无双的筹码。此举撩拨起新权贵孙秀的色欲，但向其索要未果，便恼羞成怒地撺掇赵王司马伦以"参与造反"的罪名诛杀石崇，最终绿珠被逼跳楼香消玉殒，石崇被杀满门抄斩，财富被霸占掠夺。耐人寻味的是他谢幕的最后一场，在押往刑场的路上，石崇哀叹："奴辈利吾家财。"押狱说："知财致害，何不早散之？"

以人心无限的丰富深广，人性暗藏的隐私复杂多样，我们无法探知那些巨富无天无法至不择手段毫无顾忌地搜刮钱财是出自何种动机，也不可能深入揣测他们肆无忌惮至丧心病狂荒淫无度地炫耀财富是出于一种什么样的心理。仅仅用人人共有的贪婪之心，他们只是因为没有自我把控住，或者没有受到外在的硬性制度的遏制而膨胀了，这样来解释似乎太过一般，也显得过于苍白、软弱无力。梁冀、邓通、元载、和珅之类的官吏，"挖掘"体制的弊端，把掌握的权势发挥到极致以谋取私利，尚可以用常规逻辑来理解来解释，但石崇任荆州刺史几年，除加紧搜刮民脂民膏外，还以本应维护天下治安的"官身"行江洋大盗的"匪事"，干明火执仗"杀人劫货"的勾当，攫入囊中的财富得以天文数字来计算，又不计后果地与皇上作后盾的皇亲国戚逞强斗富争豪，其所作所为仅用"疯狂"两个字恐怕概括不了。

贪婪之心膨胀只能是泛泛而讲，千百年来，国人骨子里潜藏着一种饥饿感，一方面是因为封建集权统治者为巩固自己的家姓政权不会让老百姓吃饱饭，更不能健全其体魄，丰富其头脑，充盈其智慧。正如法国思想家让·雅克·卢梭在《社会契约论》中下的一个断语："君主专制政府不会为了臣民的幸福而统治，相反，它是要迫使其人民贫苦以便统治。"另一方面，农业国度的生产力确实低下，不能为整个社会提供丰裕的生活资料，再加之战乱、自然灾害诸多因素的影响，普通百姓吃饱饭的日子不多。受这种饥饿感的驱使，只要一有机会就会像饕餮之徒捞食一样，拼命地往嘴里、碗里、锅里、家里捞取食物和可以换取食物的钱财，惯性使然以致毫无节制地攫取更多的财产，而一旦聚集了相当资产，以前淹没在饥饿感下面的渺小的自卑感也会自然地蹦跶出来。为了掩饰自卑，必须示富以刷存在感，进而幻想染指政权。吕不韦玩了，沈万三试了，结局是死路一条，后代的巨富们明知皇权碰不得，只好在钱财上发泄自己的能量，要么关起门来过皇帝一般妻妾成群穷奢极欲的日子，要么炫耀挥霍财富逞强一方比压天下，吐一时之怨气，逞一时之快感，石崇们就这么玩死了。

范蠡先"致仕"后"致富"，所幸当时是春秋乱世，这国管不了那国事，他靠制陶和贩运起家成为一方富豪，或许并不一定是他本意的体现，理性的他玩的是"避祸"躲过"兔死狗烹"之灾的谋略，得以善终。以后的巨富们在一统天下的集权统治下就没这么幸运了，无论起家、聚富至富可敌国，还是炫富玩过了头或者利令智昏意欲染指权柄被赶尽杀绝，似乎一切都被至高统治者玩弄于股掌之中。换句话说，你大肆敛财，他不是不知，要么是默许，捏着把柄的猛兽既利于驯服更容易驱使；要么是纵容，一则是至高统治者本身骄奢淫逸，体制内外上行下效，二来"孤家""寡人"实在是孤寂，需要玩伴和陪衬。更深一些捋一捋其思路，可不可以这样说，掌握最高权力者再荒淫再颟顸，也知道"普天之下莫非王土"这个概念，你攒下金山银山带不去天外，只要我权力在手，剥夺你的财富乃至你的小命不过是分分秒秒的事儿，至于你玩过头了，意欲问鼎中原或觊觎权柄时，他需要树威或排除异己抑或是假借人头推诿罪责时，那就是他正义凛然地以人民的名义"肃贪"拿下你的时候。"和珅跌倒，嘉庆吃饱"，严嵩被拿下放黜，所贪之财悉数"入吾彀中"，便是例之一二。

被后人打造得金碧辉煌的沈万三故居，游人如织，熙熙攘攘，他们兴奋的眼神和议论，大多对富豪及其奢侈挥霍的生活满是惊诧、艳羡和津津乐道的称赞。今天阳光下的人们，也许根本想不到事物的另一面。你有钱了，巨富了，过上幸福的日子了，专制统治者会高兴吗？不视你为眼中钉肉中刺才怪。再说呢，巨富生前身后多有骂名，是因为他们起家、敛财、聚富的路子既不公开也不公平更不干净，加之富起来后大多为富不仁，招致本来就处于饥饿半饥饿状态的广大平民百姓嫉妒、怨怼、痛恨，当生活困顿到民不聊生之时，揭竿而起的农民起义军愤怒喊出"杀贪官""清君侧""只反贪官，不反皇帝"的口号和主张，在暴动过程中杀贪官铲富人成为最直接的兴奋剂。

史上有言："君子之泽，五世而斩。"坊间民谚："富不过三代。三代后，出死狗。"

沈万三及其家族的结局虽然悲惨，却没在后世留下什么骂名，而周庄也有幸，前三百年名不见经传，后六百年因为出了个沈万三，不仅庄子规模得以发展，庄民受之眷顾，还一下子驰名中外，时至今日保留下来的较为完整的明清风格建筑、小桥流水的江南名镇格局、浓郁的人文底色给它以更丰厚的旅游资源。现在的周庄人需要做的事就是保护好老祖宗和大自然赐予后人的遗产和生态。

并不是所有的巨富都会像沈万三一样留给后人不算太坏的口碑。历史有诡异也有公道，有的巨富为富不仁荒淫无道，留下了千古骂名。后人骂之、哀之、思之、鉴之，仍不足以阻挡或者自控其脚步在追求财富的路上趋之若鹜，哪怕这条路并不干净甚至为歪门邪道，却依然飞蛾扑火一般前赴后继扑上前去。

捷克第一位民选总统哈维尔说过一句名言："生活并不在历史之外，历史也不在生活之外。"周庄扬名是因为巨富沈万三，周庄能够存活至今恐怕更要归结于沈万三之后再无巨富，这是一个标本意义的存在。白蚬湖波光粼粼，双桥下绿水静流，前鉴古人，今观现世，不觉蹉跎唏嘘，历史的深处和现实生活的另一面不知还有多少让人品鉴玩味的隐秘。

并非无谓的坚守

百年无废纸。这是老百姓嘴里的一句老话，老到什么程度从什么时间开头无从考证，但细想起来有点儿意思，即便是"家有敝帚，享之千金"的私念作祟，谁会无缘无故把一张或者一沓毫无用处的废纸保留百年？老话不甚经典，但大多出于人们对实际生活的归纳总结，既实在又靠谱。想想也是，能够保存、流传这么长时间的纸，那上面肯定有着实用或者保存价值的字或者画或者图，譬如经典著作、画作或舆图。

当人类一脚踏进现代社会，这话就不一定正确了。从上个世纪中期计算机在某些领域的运用到新世纪互联网技术对社会生活方方面面的介入、浸淫乃至引领，气势浩荡，汹涌澎湃，那些写、画、印在纸上管它有用无用的记载，眼看着被席卷而去，取而代之的是闪烁在各种各样银屏上的电子字、图、画，乃至立体打印产生的实物。也许在不久的将来，老话会成为过时的空话，举目皆是废纸，更遑论"百年无废纸"。

网络时代，电子技术、电子产品、电子字大举进攻，来势凶猛，攻城略地似乎无坚不摧，网页挤占纸字，刷屏胜过捧读，纸和笔被键盘替代，汉字的规范服从于计算机编程，电子字藐视铅字曾经的尊严，如此威仪之下，我竟然"不合时宜"地想到并竭力在做另一种坚守，那就是对纸字的坚守。

我把写在纸上印在纸上的字称作纸字，以区别于显示在手机蓝屏、iPad 屏幕、液晶显示屏和投影仪反射在幕布上的电子字。当今世界，电子字铺天盖地时时处处都在眼前展示，内容包罗万象，迅速快捷，瞬息万变，宛如奔腾汹涌的一条大河，摧枯拉朽，奔腾向前，被冲击得七零八落的纸字似乎只能躲在一隅苟延残喘。如此态势，我的内心深处依然潜藏着对纸字那份动人的情那份动情的爱。幼年时代正处于穷折腾的"十年动乱"，父母忙于"抓革命，促生产"而无暇照顾孩子，经常在家里的饭桌上留下一张张纸条，有时写着"饭留在锅里，趁热吃"，或写"抓紧时间做作业，不要贪玩"，还有"家里没大人，天黑了，自己洗漱了，赶紧睡"，落款都是"爱你们的爸妈"。简单几个字读来几多情，暖流久久滋心润肺。后来，父亲出差，好久不见音讯，忽一日，邮递员上门送来家书，一沓厚厚的纸和一张照片展开，一家人头碰头凑在一起读，那种久别重逢似的亲情在每个人的心底氤氲，几十年过去，至今想起仿佛仍有热度。

打有记忆以来，从母亲用卡片教孩子识字，从母亲尊崇每一个汉字的眼神中，从她言行举止时时处处表现出对文字的虔诚与敬畏，哪怕再懵懂，我也能意识到纸字的珍贵和分量。尔后从印有拼音的纸上去认识字，再一个一个地把它们联系起来去理解去构建稚童的逻辑，发散童话的思维。书读多了，怀揣"书中自有黄金屋"的希冀从大量的纸字中去认识理解分析这个世界，包括人事的沉浮、世事的沧桑、物种的变迁、大自然的变幻。随着岁月渐进，阅历增多，历练增容，从书籍中去浏览去感触去领悟世间的一枝一叶乃至风云际会的大态势，除了"钩玄提要""眉批旁注"地读到"入木三分""力透纸背"，偶尔还把心里那点自认为独有的感悟表现在纸上拿去交流，企求"藏诸名山"或者"传诸万世"。这一切无一不是同纸字紧密联系在一起，故而对其珍惜、尊崇和敬畏的情愫根深蒂固。

实实在在地讲，中华民族是世界上唯一一个文化不断代绵延数千年的伟大民族，但是，我们不能不看到这个民族也是一个灾难深重的民族，一直患有两个饥渴症：一个是食物饥渴症，因为人口与土地的关系，种植业欠发达和专制制度对土地的兼并垄断，绝大多数百姓千百年来从土地刨食，在温饱线上挣扎，哪怕现代已经解决了"食不果腹"的问题，骨子里的饥饿感却还表现在生活中，譬如国人见面的第一句话多用"吃了没"来表示亲切问候；另一个是文化饥渴症，"焚书坑儒""罢黜百家，独尊儒术""文字狱"等诸多钳制手段扼杀了中华文化的发育和繁荣，从大众对纸字的尊崇和敬畏态度，就能够窥见这种文化的饥渴。对食物对文化的尊崇与敬畏不仅由来已久，而且是深入骨髓的如饥似渴。

个人对汉字的认识、熟悉到熟练使用、精湛运用是一个长期用功的过程，而我们的祖先对文字的发明创造更不知何等艰辛何其漫长。自这块土地上有人的诞生，不知生存生活了多少年多少代才有了"结绳记事"的开始，在"仓颉造字"之前的"字"不过就是一些简单的记事划痕、符号或者图画。传说中亦人亦神的仓颉创造出象形文字，竟出现"天雨粟，鬼夜哭"之奇景，可谓惊天地泣鬼神之大事。此，当为华夏文明之始。以后的汉字逐渐类归，历经数千年之"通假""会意"演绎，产生寄意较多寓意较深的字，再逐步吸纳新字规范笔画匡正结构，使之走向体系的成熟。时至今日，"咬文嚼字""吐故纳新""删繁就简"的汉字改革还在持续不断的进行中。

文字诞生，惊天动地，但必须展示才成其为文字，这就得有载体。古老的先人最早把文字"寄居"在贝壳、兽骨和树皮上，及至商代用甲骨、西周用青铜、春秋战国用简牍缣帛，"著于竹帛谓之书"。直到"蔡侯纸"问世才终止了木简刻字竹简载文的历史，也才有了纸字或者说是字纸。第一张用破渔网、碎木头、废布条捣碎为浆铺晒而成的纸，想必应该是极其粗糙的，可它的发明者竟顾不得细细审视，按捺不住内心的狂喜，挥毫就写，写的是什么无从考证，也无关紧要，重要的是把汉字写在了又轻又薄且舒卷自如被叫作"纸"的载体上。无法想象这个世界上第一个在第一张纸上写字的人，心情是何等惊喜何等兴奋！

其实，他的心情不仅仅是惊喜，更多的是悲伤、辛劳、困苦叠加翻滚的浪潮。

造纸第一人是他，第一个在纸上写字的人必定是他：蔡伦，湖南人，十岁净身入宫，想必也是痛苦的，以对痛苦和蒙羞的隐忍激励自己，凭借刻苦读书勤奋好学和聪明伶俐，十五岁便被提升为中常侍，得以参与宫中机密大事，到位居尚方令的时候已是一人之下万人之上，权势炙人，红极一时。然而，就像任何事物走向鼎盛必然滑向它的反面一样，他也是盛极则衰，好景不长。顶不住接踵而至的谗言、构陷、恶意攻击，他识时务地急流勇退了，主动去担任了掌管武器库的闲职。官职是闲差，也算是给了他许多闲暇，但他脑子并没有闲着，看着宫中那些搬来搬去载着文告的竹简，庞大、繁重而费事，就去琢磨怎样"避重就轻""删繁就简"，再接着去观察蚕丝的制造工艺，居然萌生模仿其工艺改变其原料造出新的写字材料的想法。大胆的设想鼓励着这个动手能力极强的宦官马不停蹄地亲自动手搞实验，一次不成，又一次失败，不知试了多少次，终于在公元105年把自己亲手造出来的纸呈献给了皇上，汉和帝大喜，下诏将其命名为"蔡侯纸"并由宫中到官场及至民间推广使用。也许这一道诏书没有写在绢上，而是写在了这种极其粗糙却比绢还珍贵的纸上。自此以后，随着技术的进步、制造材料的优选，纸的质量、品种不断提升和扩展，各种各样的纸层出不穷，千奇百态的纸绵绵不绝，世间文明得以既"藏诸名山"又"传诸万世"，且发扬光大，以至灿烂辉煌。

洛阳造纸，蔡伦一举成名天下知，千百年时间长河中的那一刻是辉煌的，那名垂千古的光耀也将他在史上有所记载的一些不齿行径掩盖了过去。但不管怎么说，取得这个成就于他而言是来之不易的。他自身阉割为宦，殚精竭虑竭尽全力爬至权力的顶端，位极人臣之后竟不堪龌龊、肮脏、卑鄙的明争暗斗，被搁置闲职仍不甘寂寞，又另谋改进兵器、发明造纸术，不折不挠地去实现自己的人生价值，其间有形的伤痛，无形的悲怆、苦楚、沮丧乃至绝望之情均无以言表，史册不见记载，我们则不难猜测和想象。面对如此艰难获取的文明成果，我坚守的底气十足，信心满满。老话说得好，得来容易失去亦易。那么，反之咋讲？难道这来之不易使人类文化得以传承得以光大得以发扬的载体，这千百代人类智慧与心血的结晶，会在倏忽之间消失？我不敢想象，也执迷不悟地不会相信它在眼下在不久的将来会消失殆尽。

再把目光转向书写或者打印在纸上的汉字，不说它同样来之不易的诞生，也不说它历经不知多少代人艰辛磨砺的身世，就说说它华丽的现在。它是世界上诞生最早且绵延不断的文字，这不假吧；它是世界上能够最精微最准确也可以最简略地叙述事情表达情感阐述思想的语言文字，这点毋庸置疑吧；它是世界上表现最丰富寓意最复杂抒发情感最细腻表达思想最深邃的语言，最初接触汉语的老外无一不抓耳挠腮，就是有一定语言基础的国人面对突地蹦出来的一个生僻字同样如丈二和尚摸不着头脑。还有更神奇的呢，一种文字能够把它在书写的过程中变成一种极具审美价值的艺术，我不敢说它举世无双，但我敢说它是独特的，是经千百年无数代国人精心锤炼出来细分为多个流派的艺术，视之如画如诗，神清气爽，阅之如遒劲之大树如柔韧之春草，赏心悦目，勾魂摄魄，让这个多彩的人世间因增添浓墨重彩的一笔而熠熠生辉。

字与纸的结合，绝非在一张薄薄的纸上寥寥画上几笔那么简单，不说它是传播经济社会发展方式和科学技术信息的重要载体，也不说它传承的是独特的博大精深的中华文化，就说于它形成的其他语言文字无法比拟的书法艺术，那简直就是一种人间奇迹！各具风格或楷隶魏草或中规中矩或狂放不羁的臻品，即使电脑能够模仿复制，那么在此之上的推陈出新创作出更具个性更上乘的作品呢，电脑也能创造？中华文化是镶嵌在人类文明瑰丽的皇冠上的一颗璀璨的明珠，试想，这样的瑰宝，这个世界能将它简单复制或者轻易弃之吗？我不信，我不仅坚守，还期冀着它世世代代传承下去且发扬光大。

也许是纸字的油墨芳香诱人，也许是几十年读纸质书"一册在手，开卷有益"的习惯使然，即使在电子产品无所不在的今天，自己的指头也凸凹有致地在键盘上行云流水般跳跃，或拼音或五笔敲出来字，转瞬之间变成一排排一列列整齐的队伍由我随意调遣，不觉耳目一新，惊喜不已。但潜藏在脑子里的意思仍然是读纸字亲切而有质感，倘若读到一本"赏心悦目"的好书，整个身心会不知不觉地融入其间顿时舒心畅意乐而忘乎所以。此情绵绵无绝期。

是的，读电子字又快又多，你不得不惊诧于它快速便捷的资讯、无穷无尽滚滚而来的信息和硕大无朋的存储，但说不清楚是什么原因，总会让人产生一种零零碎碎不成系统且"过目即忘，转瞬即逝"的感觉，老是觉得心里轻飘飘脑子空荡荡，落寞似长空雁叫见孤影，惆怅如秋风扫叶不识踪。

　　当然，科技进步牵动经济社会发展如大江奔流浩浩荡荡，顺之者昌，逆之者亡。我无意诋毁、拒绝甚至摒弃互联网或者电子字，毕竟用它了解世界认识世界传递信息储存知识是时下最先进最快捷最便当的手段，也是人类最新的科技成果。但我不得不说的是，如今网络的发达，电子字借助邮件、网站、微信、微博、抖音诸多软件工具铺天盖地扑向这个世界，导向的偏颇难免助长"急功近利""浮华虚荣"的世风，传播的内容难免鱼龙混杂真假难辨，甚至是"电子垃圾"，还可能被恶魔利用对人类造成致命伤害。

　　不管怎么说，我的坚守是发自内心也可以说是浸入骨髓的。我大胆地推测并充满信心地坚信纸字会与电子字长期并存，至少现代人的观念接受不了被电子字强制垄断强制接受的方式，避免不了互联网上电子字被侵入被破坏被丢失的担忧和现实危害，一定会力挺纸字的使用和存在。于我这个"愚人"而言，哪怕这种坚守会持续到电脑及其介质收罗网尽世上每一张字纸和每一个纸字的那一天，或者自己了此残生的那一刻，我也只能用旁人看来"愚蠢之极"而我用"心甘情愿"来形容这种顽固的坚守。

　　从自身的职场生涯来看，没有想到又令人慰藉的是，每当我面临难题陷于窘境而无能为力之时，假以援手的居然是一沓沓字纸，除了平时学习的理论知识和掌握的实际情况之外，就是累积于书柜里被我视为至宝的专业书刊。它们以淡然宁静的姿势迎接我，我捧在手里稍一寻觅，原本束之高阁的"无用"此时堪任"大用"。无论是处置突发情况，还是日常工作遇到的难题，还是无聊之时填补思想的空虚，都可以从这一沓沓依然散发出淡淡墨香的字纸里获取丰腴的养分。孜孜以读，偶遇触发灵感的文字也好，读到精髓而后掩卷而思也罢，诸多难题迎刃而解，那份愉悦之情难以与人分享。

当我闲暇下来，"喂饱"这如饥似渴的灵魂依然是一本本一册册载满思想理论、科学知识、文学艺术、社会生活的书籍和期刊。一册在手，读之思之，这让人何其愉悦的时光就不知不觉地在指缝中流淌，才智由此增长，境界从此提升，视野因此开阔。心舒情悦之余，不得不由衷地感激这一沓沓纸字的炼字者——思维缜密理论深邃的学者、才情丰厚展现人性的作者、慧眼识珠眼光独到的编辑——从古至今乃至往后的纸字坚守者，是他们出于对世界文明醉心的热忱，出于对民族文化不懈的传承，出于对数以千万计灵魂的给养，出于对这些纸字的坚守，哪怕是这些纸字仍然出自电脑的激光照排，出自已经告别"铅与火"而更迅捷更美轮美奂的胶版印刷，但显示在千百万读者面前的依然是内容丰富论述有据洋洋洒洒的纸字，依然是用纸字叙述的形态各异的人物和他们曲折乖蹇色彩纷呈的生活。

这一沓沓字纸搜罗在或红火耀眼或朴素简约或庄严肃穆的封皮里，装帧整齐而洁净，内容翔实至社会生活的方方面面，文字或叙述或描写或对话勾勒出一个个脑洞大开的世界，捧之在手心生爱意，视之敬而畏，读之质而感，大有甘之如饴欲罢不能的切身感受。对书刊的喜爱，绝不仅仅是缘于对纸字坚守的情感，更多的在于它对各个领域研究的深入、细腻和广阔，在于字里行间对人类社会和大千世界辨析纤毫的描摹和深刻认识。

电子字的进攻汹涌如潮，纸字似乎兵溃如山倒，如此态势之下的坚守尤其可贵。对此，愚钝如我者心中老是跌宕起伏着这句有些离题的话：真理的探索、人类的共识、能够永远屹立于时空的人与物，不管它的载体是纸字还是电子字，都会"传诸万世"，纸字即使"藏诸名山"，也永远不会消失在电子字的背后。我无意使用"坚守"二字，听起来像有些勉为其难，有萎靡颓势或迎合某种需要的味道，其实非也，试看今人费尽一切可能动用最先进的科技手段去发现、挖掘、保存此前遥远年代的甲骨文、竹简、丝帛和线装书，那不更是"弥足珍贵"的国宝吗？宝贵的不仅仅在于那些字形或粗陋或精工而文字浓缩精髓的记载，可以让后人去考证那个时代延续人类的文化流脉，还在于那些载体本身亦是"价值连城"且不可复制的文物。遥想未来，随着科学的进步、技术的发展，电子字也未必不会在将来的某一天被另一种新的载体所席卷，届时未必没有那一代人的另一种坚守。进步就是在质疑、变革、否定中前行，坚守可以演变为保存，保存也是另一种坚守。

汉字有形、有义、有声，更有神韵，是世界上既特殊又俊秀、既博大又精深的一种文字，身为中国人天天读之用之，五十余年来，虽谈不上运用之妙，但我存乎一心，情深意笃，岂非一夜一日可以割舍的。当然，对纸字的坚守不仅是情感的，也是现实的科学的。时代确实发生了剧变，但时代之变未必都是向着一个方向前进的，有时候它可能停止，有时候它还可能逆转。某一天，我们打开电脑会突遇这种情景，遭黑客侵袭、遇病毒感染、口令失误或者网络突断，宝贵的电子资料丢失，我们会追悔莫及，会犯下心理恐惧症。科技日新月异，一旦发展到极致很难说它不会反转，不会反制人类，电子字倒不如纸字使用起来保险。这是一种"向后转"。另一种"向后转"就是科技的飞跃发展，会研发出跟纸质书一模一样的电子浏览器，那种不是纸质书而胜似纸质书的电子书，将与人类愉悦的阅读灵魂再度相连。既然科技是人所创造，以为人服务为目的，那么，这一点就不是不可能。但是在眼前，至少我可以断言，纸字与电子字作为记载、传播、交流、储存的工具在相当长的时间内可以并行，能够结合，而且亲密融合，相互借用，相得益彰，共同促进人类文明和民族文化绵绵不绝发展下去。

这种坚守，并非无谓。

也因为这种坚守自己身体力行几十年，无论是调查报告、理论研究、新闻报道，还是文学作品，都是用真心真情写就，白纸黑字间都是真诚的流露，有经验有实践，有赞美有忏悔，传递的是一份爱意，交流的是洞悉世事的一点儿睿智，不敢也不会随意将这些汇聚心血的纸字泼洒、挥霍和浪费。

字、笔、纸、印刷术，人类在数千年岁月里的创造发明，使文化文明有所记载、有所交流、有所传承和持续发扬光大。试想，纸字与人类千百年培养的关系和情感何等深厚，至少是伴侣和导师，甚至是灵魂是图腾，竟然会被冷冰冰的电子字无情地戛然切断，汗牛充栋浩如烟海的纸字会一夜之间消失遁形，那情景何其残酷而悲壮，简直无法想象。我想，人类的探索无边界，但人类的思维和坚守一定会有底线。

我不揣冒昧地猜想，电子字及电子书的诞生是一种创新，以其旺盛的生命力挺进更是一种探索，一往无前向前走的路上会有拐点，得有轮回，也许是更高层次的轮回。事实上，七八年前几乎被电子书"扫荡殆尽"的实体书店，如今不仅在繁华的大都市中央，风景宜人的湖畔、丛林、山间重新布局开张，而且因综合了布展、餐饮、品茗、休闲沙龙诸多功能而风格一新，里边顶天立地的书架上一排又一排纸字书琳琅满目，汗牛充栋，读者购者或捧读或选择，络绎不绝，让人感觉到了振奋人心的纸字大军卷土重来。

仍愿意抓住自认为永久的东西，而且把它坚守到永远，哪怕它眼前已是游丝般孱弱，这就是我读之有情嚼之有味品之深邃思之浩渺的纸字。

从某种意义上讲，对纸字的敬畏，就是对民族文化和人类文明的尊崇与爱戴，敬畏纸字的精髓和灵魂不啻为我每时每刻存活的生命意义。

镜之杂说

　　说起镜子，人们大多会想起史上唐太宗李世民那一段耳熟能详的话："夫以铜为镜，可以正衣冠；以史为镜，可以知兴替；以人为镜，可以明得失。"典出《旧唐书·魏征传》，唐贞观十七年（公元643年），以敢于直谏闻名的光禄大夫魏征病逝，唐太宗亲自执幛祭奠，深感失去一位如同镜子一样"观照"自身得失的诤臣而痛彻肺腑，故发此高论。

　　这段"镜论"不仅工整对仗，语言精练，而且含义十分丰富，以至于后人无论中外谈"镜"之论者均无出其右。猜想得到，即使如唐太宗这般宏才大略，能说出这段青史留名的话一定是一番深思熟虑的结果。读来意味深长，颇具哲理，由镜子观照自己至他人推及世事的利弊得失，精练而经典，不仅体现了对魏征一个人的高度评价，使一个虚怀若谷真心纳谏从善如流的明君形象跃然纸上，也推出了一种观察、分析、评价人和事的思维方式与方法。至高无上的皇帝连起居拉屎屙尿都有人记载，如此金口吐如此金玉良言岂不大书特书，而后待史家好不容易发现这么一个明君这么大的一个亮点，亦唯恐收罗不及。从居庙堂之高，流传至处江湖之远，无奈始终处于被奴役地位的百姓素有祈盼

"青天"或者"明君"的情结，自然无不适时引用、注解、诠释，如是"高论"以及背后的明君焉有不流芳百世之理。

其实，生活在远古的先人们最早找寻一种可以映照的东西，或者说就是制造镜子之类的初心是非常单纯的，也就是想把自己看清楚，以镜为镜。在张目即见他人即见周围世界的一切而唯独看不见自己的古人类时代，人们内心深处萌生看清自己嘴脸的想法极其自然。从他人瞳仁的映照，从能够倒映蓝天白云山水树木的一汪清水里，看见自己的绰绰身影而受到启发，开始寻觅一种能够"照见"自己的自然物体，不知经过了多少代人的寻找，未果，才从制造这种物体上想办法。现代举手之劳的事情，于古人而言，却要经过漫长而艰辛的过程。据考证，最早的镜子是由高锡青铜铸造的，出现在距今一千八百多年以前，要经过多道工序的打磨和擦拭方才清晰可鉴，我国最早见诸文字的记载出自西汉时期的《淮南子·修务训》。古时候，除了青铜镜之外，还有用银子制造的银镜、用钢制造的钢镜，后来威尼斯人发明了把水银和锡的合金——汞合金与玻璃粘在一起造成的玻璃镜子。及至近代，人们就在玻璃板上抹一层薄的银子，再在外面涂上保护的漆，工艺虽简单，效果却出奇好，这可是一个了不起的进步，简直就是一场镜子革命。如今造出来的大玻璃镜、两面镜、多面镜、凸凹镜、哈哈镜、多棱镜……无论用途怎么变化，其基本原理、工艺和方式都没脱此窠臼。

镜子的物理属性，就是通过反射折射原理看清事物。"夫以铜为镜，可以正衣冠"这个作用很简单，在人人能够实践且直观之下是完全可以实现的，即使"走样"或者"变形"也一目了然。而拿"人"和用"史"来做镜子，就只能说是一种譬喻，远不是镜子的物理作用那么简单。要真正起到"明得失"和"知兴替"的作用，有人的因素，还有多种社会元素的存在、发展、变化及其偶合，十分复杂且多变，并不是那么容易"明"和"知"的，也绝非唐太宗说的一句话那般轻松。

中国第一个集权王朝的皇帝秦王嬴政，累几代霸业之功灭六国统一天下，鉴于周朝实行分封制导致天庭羸弱四方分崩，遂建立中央集权制的国家制度，车同轨，书同文，设郡县，修长城，焚书坑儒，以为做大做强就可稳居万世，乃自封始皇帝，躺在龙床上设想自家后代继承大统，由一世而二世、三世……孰料如意梦尚未做完，自己一命呜呼不说，家姓天下随即二世而斩。按理，前车之覆，后车之鉴，后世君主当分析利弊吸取教训避免速衰疾亡，但事实却不然。以"普天之下莫非王土，率土之滨莫非王臣"为己念的家姓王朝，视江山社稷为私产，恣意将天下人愚弄、盘剥、压榨、欺凌，玩弄于股掌之间，来不及也不愿意从根子上找原因，以至于在长达两千一百多年的封建统治时间，大大小小多达上百个王朝"其兴也勃焉，其亡也忽焉"，一次次重蹈覆辙，终归"雨打风吹去"。后人无数次地重复杜牧在《阿房宫赋》中写下的那段不胜凄凉的哀叹："秦人不暇自哀，而后人哀之；后人哀之而不鉴之，亦使后人而复哀后人也。"也印证了萧伯纳先生所言："历史的经验教训告诉我们，人们不会从历史的经验中吸取教训。"

也许，只能是也许，集权王朝的统治者毫无忌惮地挥霍天下的物质财富，毫无节制地任意奸淫每个人的意志，毫无边界地随意行使手中的权力，时时处处陶醉在巨大享受的快慰之中，可曾真正去想一想除此之外的执政体制和行事方式？哪里会认真去掂一掂天下生民的分量与疾苦？在他们眼里，统治就是一种类似于牧放马牛羊之类的牧民术，如果要有一点儿理性的话，也想的是如何维护、加强、固化手中的权力，从而更好地愚昧、驯化、驱使小民。在他们心中，魏征之类的不惧死罪的"诤谏"，不过是一种愚忠；屈原之流痛心疾首发出的"天问"，也不过是想树一种以天下苍生为念的爱国为民形象；杜牧之流呕心沥血的"鉴析"，也不过是一帮子穷酸文人故作高深想从王朝讨一杯羹喝的一种卖弄之作。他们心底里觉得这些都是幼稚而可笑的做派，甚至充满不屑一顾的鄙夷，哪怕面临灭顶之灾，对天发出的哀鸣也是"但愿世世代代勿生帝王之家"，哪怕明知已经到了饮鸩止渴的地步，也舍不得放不下忘不了现实享受和嗜欲的满足，丝毫没有想过改弦更张，宁愿问鬼神，决不念苍生。

当然，早已滋生愚昧、落后、细菌的土壤，即使播下文明、先进、健康的种子，也会被腐蚀被损害被毁掉，况且在这样的土地上会产生能够收获先进成果的种子吗？一部封建专制史就摆在上千年的时空里。清末洪秀全、杨秀清掀起的"太平天国""农民革命"，起初提出的造反纲领和口号是"有田同耕，有饭同吃，有衣同穿，有钱同使，无处不均匀，无人不饱暖"，具有极大的宣传煽动作用，加之武力的裹挟，声势浩大的农民起义队伍便横扫半个中国，攻占南京。为了建立"地上的天朝"，洪秀全忙着建皇宫，选妃子，杨秀清忙着建东王府，都过上了骄奢淫逸的生活。各级官吏等级森严，差别悬殊，连吃多少肉都有着明文规定，哪里还有半点儿"无处不均匀"的影子。至于底层百姓饱受不伦不类的宗教迷信建立的神权和封建专制的政权双重压迫，还遭受动辄"斩首不留"的恐怖统治，使其漂亮口号的虚伪性和欺骗性昭然若揭。好在这个畸形的怪胎在这片腐土上只存活了18年，但以这段史为"镜"，我们能够从中"知"什么呢？有人认为，1850年，洪、杨自"金田起义"，纵横十多个省份横扫大半个中国，从根本上动摇了封建专制制度的基础，使大清王朝在风雨飘摇中处于摇摇欲坠的前夜，因而是推动历史前进的动力。另有一种观点认为，太平军每攻破一个城池，除了收集钱粮、招募军队之外，就是烧书毁庙，宣布经史子集皆为伪书，按照"天法"予以烧毁，私藏、私读、私传要斩首，还到处拆毁孔庙、关公庙和宗法祠堂，将中华传统文化破坏殆尽，这是导致经济社会发展萎缩历史文明倒退的一场大浩劫，是广大百姓受苦受难的祸根。两种不同的结论，不得不让"镜鉴者"深思。但究其根本，洪秀全其人就是这块土壤生就的一个怪胎，起先是极力想通过科举晋身"货与帝王家"，孰料四次落第，连个秀才都考不上，自命不凡的他凭着教会散发的一本《劝世良言》，创立出一个不伦不类的拜上帝教，以欺骗笼络大批信众起事。

一部封建专制的历史，权力的黑洞，权力的诱惑，权力的伪作，被演绎到无以复加的地步，且不说无人真正以此为镜去"观照"曾经的过去，就是以这样一部矫作伪作忽而被删忽而被改忽而被篡的历史又能"烛照"出什么呢？"史"如此，"烛照"出来的想法看法认识，我们姑且统称为"史论"，光著书立说见诸文字的可以各抒己见，有的竟截然相反，那么，唐太宗之说究竟存有多少价值呢？倒是存疑不少。

缜密的考证可以接近史实的真相，以真相为镜，依然有一个思辨的过程，但都很难说做到了"知"。难道以人为镜，能够让后世之人"明"得失吗？

擦擦镜子，不妨让我们看看时间相隔数百年、空间变换也大、事件主角不同，情景却惊人相似的三个剖面：

秦二世二年（公元前208年）七月，在秦始皇一统天下的大业中立下汗马功劳的丞相李斯，陷入奸臣赵高的圈套，篡改秦始皇遗嘱拥立少子胡亥为二世皇帝，从而一举踏上居一人之下万人之上的巅峰。不料转瞬之间，赵高就被抓住把柄并罗织罪名入狱，惨遭严刑逼供，终被腰斩于咸阳闹市，并夷三族。临刑前，他无比悲哀地对儿子说："吾欲与若复牵黄犬俱出上蔡门逐狡兔，岂可得乎!"如此低廉平常的乞求,王朝的一个高官竟不可得,其感可悲,其情亦悔,痛彻心扉矣。

时隔不到三百年,以炫富斗富而"名垂青史"的西晋官僚石崇,竟然以"官身"行"匪事",大肆劫掠民财,以至富可敌国,除了玩尽美色变着花样炫耀,还底气十足与皇亲国戚斗富。永康元年(公元300年),赵王司马伦发动政变,其权臣孙秀向石崇索要他的绝色爱妾绿珠,石崇死活不从,结局是绿珠跳楼自杀,他被处以极刑,并夷三族。临刑前,石崇哀叹:"奴辈利吾家财。"押解他的狱卒说:"知财致害,何不早散之?"他竟瞠目结舌,至死无言以对。

再擦擦镜子,反观照现代。2015年2月28日,山东省东营市中级人民法院以受贿罪、巨额财产来源不明罪判处安徽省原副省长倪发科有期徒刑17年。此君"爱玉成痴",只要说到玉石"顿感精神,眼睛发光",于是,各路老板奉送上等玉石价值达1200万元,终于致他栽在了"雅好"上。被判重刑后,他痛哭流涕地忏悔道:"多年来,我没有学会抽烟、喝酒、打牌、玩麻将,但我偏偏痴迷上了玉石玉器,让所谓的玉文化交流这种糖衣的雅贿迷住了双眼,让疯狂的石头把我绊倒,摔下万丈深渊,走上人生的不归路。"还好他良知未泯,不忘将自己作为"镜子"推荐给他人,"人生不求飞多高多远,但愿平安着陆就好,既要有所作为又不要乱作为,慎独、慎行、慎交,要以我为戒,不要让我的悲剧在他们身上重演。"

历史并没有真正翻篇,历史和现实是相通的,今天的现实就是明天的历史,我们一直生活在历史之中。李斯好权,石崇好财,倪发科在所好上面贴了个"雅"字,但"君子各以其好为祸",从古至今,旁人、后人、局中人、耳闻目睹者甚众,个中绝对不乏饱读史书深谙"镜鉴"之理者,而前赴后继栽进权力场名利河欲望海者依然不乏其人。

从某种意义上讲，镜子常有，而真正明智的"镜鉴"之人却不常有。细捋起来，首倡并且力行"镜鉴"的唐太宗本身也未必做到了"镜鉴"所言的那么理性和光明正大，如果对他作一番"镜鉴"反倒别有一种味道。所谓创造"贞观之治"的"一代明君"，就是精心策划"玄武门之变"残酷杀戮同母的大哥和亲弟威逼老父退位才登上皇帝宝座的，更血腥的是还将未成年的亲侄子们统统杀死，一个不留。知道自己的权柄沾满鲜血，知道自己的来路"得"之肮脏，因为心虚，因为想掩盖不光彩的过去，经过精心谋划，他矫情地去做一些"导演"好的事情、"编排"一些经典堂皇的语言装饰自己，一切仿佛在不经意中发生，一切都自然而然进入记载，一个体恤民情、从善如流、励精图治、创立中兴的丰满高大的"明君"形象便仡立在了千秋史上。譬如贞观四年，李世民下令翻新隋朝的洛阳宫殿"以备巡幸"，言官张玄素站出来反对，说是劳民伤财，无甚意义，他不仅不恼，还立即欣喜纳谏停了此事。"明君"之誉由此始矣。第二年，李世民故伎重演，又将洛阳宫装修，又一谏官戴胄坚决反对，他闻言大喜，拍着他的肩说："戴胄于我非亲，但以忠直体国，知无不言，故以官爵酬之耳。"不仅将已经装修得差不多的工程拆除，还给戴胄加官晋爵。皇上"从谏如流"，诤臣提意见受重用，一代"明君"的形象就这样在庙堂坊间口碑相传中树了起来。另一面，上有所好下必甚焉，这才有了一个历世颇深老谋深算的魏征应时而出，"投其所好"地凑上来屡屡犯颜直谏，上演了一场又一场"君善臣直"的宫廷秀，这才有了《贞观政要》和魏征的《贞观补遗》使其彪炳史册。但是，历史照旧有泾渭，终归他的"来"路不正，"去"路也好不到哪里去，他的血腥杀戮照样血溅其后代，他儿子也大都死于非命而不得善终。如果他"鉴"透了历史，至少在宫廷争夺中少一点儿血腥味，多一点儿人情味，使后世也多一面"知"或者"明"的镜子。也就是他本人，多次被魏征犯颜直谏之后，不去深入反省而"知兴替""明得失"，竟然恼羞成怒，几欲毁掉这面"镜子"，发誓"早晚杀此田舍翁"，幸亏长孙皇后劝阻方才息怒。但此恨未消，及至魏征死后，又怀疑其结党营私，下旨毁掉儿女婚约不说，还下令掘其坟墓，把亲自为其题写的墓碑砸毁。再说一部《贞观政要》记录了魏征犯颜直谏数百次，如果唐太宗勤于"自我反省""知过就改"善于"举一反三"，魏征有劝谏这么多次的必要吗？可见，一代圣主的形象未必那么光彩照人，史家多有溢美之词的明君也藏着小人的尾巴，甚至可以说就是一个背面卑鄙无耻充斥暴政的小人。

个人如此，社会亦如此，一切都不是照照镜子看看表象那么简单。历史和现实往往是复杂的，每个人从自己所处的位置看真相，所获取的东西也拼贴了主观的印记，再加之一些居心叵测的人故意扭曲或者刻意掩饰，使得"真实"更加扑朔迷离。毕竟照妖镜只是一种传说，毕竟让心怀鬼胎的人一上镜就露馅只是善良的人们一种如愿以偿的祈望，即使现代有了观纤毫入微里的显微镜、举目以光年计的望远镜，没有人的主动参与，没有观镜人的智慧作用，那一系列先进产品也不过局限于一件件工具或仅是一种譬喻而已，既不可能全面客观地揭示事情真相，更不可能洞穿事物本质。

"镜鉴"起效用，在于照镜人具有一定的阅历、学识和相当的智慧。阅历是人生路上的经历，包括亲力亲为之外的所见所闻，是从大自然和社会这面大镜子的"观照"中获取、沉淀和积累的见识；学识更多地源于书本，将古往今来无数聪明智慧的心灵、已照见的事物和真理，"烛照"进我们心灵。将学识与阅历、书本与实践融会贯通形成智慧，就能认识能分辨能剖析善与恶、正与邪、人与妖、正常与反常，乃至浩荡奔腾的潮流与暗藏的逆流、落日前的辉煌与黎明前的黑暗。重要的是对镜子内外，既要认真"看"，还要用心"鉴"，找到其兴、衰、亡之规律和原因。令人遗憾的是，即便这般用心了，由于有不同的价值取向，所以得出的看法或者结论也难免不带片面性。因此，还需要将不同的片面性互为补充，才能形成较为全面客观的认识。

"镜鉴"起效用，还在于观镜人有胆识有魄力有韬略。这就需要心灵之镜以不同的凸凹之度相互磨合相互反映，才能真正做到"明得失""知兴替"，从中寻觅到兴利除弊的恰当路径，大胆地改革，革故鼎新，激浊扬清，驱邪扶正，然后施之于硬性的制度作保障，而不是如梁启超所言那样："只论其当如是，而无术以使之必如是。"

要使"镜鉴"有效用，关键不在于镜子本身，而在于观镜人有意识的主观作用，在于其在灵魂参与下不失良知不缺常识的精神活动。

要说"镜鉴"也有两面效用，中国古典文学名著《红楼梦》中曹雪芹笔下的"风月宝鉴"把这两面性描写得淋漓尽致，既正反截然相对，又寓意颇深令人玩味。贾府无赖贾瑞暗恋上了本家嫂嫂王熙凤，却被数次耍弄以致一病不起。就在命悬一线之际，恰好一跛脚道人上门化斋，送他一面叫作"风月宝鉴"的镜子，吩咐只能照反面，可以救命，如果照正面，就会适得其反要索命的。贾瑞看了反面，照出一个森严恐怖的骷髅，把他吓得不轻，责怪道士不是救人而是害命；翻过来看正面，只见凤姐笑意盈盈款款走来，与他幽会缠绵……快活倒是快活了，结局却是精尽而亡。文学往往是现实生活的折射，《红楼梦》中杜撰的"风月宝鉴"不仅仅是一面镜子，也不仅仅照见了两个不同的画面，而是展现了一种现象，一种对"镜鉴"的不同取舍，取什么弃什么体现的是人各有自知之明，人各有志。由此观之，"知兴替""明得失"会因个人因素而具有一定的片面性。

对个人而言，要看清楚自己内心深处的正误、差错甚至扭曲，除了具备学识、阅历融合的智慧，不怕现丑勇于解剖自己的胆识和魄力，还应当以"他人""他事""他物"为镜，"烛照"我们的心灵，尽力克服片面性，以此洞悉自己的灵魂。

但不管怎么说，有"镜"为"鉴"比无"镜"好，能够正确把握"镜鉴"更好，清醒认识自己和世界的另一面，遵循规律，推动历史和社会沿着科学、健康、可持续发展的轨道前行，方才不失"镜鉴"的真正意义。

世有"镜"，世事方为"镜"，世事"鉴之"皆学问，去其糟粕取其精华，去其芜杂取其真相。如是，善"鉴"者凭着良知和常识也会作出正常的判断；如是，于己于他人于社会才会有所裨益。

人活着就得有点儿尊严

天朝的命运与天地日月无干，号称天子既非上天之子也非天使之子，也从未得到过上天额外的眷顾。

唐末，曾经万国来朝的中兴国运日渐式微，气象暗淡。

这日清晨，太阳照样循着亘古不变的方向和看不见的轨迹冉冉升起，藐视着燕赵大地突起的狂风和裹挟的黄沙尘土，根本就不屑乜一眼黄尘下战马嘶鸣杀声震天的厮杀。一支慓悍疯狂的大军也根本不理会刺目的阳光、扑面的风沙，风驰电掣般向幽州城外的大安山行宫猛扑过来。

对于独霸一方的卢龙节度使刘仁恭来说，这个艳阳高照的早上无疑是暗淡无光的黑色。昨天夜里，在粉色丝帘垂帷的红木榻上，与几个美妇翻云覆雨折腾至精疲力竭的他尚沉醉在欲死欲仙的梦乡，忽闻大军来袭，吓得魂飞魄散。他慌忙起身，匆匆披挂整齐，跑上城门一看禁不住大为恼火，吼问：守光吾儿，不知道我是你父亲吗？还这般兵戎相见？孰料，城外骑在高头大马上的头领刘守光概不理会，大声反诘：前日里乱棍往死里打我，还知道有我这个儿子？告诉你，我才是卢龙节度使。话音未落，一声炮响，鼓号齐鸣，大军掩杀过去，势不可挡，顷刻城破，刘仁恭被生擒。不日，刘仁恭长子义昌节度使刘守文率军前来兴师问罪，无奈抵挡不住刘守光的虎狼之师，兵败被擒。杀红了眼的刘守光，置手足之情于不顾，立马将刘守文铡杀，将其父软禁，同时兼占两镇，窃据幽州。

刘守光，就是这个与父妾通奸篡父位而自命的卢龙节度使，彻底砸碎了唐王朝的专制制度，拉开了史称"五代十国"的序幕。一统天下被打破，犹如潘多拉魔盒被打开，有枪就是草头王，拥兵自重就能自立山头，即使坐地称帝在那个"乱世"也算不上什么难事。只可怜江山无辜随时换姓，城头无奈随王易帜。第一个冒天下之大不韪妄自称帝的是刘守光，国号"大燕"，都幽州，只可惜好景不长，皇帝宝座刚坐两年，就杀出个实力更强的晋王李存勖想中兴唐王朝，一路大军杀将过来，不仅端了"大燕"老巢，还灭了朱温篡唐后建立的后梁，随后继承大统，称帝后定国号为唐。孰料照旧国运不祚，三年后他病逝，其国被后晋取代……从907年至960年，短短五十三年间，中原大地上，梁、唐、晋、汉、周五朝更迭，还不算上史家认为入不得正史的燕和契丹，至于自穿龙袍自戴皇冠者，真是你方唱罢我登场走马灯似的换，假如上天有知也会叫冤，再有本事也不可能一下子生出这么多真龙天子啊。

我喜欢读史，尤喜读国史，毕竟是龙的传人，可读"五代十国"史真叫人眼花缭乱，费力劳神才弄清楚北方"正统"王朝分五代、南方"割据"为十国的时代格局。按照以往读史的习惯思维，总想找出一点儿什么脉络将南北两个地块上存在时间长短不一的各种"王国"串起来，就像读其他的断代史梳理其一家一姓王朝延续的主流一样，但在这个时期这种读法行不通。想想也是，王朝忽兴忽亡，帝王杀进杀出，另外，在这些过程中若干起关键作用甚至起历史转折作用的人物也数不胜数，可谓乱象丛生，高人迭出。纷繁复杂的年代不可以简单理解，只得潜心再读，就像在一条多歧路无光线的暗道里摸索，终于眼前一亮，那个冯道，不就是一个在中国北方大地上贯通五代且一直稳居高位的"闪光"人物吗？

荒淫无道的刘守光为乱世之首，出身草根的冯道卖身投靠的第一个买家就是他。上梁不正下梁歪，也许冯道出仕的第一天就没想过在一棵歪脖树上吊死。以后，刘守光自立大燕皇帝，他跟着升官；刘守光兵败被灭，他毅然跑去投靠李存勖；三年后李存勖病逝，后唐被灭，他甚至来不及悲伤就掉转身子向新主子投怀送抱……历史学家认可的"五代"即北方的五个王朝，他都参与、见证、伴随了其兴其亡的整个过程，还得加上不被史家纳入正史的"桀燕"和契丹，虽有跌落但换了主子又重起，一次又一次爬上"五代"七个小朝廷权力构架的最高层，直到寿终正寝还被后周追封为瀛王，可谓生前风光无限，死后哀荣备至。

冯道（公元882—954年），字可道，一生确实"可道"，不仅当时耀眼，而且后世留名，算得上一个"耐读"的传奇式人物。从投靠幽州节度使刘守光开始，朝代更迭，山河易帜，风啸马嘶，血海尸山，于他不仅见惯不惊，仿佛就是多一种玩法那么简单，不过，玩一次就多一层官场的实用经验。遭逢乱世的他从政五十年，历仕后唐、后晋、契丹、后汉、后周五朝，侍奉过八姓十一个"皇上"，三入中书，任三公三师六任宰相，不管主子是沙陀人、西夷人或汉人，也不管主子是创业之帝或是守成之王，都能复归宰相之位而左右逢源。如此久长的入仕经历特别是"换主"之多且稳居高官的纪录，在两千余年集权社会的历史上，简直无人可以匹敌，官场"不倒翁"的称号于他，的确实至名归。

但是，在绝对专制的封建社会，要做冯道，非一般人能行。

以"普天之下，莫非王土；率土之滨，莫非王臣"为根本特征的集权社会，皇朝对臣属拥有绝对控制权，一朝天子一朝臣，君要臣死臣不得不死，如此不可逾越的"苛求"之下，臣属当如何对君呢？以"尽忠"为圭臬、以"保节"为根本的价值评判体系逐渐建立且固化完善。早在先秦，孔子认为"君使臣以礼，臣事君以忠"。西汉董仲舒提出的"三纲五常"之首即为"君为臣纲"。古人云："立身制事，自有一定之理。"饱读诗书的冯道是谙熟封建体制的纲常伦理的，作为受主隆恩的当朝宰相理当竭尽全力保护朝廷安危，倘若国倾则臣必亡，就算逃过一劫，那么，新帝莅临也难逃遭诋毁遭清算的灭顶之灾，可不，他居然在城头变幻大王旗，在帝王更迭如割韭菜的年月几起几落，一番接着一番，捞取官位，享受荣华富贵，其非同凡响的所作所为颠覆了集权社会士大夫们对纲常伦理、官场规则以及人生经验的认知。战国时期的谋略大家黄石公在《素书》中断言："与覆车同轨者倾，与亡国同事者灭。"而他数度将自己系上"覆车"追随"亡国"，不仅没"倾"也没"灭"，反倒是换个主子又拜相，官运亨通，活得风生水起。这个逆袭封建官场的"屌丝"，如果没有首鼠两端见风使舵的卑劣人格、见鬼见人应付裕如的无常操守，以及一副溜须拍马厚颜无耻的嘴脸，是不可能创造出这等"青史留名"的业绩的。因此他多被后世官场和史家唾骂为无官品、无气节、无尊严的伪君子真小人，司马光贬之为"奸臣之尤"，欧阳修将其斥为"无廉耻者"，王夫之更是义愤填膺地破口大骂"人皆得而贱之"，仿佛他是人人喊打的过街老鼠。

　　如果没有朝秦暮楚说变就变而且一变到底的超人本事，冯道就算不得骨子里是一个货真价实的小人。

　　漫长的中国集权社会是官本位体制形态，以官位为轴心。如果你居于王公贵族的层面或者具有足够的政治军事实力，你可以觊觎或者攫取最高权柄，甚至直接"问鼎"帝位，除此之外的一般人，从理念、价值取向、行动上都以做官为求取功名利禄的唯一途径，尤以读书人为甚。"万般皆下品，唯有读书高"，为什么"高"？是因为"学成文武艺，货与帝王家"，一旦金榜题名，戴上乌纱帽，那就出人头地，荣华富贵，风光无限。因此，为求升官，可以不择手段；为求保官，更无所不用其极。

　　但是，中华民族上下五千年历史积淀的文化博大精深，也形成了一套道德规范、价值体系、行为准则的衡量体系，这里面更多的是正面、向上、优秀的文化底蕴。《资治通鉴·唐纪》给君子和小人立下了一个标准："德胜才，谓之君子；才胜德，谓之小人。"论才，冯道才高学深以致玩转天下；论德，他百无一是，即使有一些矫伪之作，也不过是装模作样的作秀。之所以如此，因为他根本就不以这些具有普遍价值的道德观为然。当然，这里边有时局太乱的原因。既然天下大势如此，既然"危国无贤人，乱政无善人"，如果不因时而变，竭尽狡猾圆转之术，委曲求全，姑且不论保官位求富贵，就是想苟全一条小命都难，毕竟强权面前，他是一个弱者。强者不屑于玩阴谋，狡猾也不是强者的选项，弱者才需要装聋作哑混过关，才需要使出浑身解数逢迎新主子以分得一杯羹。这些固然可以作为分析冯道其人的背景，也可以成为开脱他的一些理由。但就冯道本人而言，骨子里潜藏着小人禀赋，又与合适的社会环境、氛围和条件不期而遇，使他得以充分发挥其超人之处，把诡异多变、阿谀奉承、阴险狡诈的小人伎俩演绎得淋漓尽致，貌似"大忠"实则"大奸"的言与行嵌合得严丝合缝。这样一来，连轴转的朝廷也离不了用他做轴来黏合原有的或须作修正的或重建的行政体制，客观上也需要他这种善变的政客；这样一来，他这种奸诈小人的劣行一脚将传统社会认可尤其是士大夫们看作比生命还重要的气节、操守、尊严之类的美德，甚至连表面的斯文都踹倒在地，再踏上一只脚无情地将其碾碎。清泰元年（公元 934 年），潞王李从珂在凤翔起兵反叛攻打洛阳，后唐愍帝见势不能敌慌忙逃往卫州。冯道顾不得当朝重臣的身份和颜面，置主子的生死于不顾，立马率领百官大开城门迎接李从珂，接风洗尘尚不足以表忠心，干脆直接将新主子拥立为帝，是为唐末帝，因为拥戴有功自然而然又接着做起了高官。再说天福元年（公元 936 年）的事，河东节度使石敬瑭勾结契丹，灭唐称帝，建立后晋，是为后晋高祖，再次拜冯道为相，将所有政务统统委托给他，给予他最大的信任、最深的恩宠和最高的礼遇，满朝文武无人能及。但七年后，后晋高祖病重，嘱托他辅佐并拥立幼子石重睿继位，冯道当面满口应承，等他一死立即变卦，以"国家多难，宜立长君"为由，即推拥石敬瑭的侄子石重贵坐了皇位，是为后晋出帝。出帝坐稳江山，回身即投桃报李，加授其为太尉，晋封燕国公。

　　如果没有厚颜无耻毫无顾忌的逢迎拍马之术，冯道就算不得不识羞耻不要尊严的小人。

　　一遇改朝换代，冯道翻脸比翻书还快，而且绝情至恩断义绝，毫无诚信可讲，小人嘴脸可恶至极。但为迎合新主子，他装孙子，做奴才，拍起马屁来不知天高地厚，毫无顾忌，绝无廉耻可言。天福十二年（公元 947 年），契丹大军攻入晋都汴梁，一举灭亡后晋，冯道甚至来不及脱掉晋朝官服，立马轻车熟路地跑去觐见契丹皇帝，自然博得耶律德光的欢心。这里面有一个前奏曲，早在石敬瑭做"儿皇帝"时，派遣他作为特使去契丹，冯道不吝认贼作父，倾其所能讨好卖乖将这个"太皇帝"伺候得很舒心。既然同是"太上皇"的"儿"，归国后石敬瑭对他又恨又怕，不得不启用他做宰相，将天下大事委任给他。耶律德光占领中原后，也巴不得有冯道这等汉官的投靠以利"牧民"，冯道改换门庭自然把"孝子"做得热乎熨帖。有一次，耶律德光瞅着因为战乱饥荒民生凋敝的景象，问道："天下百姓，如何可救?"善于揣摩上意的冯道答非所问："此时的百姓，佛祖在世也救不得，只有皇帝您救得了。"马屁拍得嘣响，极顺溜、热乎且自然。

窃以为，冯道遭人诟骂，仅就其个人原因而言，皆因他缺失最起码的自尊，无自尊则无尊严，而自尊的前提是知羞耻，一个毫无羞耻感的人，什么肮脏、卑鄙、下作的事都敢大张旗鼓地干，擅用权谋，滥施诡计，什么颠倒黑白、混淆荣辱、模糊美丑的话都可以大言不惭地说，见风使舵，巧言令色，无所谓对错，一切以有利于自我为核心，一切都堂而皇之，一切仿佛浑然天成。

尊严，是指人和具有人性特征的事物，拥有应有的权利，并且这些权利被其他人和具有人性特征的事物所尊重。人人都有尊严，人人都需要维护尊严。问题是，人生在世，怎样才能活得有尊严? 首先是自尊，有自尊的人一定知羞耻，在乎自尊的人一定会坚守自我内心的准则。中华民族历史上那些高风亮节风骨犹存的优秀人物数不胜数，看看不愿苟活于浑噩世道的屈原大夫，春秋战国也乱世，客卿制盛行，纵横家走俏，各显其能无关人品，以屈原之才何处不能容身不能富贵，哪怕已是"失意臣子"，挺伸"卑贱者"之身躯不堪向"卑鄙者"低头，只身行吟湖泽河畔，留下千古一叹之《离骚》，自觉走向祭坛想唤起人们的觉醒，不想却流芳百世，为世人树起铁骨风范。再说说传世书法家柳公权，犯颜直谏，以书法对唐宪宗说政事：书法的用笔由写字人的心来控制，人心正，那么，书法用笔就正，书法就会尽善尽美。他不仅做人行事有气节，书法里也展现出不媚俗的"柳骨"，以至传诸万世，临作楷模。听听"戊戌六君子"之一谭嗣同的仰天长叹："我自横刀向天笑，去留肝胆两昆仑。"这个梦想以死唤醒浑噩国人的变法志士，眼见变法失败而痛心疾首，能逃生却选择主动投死，彪炳史册的是不低头不屈从流芳百世的铁汉形象。再听听一代大儒方孝孺，为保节尽忠声若洪钟的惊天一鸣："何惧诛十族。"他是明惠帝时的大学士，饱读诗书通晓事理，但见百官都见风使舵纷纷投靠燕王朱棣，竟不识时务，面对朱棣以"株九族"相威胁而犟直脖子高声回答"何惧株十族"，誓死不为新主子歌功颂德，敞亮出士大夫的铮铮铁骨。人死了，还留下一段铿锵闪亮的话："凡善怕者，必身有所正，言有所规，行有所止，偶有逾矩，亦不出大格。"这个"怕"不是害怕受到惩罚，而是怕丧失最基本的人格，因为他心里明白，一旦人格扫地，就在自己面前也失去了做人的信仰和尊严，一切欲求的满足都挽救不了人生的彻底失败。这个"善怕"就是一个士大夫做人的标准，也是他保持自尊的起码要求。如果说古人对做官为吏者德的衡量，可谓车载斗量，诸如"德不厚者不可以使民""为政以德，譬如北辰，居其所而众星共之"，那么，相形之下，冯道不就是一个人格卑劣言行龌龊的小人吗？

如果没有善于伪装巧于扮靓自己的高明伎俩，冯道就算不上"天下第一奸诈小人"。

为何历史上和现实中都不缺小人，有时还大行其道？小人从来都不认为自己是小人，不仅擅长掩饰更善于伪装，往往还以光鲜堂皇的面目出现。他会振振有词地为自己的"下作"、"坏行"或者"恶行"辩护，会寻找到一个冠冕堂皇的借口，甚至会有一套言之凿凿有依有据引经据典的理论，把自己装扮成"是为天下苍生计"或者"替天行道"者，哪怕他是魔鬼，也自以为站在了充满正义的天使行列，最不济把自己当成不得已而为之的无辜者或牺牲品。冯道就是这样的小人，矫情的做派甚至欺骗了史家的笔端，为他的"善行"着墨。欧阳修在《新五代史》中记载，冯道曾在军中处置一事，"诸将有掠得人之美女者以遗道，道不能却，置之别室，访其主而还之"，此一举就可谓之为大善之人。还有做好事不留名的逸闻记录呢。因父去世回乡守制的冯道，听说邻家乡亲无力耕种田地，夜里亲自去耕地，主人知情后登门拜谢，他还推说不是自己干的。薛居正等人著的《旧五代史》对他多有褒扬的记载，可见其表演之高超。

改朝换代，按照某种说法就是改天换地，涉及天之下地之上的所有人，人生的起伏、命运的折转都得跟着变。其实不然，对老百姓而言，无非就是苟活于世，无非就是换个主子"照旧交粮纳税"，只是被裹挟被利用被殃及被屠戮而已，至于得利甚至共享天下，无非一时。用鲁迅先生的话说："但实际上，中国人向来就没有争到过'人'的价格，至多不过是奴隶，到现在还如此，然而下于奴隶的时候，却是数见不鲜的。"管它什么改朝换代，鲁迅先生将一部中国文明史划分为两个时代："一，想做奴隶而不得的时代；二，暂时做稳了奴隶的时代。"就这两个时代不停地恶性循环。有一点是肯定的，改朝换代只能是权力阶层谋取或失去的事，得利或失利都是一条轨道上翻覆的车。冯道是权力阶层的高官，理当在额头更应在脑子里刻下当朝的烙印，理当忠于授任于他的朝廷，而事实上他之为官，既不忠于一家一姓的王朝，反倒厚颜无耻地卖身投靠一个又一个新主子，鲜廉寡耻，不以为耻反以为荣，还自号"长乐老人"，毕生乐此不惫。但是，"是为天下苍生计"这面大旗必须扯将起来，"忠于百家姓"这个堂而皇之的借口必须利用起来，乱世之中想死易求生难的理由必须抓来做支撑，包括信誓旦旦地宣称"所愿下不欺于地，中不欺于人，上不欺于天，以三不欺为素"的口号，一切为了掩盖自己不齿于社会道德观的丑行，同时还得欺世盗名地彰显自己，虽说不是正统观念中国家大义的捍卫者，至少也是为保一方百姓平安而丢失尊严的牺牲者。

看一个人有无尊严，其实特别简单，取决于自己和别人如何看待自己。如何持有尊严？文人当揣有公知、良心和常识，保持尊崇灵魂秉笔直书的风骨，文臣应有为天下公利尤其是百姓之利而抗争的气节，武将该有为保家卫国效命疆场趋死的铁骨。然而冯道不这样，他是文臣，也是文人，较之于其他小人，更胜一筹的是在其言行之上，还著有一部专门为己诡辩的理论著作《荣枯鉴》。在这部书里，他积攒社会的人生的经验，认真思考总结宦海沉浮的应对招数，毫无保留地将其梳理出来，其中不乏玩阴谋使损招的奸诈伎俩，一面世即被一些奸佞之徒奉为至宝，但更多的是遭到史家、士人和有良知具自尊的官僚的大肆挞伐、诟病、贬斥乃至咒骂不绝于耳。连深谙官场潜流险滩的晚清重臣曾国藩，读了之后也禁不住惊叹："一部《荣枯鉴》，道尽小人之秘籍，人生之荣枯。它使小人汗颜，君子惊悚……"难以考证的是，这部书究竟是冯道的真心真情真实之作，还是他收集、归纳、推演"做官术"的矫情伪作，但其动机可以肯定，这位自号"长乐老人"的小人编撰出来的得意之作，为的就是混淆视听，将自己种种见不得人的小人劣迹演绎为权变谋略，鱼目混珠，归入古代官场的权谋文化。中国是史乘大国，历史文化汗牛充栋，积累下来的权谋经验也异常丰富，小人伎俩充斥其间，良莠不分，从这个角度说对冯道就各执一词了，有说他做官充满智慧的，有说他不得已而为之的，更有赞他是"识时务"之"俊杰"，虽说登不上正大光明的桌面，但还是有相当大的流行市场。

从某种意义上讲，冯道心底还是明白人间正道，既知羞耻明是非，又想要自尊保尊严，否则，犯不着大费周章地扯大旗找借口喊口号著书立说，煞费苦心地涂脂抹粉把自己装扮成为一副正人君子模样，混淆君子与小人之间的界限。殊不知，时间和人事都不可能永远受蒙蔽。无论何时何地，每个人都是人间情景剧中的一个角色，矫情或者本真，伪装或者乔装打扮，你终将露出真相，因为你不可能随时随地都套着伪装隐藏本真的自己。或许有人说，我一辈子都这么装下去。真要这样，这个"装"就是他的"本真"了。帕斯卡尔说过："人既不是天使，也不是禽兽，但不幸就在于想表现为天使的人却表现为禽兽。"

毋庸讳言，小人或者小人之举可以得逞一时捞到一些好处，甚至在某个时间段里小人大行其道，得意扬扬，但千万不要以为小人可以纵横驰骋整个历史过程，因为画皮和伪装终归会被剥去，阴谋终归会暴露；也千万不要以为谋得名利获取物质得到富裕的生活就是一切，如果这一切的获取是以精神的沦丧、道德的缺失、自尊的消亡为代价，对个人而言，全无人格价值、毫无尊严可言，对民族而言，将会是一场新的大悲剧。

如果没有冷静理性地分析冯道之流产生的背景、土壤和条件，认真鉴识《荣枯鉴》之类伪经典的丑陋所在，就算不上真正深刻认识到了小人的特点、本质和危害。

小人的人格缺陷在于骨子里为奴性，与之相反的健康人格被称作血性，是人性中保存独立人格的尊严，表现为勇敢、正直、率真的一面。从古至今，苏武茹毛饮血，威武不屈；张骞关山飞渡，沟通西域；班超投笔从戎，西戎不敢过天山；岳飞壮志饥餐胡虏肉，笑谈渴饮匈奴血；祖逖闻鸡起舞，击楫中流；史可法慷慨殉国，天地可鉴；左宗棠抬棺，冒死收复失地……如果奴性备受推崇与赞赏，堂堂中华无数铮铮铁骨血性十足大义凛然的优秀人物，以及他们脊梁里传承下来的中华民族的优良文化传统将被置于何处？人之尊严将情何以堪！

冯道不过是一个小人具象的标本，其意义在于昭示世人，失去自尊没有尊严的人活着与禽兽无异。联想起峨眉山的猴子，去往金顶的路上有一段蹲着一群看似"虎啸山林"的猴儿，或嬉戏乞讨或强抢过路游客的食物，如果猴儿按照游客的要求做一些讨好的动作，游客就会主动拿出食物作为赏赐或者回报。一拨又一拨来了又走的游客，一阵阵逗乐声叫好声起伏，猴儿重复着单调的动作，换取了果腹的食物，就再也不用去深山老林寻觅食物，繁衍生息了。让人觉着悲哀的是被人类驯化的猴儿已经失去了野性，再也无法做回本真的猴儿了。如同温水煮青蛙一般被逐渐褫夺尊严的人，失去自己最尊贵的天性而不觉，岂不思之悲切。

只有从人性上培育向善的根基，从社会机制上弘扬正气，摒弃小人及小人之举，将权谋阴谋之类见不得阳光的糟粕扫进历史的垃圾堆，使人人守住自尊享有尊严，世界才会澄澈而宁静，穿越晦暗，人类才能知耻而后勇，走向光明。

人类以数千年的文明累进，以良知、公道和正义铸就了一种共同的认知，也是人类文明最起码的底线，那就是人权与做人的尊严至高无上。持有尊严保持血性的人，具有深入人心彪炳史册的精神意义，无疑是一座巍峨高大的丰碑，而丢掉自尊丧失尊严的人，以其颟顸、阴鸷、奸佞的形象，在史上在现实在人们心中无疑会成为一块让人鄙夷的顽石，就像西子湖畔岳飞墓前那四个佞臣的跪像，无时无刻不被人唾弃、贬斥、矮化，直到被扔进不齿于人类的狗屎堆。两相对照，我们不得不惊赞：尊严何其高贵！

"够不着" 与 "生怕够不着"

近日读到一篇回忆开国将军孙毅的文章，一段着墨不多的逸闻却让人细读再三，感触良多。说是上世纪 50 年代，新中国成立不久，有一年，朱德总司令过生日，夫人康克清请了几位将军到家中做客，这中间就有朱老总的老部下孙毅，结果所请客人悉数到齐，唯独少了孙毅。不知出于什么原因，孙毅没做解释。四十年后，孙毅的子女就此事问起父亲，他说："我够不着。"

"够不着"三个字太简单，将军的本意是朱老总身居高位，自己地位太低，所以够不着。但从中我们看见的却是孙毅将军内心的不简单，至少凸显了他内心的淡泊和堂堂正正做人的风骨。

不是吗？孙毅是老红军战士，无论是土地革命时期，还是抗日、解放战争年代，都与朱德有过上下级关系的交集，甚至在他的直接领导下朝夕相处工作和生活了一段时间，朱老总还多次主动关心过他，相互间建立了较为深厚的战斗友谊和生活感情。无论从哪个方面来讲，孙毅不是"够不着"，而是完全"够得着"，只是不想"够"不去"够"，非不能也，实不愿为也。

事实上，孙毅的作风就是这样硬朗，战争年代需要抛头颅洒热血，他冲锋在前，新中国成立后，面对功名利禄，他退让在后，只求做点实事。1955年全军授衔，他提出"要宁低勿高，授我少将军衔足矣。我投身革命不是为了升高官，要俸禄"，最终被授予中将军衔。"文化大革命"期间他受迫害，被打成"三反分子"，却始终没有动摇他做人的准则。"十年浩劫"结束后，又主动提出辞去刚当选的全国政协常委和任命不久的总参顾问职务。离休后，他拿出自己的工资，付出大量的精力去做关心下一代的工作，一生始终保持一个大写的人光明磊落的本色。

"够不着"的"够"在这里是动词，有努力、尽力、主动去达到某个目标的意思，换种说法就是有踮起脚或者借助工具去"攀附"之意。作为全军总司令的朱德元帅，本身德高望重，平易近人，对孙毅是"瞧上眼"了的，孙毅对他也不存在"攀附"之意，但地位悬殊是客观的，一句"够不着"表现出来的高尚品格也是朴素而实实在在的，反观历史上现实中与之相反且大行其道的"生怕够不着"之类的人和事比比皆是，更显其品格的难能可贵。

"生怕够不着"也就是"唯恐攀不上"，自从有了权力和地位的差异，这种现象就像孪生兄弟一样接踵而来，权力越大，地位相差越悬殊，攀附的人越多，此中演绎的俗事糗事丑事数不胜数，此中过往的人物畸形扭曲俗不可耐丑态百出，不仅让人哑然失笑，玩味无穷，更难免让人浮想联翩，思之凝重。为了攀附，有的人挖空心思寻路子，投其所好，见缝就钻，不惜卖身投靠；有的人绞尽脑汁想招数，曲意奉承，谄谀献媚，不吝摇尾乞怜；有的人昧心蒙面使厚黑，见人说人话见鬼说鬼话，两面三刀，尔虞我诈，不计扭曲人性，管它什么人格尊严，什么羞耻感荣辱观，甚至把天理伦常统统抛在了脑后，如飞蛾扑火一般不惜代价不计后果，趋之若鹜，争先恐后地"攀附"上去。

人类社会付出代价最高最极端也可以说是最典型的攀附人

群，恐怕要算中国封建社会的独特产物——太监了吧。历史文明进化的第一步就是产生羞耻感，具体表现在最早用一块兽皮或者树叶或者集一束干草遮挡住男女性器，之后生产出的第一块麻布或纱布一定是用于遮住这个部位。从遮羞的动作到遮羞布的诞生，可以看出人类与动物之间的差别，也可以看出人类从原始社会开始就将性器视为人最忌讳最隐私的根本。然而，这种想攀附最高权力都想疯了的人，"唯恐攀不上"而不惜自觉自愿把人体这个最大的隐私一刀剜除，承受身心俱遭阉割的摧残需要多大的勇气和毅力不难想象。刀口可以愈合，疼痛可以消去，但随着性器的消失，作为正常人的尊严被撕裂了，成为一名太监，实际上也把这种奇耻大辱永远镌刻在了脸上，从前堂堂七尺男儿的伟岸心态不可能不被扭曲，甚至滋生出许多晦暗、阴险、肮脏和不可告人的变态想法。中国文化再怎么"酱缸"，都不可能猜想或者解释这种人会出于什么纯粹什么崇高的动机去阉割自己。他们起先期许并不那么高，无非是温饱生计或出人头地或显威显福，成为太监以后，天天伺候在统治者身边，就变着花样使着伎俩去争宠，一旦得势，压抑在心底里的黑暗心态催生出来的恶果就会膨胀出繁茂的罪恶之花，搞乱天下，祸国殃民。

中国封建社会历史上太监擅权最泛滥、专权时间最长的朝代，恐怕要数明朝。太监进宫也是为官，叫宦官，这种残疾的畸形人充斥朝堂，较之正常人混迹官场搞起贪污腐败来，更是有过之而无不及。权势熏天的太监，居然就成为朝中大小官吏争相攀附的靠山。天启年间，太监魏忠贤受明熹宗朱由校宠幸，升任司礼监秉笔太监，大权在握即打击异己，祸害天下，一时权势熏天，内宫的威势自不必说，绝对是一人之下万人之上，而宫外的那些饱读诗书心智健全的朝廷大臣，在百姓面前称霸施虐威风凛凛的地方官，托门子找路子千方百计投靠攀附，大把送钱大笔送礼已不在话下，还大兴土木到处为他立"生祠"颂德，更有无耻之极者竟然请求以他配祭孔子，以其父配祭启圣公。宦官刘瑾靠"投其所好"攀附明武宗朱厚照，获得升司礼监掌印太监执"批红"大权，朝臣争相以贿赂攀附，送一千两银子，说送"一干"，送一万两银子，说成"一方"，随后"行情"看涨，逐渐升至"几干""几方"，贿者越来越多，贿金越来越高，"唯恐攀不上"的朝臣群体越来越大。太监李广因能做符箓法术和祈祷祭祀蛊惑明孝宗得势，被识破后畏罪自杀，抄家时发现一账簿，上面记录某人送"黄米"几百石，某人送"白米"几千石，合计数百万石，细审，原来"黄米"是指黄金，"白米"是指白银。一个小小的宦官仅仅因为能把皇上骗得言听计从就借势收受如此惊人数额的贿赂，可见攀附者甚众，却毫无廉耻之心。明英宗时的大太监王振大搞顺我者昌逆我者亡，许多官僚见其权势日重，变着法儿去巴结贿赂，以求升官。工部侍郎王佑相貌英俊，善于看王振的脸色行事，竟不顾颜面低三下四地上门去与王振套近乎。忽一日，王振问他："王侍郎，你为什么没有胡须？"他面无惭色地回道："公无须，儿子岂敢有须。"一副无羞无耻的嘴脸昭然于世遗臭于史。与他同时代的有一个叫薛瑄的大理寺少卿却是一身硬骨头，他升官是因王振的提携，有人暗示他去致谢，他却说："拜爵公朝，谢恩私室，吾不为也。"有高官要见他，他不像其他人一样"唯恐攀不上"，反倒一番说辞："职司弹事，岂敢私谒公卿。"当然，薛瑄为稀缺人物。

　　受污染的土地一定生长不出健康粗壮的参天大树，畸形社会一定会产生畸形的人。中国集权社会独有的太监，因其身心受害而扭曲变态，什么龌龊下作的事都干得出来，这个不用多说，而许多健全的人未必不是精神受阉割的"太监"，包括被视为社会的精英——集权王朝的大小官僚，为了攀附上位，其心智迷失后肮脏荒诞的行径较之于身体被阉割的畸形人，更甚更炽烈，即使极力掩饰也盖不住狐狸的尾巴，往往欲盖弥彰而暴露无遗。五代时期的风云人物冯道，既是"唯恐攀不上"的典范，又是"唯恐掉下来"而使出千般诡计被厚颜无耻之徒追奉的圭臬，历仕后唐、后晋、契丹、后汉、后周五朝十一君，居相位二十几年。为了做官保官，尽管城头一次又一次变换大王旗，尽管旗上污渍满目血迹斑斑，他也只管及时地改换门庭，即使来不及脱下旧朝的官袍，也迫不及待地觍着脸去投靠新主子。逢迎巴结到无耻，讨好卖乖至无界，还美其名曰为天下苍生免遭生灵涂炭，终被史家斥为"奸臣之尤"。

人，之所以为人，一个重要标志应该是具有起码的羞耻感，那些匍匐在权贵面前舔脚丫子的人无耻至卑贱，甚至连没有思想的动物都比不上。冯梦龙的《凤凰寿》一文写道，百鸟之王凤凰过生日，森林里的鸟儿都去朝贡，唯独不见蝙蝠。凤凰指责它无礼，蝙蝠说自己有四只脚而不是鸟类，所以不必去。没过多久，兽中翘楚麒麟过寿，百兽争着去祝贺，又只有蝙蝠没去，蝙蝠的理由是自己有翅膀而不是兽类，当然不必去。有人说蝙蝠聪明，也有人说它圆滑世故，但我以为它脑子里也许想的是一种"够不着"，不愿意去攀附，至少从中看到它稀有的可贵，也许这篇寓言能让某些沉湎于攀附欲中的人读来自惭形秽。

事实上，"生怕够不着"的人和事委实太多，几乎算得上一种普遍的社会现象。原因何在？英国哲学家罗素说过："推动世界运转的动力有几种：占有欲、权力欲、创造欲，其中占有欲，也就是贪婪，排在第一位。"在上千年的集权体制形成以官本位为主体的社会结构中，创造欲式微，而占有欲、权力欲却畸形发达，因为攀上了权贵，就可以获得官位，就能满足占有欲、权力欲，就可以拥有高额的回报和享受诸多的特权，就可以纸醉金迷，作威作福，欺男霸女，恣意妄为，甚至对人生杀予夺。因此，对于攀附者来说，唯一要精心做好的事就是竭尽全力攀附上去，一旦获取到了一定的官位，更要继续攀附，既要保住乌纱帽，还得求步步高升。

我们没有必要过分嘲笑这种现象，当种种强烈的刺激和巨大的利益诱惑呈现在面前时，当攀附成为一种社会风尚时，当攀附者沐浴功成名就的春风而趾高气扬时，却不能保证每一个人心里不失衡，都能管住自己的嘴和面部神经不用巧言令色去逢迎，管住自己的手不拎着金钱去巴结，管住自己的腿不去跑官要官搞明的暗的利益输送，甚至做出一些不齿于世的肮脏的交易。有人"生怕够不着"大树攀上高枝，有人如庄子所说"宁生而曳尾涂中"，人各有志背后的实质就是人各有取，不可强求。我们能做的就是不间断地加强自身修养，提升素质，守住自己的良知和做人的底线。

但是，贪婪，也就是过分的欲望，虽然是世界运转的最大动力，同时也是妨碍人类社会发展的最大破坏力。在集权社会，贪婪者是不满足的，正如古希腊哲学家伊壁鸠鲁所说："凡不能满足于少量物资的人，再多的物质也不会使他们满足。"不间断的不满足驱使贪婪者不间断地去攀附，因为只有获取权力才可能获取更大的利益，权力本身是甜头，以权力获取享受是更大的甜头，这个看似不间断递进的过程使贪婪者不间断地在陶醉中迷失自我，岂料古人早就坦言：嗜欲深者天机浅，一步步走向的却是万劫不复的深渊。再说被攀附者视作"靠山""大树"的权贵，并非千年不倒的永固江山，一旦坍塌，曾经层层攀附盘根错节联成的利益共同体，不仅树倒猢狲散，也难免拔出萝卜带出泥，没风光几天便被列为"同党""死党"而惨遭荡涤，一损俱损，不少人及至命丧黄泉才对当初"生怕够不着"的心机和难以抑制的贪欲痛悔不及。

白居易曾感叹万分："权门要路是身灾，散地闲居少祸胎。"

权力任性，物欲横流，贪婪肆无忌惮，"生怕够不着"者大行其道，相形之下，"够不着"者不想攀高就不怕下跌，也犯不着挖空心思去排挤他人，费尽心机去倾轧同僚，就能够保持纯净，不失人格的尊严和人品的高贵。崇尚平凡吧，除了确实平庸者外，自甘谦卑守住低处的平凡者，往往与天道、地道、人道、神道亏盈而宜谦的本性相暗合，得其共佑助之，命运自然"亨通"。况且，身处低下者可以看到别样的风景，可以看真相见真情，同样可以以一己之力促进整个社会的进步发展和道德水准的提升，使人类社会持续向好。

事实上，我辈于开国将军孙毅算是"够不着"的人，距离甚远，素未谋面，从书上看见他一脸清癯而慈祥穿一身洗得发白的军服的照片，想象将军淡泊名利粗茶淡饭的朴素生活，孤傲与朴实同行，高尚与平凡并存，凸显出来的风骨让人感觉十分真实而贴近，仿佛就在眼前，直接就可以倾诉仰慕之情。再回头看看，现实生活中人头攒动的"生怕够不着"者，虚伪的笑脸、矫情的言语难以掩饰一肚子暗藏着的私欲，这些人一旦窃取公权难保不假公济私，不骄奢淫逸，不滥施余威。两相对照，高下立见。

当"生怕够不着"者熙攘于世，"够不着"者就成了一种宝贵的稀缺资源，更是一种备受尊崇的高大形象。

灵魂拷问

—— 给自己写一份悼词

　　现代社会充斥浮躁喧嚣，成天忙忙碌碌的人们即使在生活和生存之余，心中也不无担忧、焦虑甚至恐惧，没有了宁静失去了目标缺失了信仰，像无头苍蝇一样麻木茫然地活着，偶遇契机或者一旦冷却安静下来，脑子一激灵再搜索，才发现自己已经把灵魂丢失久远了，一切的一切都没有灵魂的参与，更谈不上拷问灵魂，审视自己，让人生过上有意义的日子。也是一个极偶然的契合，我突然想到了找回灵魂的一种方式，用这种方式去拷问自己的灵魂。

　　既不是一个冷幽默，也不是一个黑色段子。背对自己的"遗像"，面对着已经"死去"的自己，用一份自己给自己精心准备的悼词"祭奠"自己，沉重的语调自然而然趋向低缓、撕裂，起初有点凄苦的感觉，接着情不自禁地泛起一番痛楚，泪水渐渐模糊两眼。环顾四周，花圈、挽联、哀乐、散发着丝丝寒气的冰棺，还有垂首低头肃穆而立的亲朋好友，一个算是哀荣毕至的悼念仪式该具备的都具备了。一阵寒风掠过，冷不丁地一愣怔，意识到那冰棺里躺着的不是往日送葬的别人，而是自己，是躺进去就要去到另一个世界的自己，顿时寒从脚起浑身战栗，念悼词的声音变得混沌、呜咽以至凄哭……

这是一个梦境，这是一个真实得不能再真切的场景，曾经无数次在我脑子里展现，尤其是那份对自己"盖棺论定"的悼词，刻骨铭心。因为，那真是一篇用心打理的文字，我曾反复掂量，字斟句酌，不夸大，不低估，用词力求准确，通篇力求囊括自己真实的一生。

诚然，活着的人，不管他是男是女，处于生命的哪个阶段，平白无故地绝不会想到自己未来的葬礼是什么样。活蹦乱跳年富力强的人，姑且不论他正当红，处于人生巅峰，即使居于困顿的逆境，也根本不会设想给自己写一份悼词。假设某一天突兀冒出这个想法，一定会吓自己一大跳，会觉着惊讶、错愕、荒唐甚至不可思议。

这个假设荒唐而绝情，谁在死后听见过痛悼自己的哭声，哪怕这哭声肝肠寸断撕心裂肺令人悲痛欲绝？谁在闭目之后听见过追思自己的悼词，哪怕这悼词对自己的评价伟岸如山气贯长虹，令人高山仰止？谁都不情愿，谁也做不到。

这个荒唐的假设，不，这是一个真实的念头，第一次从脑子里跳出来，是我在参加了一个因公牺牲的公安民警的葬礼后走出殡仪馆大门那一瞬间的事。

那是个乍暖还寒的早上，一脚踏进飘曳细雨中，沉痛的哀思碰上凛冽的北风，一阵锥心刺骨的痛袭上心尖。回望那个直插云霄的大烟筒，我仿佛看见缕缕青烟飘逝在尚未亮透的天空。是的，人的躯体最终化作青烟，象征灵魂的符号，在水天迷雾中还原成一张张熟悉的脸庞，挨挨挤挤，布满天际。

仰望星空，哪怕人类足迹已经踏上月球可以延伸至太空很远很远的今天，我们依然感觉茫然、无助和孤寂。正是因为仰望天穹，探究"天"理，低头审视人间，使先人们有了哲学思考，才产生了诸如泰勒斯、苏格拉底、老子、孔子之类的至圣先师。但我确实智慧不够，除了慨叹生命脆弱、短暂和困惑，看不懂浩渺无边的宇宙镌刻着什么，近前的空中一双双定睛的眼神和一张张紧闭的嘴唇想诉说些什么，是叫生者珍惜生命，还是想讲述天国的种种际遇，近在咫尺似乎触手可及，可此岸的猜想不可能揭示彼岸的真相。不管圣哲们对死亡的认知有多少论述，也不管这些认知多么深刻、睿智、豁达，却永远是居于此岸且仅限于生者的遐想。

人，天生受限，再豁达的精神境界也摆脱不了凡胎俗身的束缚，再优越的灵魂也通达不了高高在上的天国。我无言，我静思冥想。

也就在刹那间，雨霁天晴，一轮红日越过山峦喷薄而出，给大地铺上道道金光，远黛近绿顿显盎然生机，天际上恍惚的景象荡然无存，天地顿时澄净。尽管追悼死者的悸痛犹在，念叨逝者那些大而无当千篇一律的悼词还响在耳边，但我的生命之躯承载着我的思想左冲右突：我是谁？人从何而来？最终去了哪儿？

这是永远的斯芬克斯之谜。东方神话这样讲述人类的起源……西方传说源自《圣经》，上帝降毁灭人类的洪水于大地，大雨滂沱下了40个昼夜，只留下了上帝安排的诺亚方舟里的人和活物，雨停后，诺亚和那些活物走了出来，开创了一个全新的世界。人之来处是传说，那么，人之死后的去向也注定是猜想。

人到世上，就是"活"一场罢了，本无目的可言。当"活"不成为问题后，就想"活"得有点意思，给生命加一个意义。我们唯一能够把握的是生与死这两个端头之间的过程，而最值得庆幸的是上天赐予了人可以拓展能够挖掘的工具，那就是思想。人该怎么活？无数的人，包括许多圣贤给出了各自的答案，也提供了活出意义的诸多方案，但我始终认为没有给出足以直抵灵魂犹如醍醐灌顶一般使人猛醒的通道。

那一天的告别仪式，是为一个在执法现场被犯罪分子袭击身中数刀而亡的中年警察举行的。为追求公平正义的价值而死，理应使生者痛悼，哀伤不已。我们不得不面对的一个残酷的现实是，几乎每一天都有一位中国警察因为履职而倒下，2016年这个数字是"362"。数字，说来轻松、单调而枯燥，但想到那是一条条生龙活虎年富力强的生命，岂不是十分沉重万分悲痛？同是警察，我也曾数次面对穷凶极恶手握凶器的歹徒，根本没考虑生与死、荣与哀就冲了上去。牺牲生命天然是这个职业的价值体现，更是为了维护社会的公平、正义和美好而应当作出的奉献。然而，我还想说的是不在此列的更多的警察，他们熬更守夜不舍昼夜积劳成疾而英年早逝，没有高调宣传的光环和隆重的哀荣，我更多想到的是包括他们在内的芸芸众生。个体的生命是如此孱弱、易碎和短暂，死亡的魔鬼总是毫无征兆地伸出魔爪毫无理由地攫走人的性命，令人防不胜防或猝不及防，除了无奈、哀叹和痛惜，还给我们剩下些什么？

无数次进出殡仪馆，无数次送走我们的亲人、朋友和战友，他昨天还与你嘘寒问暖或欢歌笑语或把酒言欢，今儿个就躺进寒气萧瑟的冰棺，一动不动，神情木然。不管你是号啕痛哭或是默默祈祷，还是碎碎叨叨地描绘他如何走得安详，他丝毫不会搭理你半个字，让你只能感受决然而然袭来的冰凉。这时你会是何等哀伤！

究竟有多少人能活得过三位数，把生命装进一个世纪的岁月？古人避讳"死"字而统统称为"百年之后"，既是尊崇也是祈盼。但是，就是这个不长的生命行走这个世界，不确定的因素又实在太多，从生命降临的那一刻始，几乎人人都行走在死亡的边缘，几乎时时面临死神的威胁。每天都在发生的许多预料不到的灾祸，是我们每个人不能选择也无法抗拒的，就像是上帝掷骰子选中谁就是谁，使我们每个人都成为可能的候选人，谁也无法预料明天和灾难哪个先到，也不能排除明天灾祸降临到自己头上的可能性。客观的现实，令那些口出豪言壮语自认为可以"战天斗地""人定胜天"的所谓伟岸人物，不可避免地露出自欺欺人的另一面。

曾经的一个深夜，我行走在杳无人迹的旷野，听不见一声狗吠或者一声蛙鸣，半个月亮孤悬半空，清冷的光照着沉睡的一切。大地上树木草丛，田野泥土，还有埋藏死亡的坟茔，归于静谧，天幕一片漆黑，月光并不清朗，想从中读出点什么，比如死亡、哀怨、惊悚，或者畏惧、绝望，一切都是徒劳。这安静得只能听见心跳的夜里，与其说是我在走，不如说是灵魂在咀嚼从生到死的感觉，没有刺骨的心颤和幽幽的沮丧，没有毛骨悚然的恐惧，跳出肉身的灵魂在品评我这个凡夫俗子。

死亡，就是生命的结束，其本身并没有什么特别的意义。预感死亡，敬畏生命，反思生命历程，方才具有省悟人生的意义。

也曾在后半夜，在昏暗的灯光下，在这个城市大拆迁大改造之后，剩下不多的老街窄巷里，时而踽踽独行时而茕茕孑立，路灯把我的影子拉长又缩短，影子跟着我，我跟着自己的影子。稀疏的板门缝隙偶尔漏出几声婴儿的啼哭，仰视星空的脑子转念想到人生如天使呱呱坠地，从纤尘不染到历经凡尘风雨，或跋涉于泥泞险途，或行进于康庄大道，最终回归活人想象的无灾无难无生无死的天堂。从天上来又回到天上去，在人间停留的这个过程，人会产生思想，会有思想者、思想家、哲学家对人生意义的思考，并以文化传承的方式伴随人类始终。

事实上，生与死的界限泾渭分明又十分相对，但距离却十分接近，有时候只隔着一层薄薄的纸。那么，我们倒过来想，怎样对死这个问题思考才对生有点儿意思，也就是人为什么活，怎么活才能体现生命的价值？怎么活着才能使人生有点儿意义？这个问题既简单又复杂，古今中外的大家、哲人、学者留下的论述和名言，说是汗牛充栋、车载斗量一点儿也不过分，但表现出来的人生观却有所不同。从小到大，我们所受的教育都是正面的积极向上的，如古人言："贤者不虚生。"耳熟能详的是司马迁的论断："人固有一死，或重于泰山，或轻于鸿毛。"德国哲学家康德说："人类最震撼的秉性，就在于为他人而工作，为后代而牺牲。"另一位哲学家马丁·海德格尔对人如何面对无法避免的死亡给出了一个终极答案：生命意义上的倒计时法——"向死而生"。以儒释道为传统文化核心的国人往往在其后加上一句孟子的话"反求诸己"，合成中西合璧也是国人普遍认同的人生观。

其实，对于生命的自然结束并不一定是肃穆、沉重而悲怆的话题，不同文化、不同观念、不同境界会有不同的生死观。2018年12月5日，在美国前总统老布什的国葬仪式上，没有眼泪，有的只是欢乐。他的遗愿就是想要一个愉快的葬礼，提前请老朋友、美国前参议员阿兰·辛普森早早拟好了悼词，要求他"希望你可以讲得幽默一点儿"。辛普森致悼词，第一句话就惹得哄堂大笑，小布什最后的发言至少十次让全场迸发出笑声。两千多年前的庄子早就将死视为一种自然现象。他老婆死了，他不仅不悲伤，反倒"鼓盆而歌"，视人之生死如春夏秋冬四时交替般自然。更奇特的是，他在野外夜枕骷髅而卧，梦中还与之交谈。有感于骷髅不愿复生，他叹曰："夫大块载我以形，劳我以生，佚我以老，息我以死，故善吾生者，乃所以善吾死也。"这样"死亦可乐"的生死观何其自然而旷达。

客观地说，自然生命除了活着，本身确实没什么意义，平凡的芸芸众生更没什么多余的评说，世间唯庸人"无誉无咎"。国学大师季羡林说："根据我个人的观察，对世界上绝大多数人来说，人生一无意义，二无价值。"但人必生活着，生命才会有载体，而活着就要干事，世间没有活着不干一事儿的人，只要做事情就赋予了生命一定的意义。那么，欲使人活得有点价值，在有生之年给自己写一份悼词，不啻为一种倒逼自己干点有意义的事的有效方法，一种深刻反思人生的体验方式。既然死亡与人如影随形，既然人生是一个阶段一个阶段地过，我们何不择时以这种方式做做这种直抵生命本质的体验，让灵魂参与我们的生活？

人之生与人之死，均无法选择，但两者之间生命的意义却可以选择可以追求。如果我们认定了心中追求的神圣，为了实现这样的价值，必要时不吝舍生取义。这就使得我们的人生内容丰富多彩，形式复杂多样，分量轻重不一。我们自己写下的"悼词"，就应该浓缩、折射、反观已经度过的人生。

我把这个绝情的假设变成现实，不，是做成一件实在的事——给自己写下一篇悼词，以这种看似荒谬实则实而又实的独特方式省示人生拷问灵魂。

让灵魂孤独冷寂地行走，参与生命的体验。没有什么比在一个万籁俱寂的夜里独自枯坐书房，面对一沓白纸或者空白的电脑屏幕，极其慎重地给自己写一份悼词更具复杂情感的了。说百感交集也好，说五味杂陈也罢，人的一生，思绪万千，生与死在灵魂里碰撞、撕裂、交融，有点残酷、突兀甚至有些荒唐。直面人生的思考本身就是倾听自己灵魂的独白，让灵魂参与精神生活，肆无忌惮地审视，恣意汪洋地评判，无论穷达顺逆，还是褒与贬、善良与恶毒、美好与丑陋，从生到"死"，又由"死"而"生"，无疑会蕴藉更丰富的内涵、更深刻的认识。

让灵魂跳出凡体看清自身，贴近尘世翱翔，见识人生的困顿与迷茫。现实生活中的我们或许会有所迷失，太多的人沉醉于浮躁的表面，习惯于自己或者别人光鲜的一面，而掩饰或者避讳泣血辛劳、卑微猥琐甚至卑鄙无耻的另一面。灵魂参与生命的审视，我们站在灵魂的高度拷问自己，就能从迷失处找回自己，从而知慎独、明得失、存敬畏、懂进退，适时自写悼词又何尝不是一种切合自身实际的方式。古希腊哲学家苏格拉底把"认识你自己"看作哲学的最高要求，也许就是给迷茫的人布置的一道考题，并要求每个人自己尝试着完成这个作业。

自写悼词，就是在湍急的生命河流中适时地找一个浅滩或港湾作短暂停顿，回回神，看看势，积蓄一下力量，再瞄准下一个目标努力前行。自写悼词，就是在为名利官权为酒色财气而与人斗的匆忙中，歇歇脚，静静气，扪心自问一下：这样的人生值吗？这样的生命厚度能够弥久愈远吗？从某个角度讲，也算是自我救赎的一种方式。

自写悼词，不求象征意义上的形式，只求在精神层面清理、纠错、净化自己，肯定会超越精神触动灵魂，由此，关注灵魂愿意有精神生活的人都会在心里、在纸上或者在电脑的文字中梳理自己的灵魂。换句话说，也就是一个平心静气检讨生命、评价人生、剖析自我的过程，也就是在阶段性地总结人生。胡适先生说："人生的大病根本在于不肯睁开眼睛来看世间的真实现状。"我们自写悼词的时候恐怕一定会睁大眼睛看看自己的"真实现状"吧，恐怕用不着穿靴戴帽讲大话、空话、假话，满嘴跑火车了吧！当一切的一切统统抛在了脑后，才明白人生最重要的是生命真实的本质，是做人做事中体现的真正人性。

自写悼词，其实是一种智慧，这种智慧把精神性的自我从肉身凡胎中分离出来，站在高处和远方，静观和俯视尘世的一切，尤其是看清尘世中垢头蔽眼苦苦挣扎的自我那副受限、残缺、尴尬、蒙昧甚至可笑的形象，以及所处的位置和可能的出路。

自写悼词，是直达灵魂的通道，从中幡然醒悟，至少对自己"这一生"活得怎样该有一点儿清醒的认识了吧。

别急，仅仅写了还不够，还得品，如同嗜酒之人按捺住性子品酒，浅斟低酌，细细鉴赏，反复咂味，如此这般，才使自己的灵魂境界又丰厚一层积淀。

把写好的悼词搁置一旁，最好锁进抽屉"冷却"一段时日，再趁一个月落星稀的夜晚，独自躲进书房拿出来认真品读一番，就像潜入深不见底的渊潭，引沧浪之水荡涤一番，静谧中与灵魂对话，读之，评价过高禁不住哑然失笑，过低则感觉愧对自己，其中的过错、失误和遗憾让人心里隐隐作痛，也可能使人茫然而麻木，甚至无可奈何地说一句"唉，人生也不过如此"，纵有千年铁门槛，终须一个土馒头，给苟且的人生找到一个解释的借口。

经此不亚于炼狱一般的灵魂体验，至少可以体味出别样的人生。

自写悼词，披阅灵魂，鬼神不欺，天地可鉴。如果说我们写下隐秘性极强的日记，还得顾忌以后流落他人之手而不得不有所造作有所矫情的话，那么自写悼词则完全可以绝对真实，因为你只给自己看，只与自己的灵魂交流，留下的文字可以烧毁以"火祭"余生，也可以"藏诸名山"，至于能否"传诸万世"则是百年之后的事了。不管怎么说，从"已死"的今日"反观"走过来的昨日，并非异想天开的一种设想，体会了就觉着意味非凡，期许的"明天"也蕴含其间。如此向"死"而"生"，可以使我们对"余生"寄寓更多的期望或减少许多不必要的欲望，这个时候才真正清楚这辈子要干什么，需要什么，当下最好的选择是什么。如此"死"得其所，方"生"得通透，"活"得旷达，你的世界才会更理性从容，收放自如，有趣有味。这一恍如"顿悟"的时刻难道不是一个人生中值得纪念的伟大时刻吗？

生命没有复制品，谁也不能再活一次，谁也不能替你活下去。如果你不想虚度仅有一次的人生，适时给自己写一份悼词，剖析、检视、省示一下自己的内心世界，无疑是人生一次难能可贵的大扫除，保留的人生精华必将在余生大放光芒。

直面生死才是对灵魂的最大考验，也是最接近真实的拷问。既然生不可预料不可选择，活着，不论怎么活着都是一个艰难的过程，向"死"反诘才能使活着的生命有些价值有些意义，那么，在有生之年，尤其是在摒弃繁杂的清净之时，给自己写一份自己"独享"的悼词，不失为一种好的方式。死亡是一面镜子，直面它，会给你猛然的警醒，仿佛打了一针清醒剂，在活着的每一天去感受生命的饱满；透过它，会使你敬畏存活的每一天，越来越宽容地看待生命中来来往往的每个人每件事，云淡风轻地咽下所有的开心、委屈和难受，不忘初心，再度前行。

子曰："朝闻道，夕死可矣。"这个"道"一定含有一份对自己的清醒认识，否则，连死的资格都没有。

标本的标本意义

　　青峰山有一大片红豆杉，早就有所耳闻，只是将信将疑。已往的知识告诉我，红豆杉是我国的特有树种，属乔本植物，是第四世纪冰川时期孑遗植物，世界珍稀濒危物种，主要分布在甘肃南部、陕西南部、湖北西部和四川等地，坐落在大重庆西北方的青峰山离主要分布区相距甚远，如此珍奇树种能在这号称"四大火炉"之一的城市郊外成片成林地生长确实让人难以置信。

　　经不住朋友的热情相邀，趁一个周末驾车去了，眼见为实，也开了眼界。高速公路直抵青峰山脚下，车便沿盘山公路蜿蜒而上，不知不觉间闯入红豆杉林园。但见高大翠绿的红豆杉有十几株一组或单株散落在杂树间，或者生长发育在一垄垄排列整齐的茶树林的边角地，虽然没有成排成群的阵势令人震撼，但它独有的树形和成熟果实红绿相映的色彩搭配使人赏心悦目。再静下心来细觑慢品，渐渐品出些味道，既有一种渴时饮甘露般的润泽，更有一种在浮想中读世间大书的酸辣与苦涩的感触。

　　红豆杉是宝树，全身都是宝贝疙瘩，还是极具观赏性的园林植物，室内园内也宜生长。熟知其习性的朋友侃起红豆杉如数家珍，说了它的基本属性、状况和发展前景，说了它的观赏和研究价值，以及抗癌、治疗类风湿性关节炎、防老年性痴呆的医疗药用，说它价值连城，全身是宝。就在他滔滔不绝的讲述中，有一段不经意的话使我心底一阵战栗。他说，红豆杉是植物界的活化石，在地球上已有几百万年的历史，属于史前植物，非常珍贵，单棵树有的已有两千至三千年高龄，甚至有生长了五千年之久的古木，简直就是活的植物标本，具备了见证物种的标本意义。听完这段介绍，走进红豆杉林，我突然感觉像是在久已逝去的古代世界漫步，敬畏之心油然而生，脚步也变成轻轻地落下，生怕惊醒了时间老人的梦境，轻履慢步走向近代、现代直到眼前。这一路走来，无法想象时间车轮碾过的那些年代是什么样的情景，无法想象这些伤痕累累近似枯萎又冠以翠绿的乔木曾经领教过多少暴风骤雨电闪雷劈。虽说谈不上沧海化作桑田的漫长巨变，但面对这数千年的生命长度的"标本"，咀嚼数百代人类命运"起承转合"的"标本意义"，往事越千年，眺万水千山，观人间世相，极目天苍苍野茫茫，不由得内心震撼，浮想联翩，思之余味无穷。

千年红豆杉，被誉为植物界的"活化石"，又称为"植物标本"，其标本的意义早已超越它本身。"天地悠悠无绝期"自不必说了，仅就这么一棵树存活数千年的长度，就足以使人、人生、生命的刻度几乎萎缩不计，就足以瞬间秒杀那些狂傲不羁不可一世的人物，使其无地自容。我查了词典，狭义的"标本"概念大概是指经过加工整理能够保持的实物原样或样品，广义一点儿可以泛指同一类事物中可以作为代表的事物。文字的定义是枯燥的，也是苍白的，眼前的红豆杉形象却是翠绿而鲜活的。脑子里的"标本"更宽泛更丰富，从刚读书的时候追逐在花丛中翩翩起舞的蝴蝶，捉到手直接夹进课本，直到其肢体阴干形成栩栩如生的书签，再拿出来爱不释手地欣赏自己的"杰作"，到后来读高年级走进生物课的实验室，老师给我们展示的浸泡在玻璃容器里的胎儿、人体器官以及蛇、蜥蜴等动物，走出校门见识过的各种类型的标本就更多了，譬如恐龙、山川、地质化石，看多了也见惯不惊了，因为没上心，看过也就随风飘过了。我不排斥实验室里的那些动植物标本，那是供专业人员整体把握准确研究须"真实"可见的实物，那是科学，但我对另外一些人为制作的标本，尤其是那些违背天理人伦的恶意制作，始终感到憋闷、排斥甚至可耻，理性上抵制、唾弃、反感，哪怕它有一千个一万个存在的理由。

设想一个这样的场景，你身边站着一个人，你以为是同类，心里的意识很可能就是熟识的同事或者官场同僚，是活生生的人。血肉之躯是热的，可当你冷不丁稍一留神觑见这个伸手可及的人，竟然是赤身裸体冷冰冰的，这才发现你心里意识到的这个活生生的人竟是一个没有生命的皮囊，你霎时就会泛起一身鸡皮疙瘩，令人毛骨悚然、魂飞魄散，即使许久以后回过神来也心有余悸。这，或许就是标本存在的警示作用的最高境界，或者说达到极致的心里惊恐效用。如果再把某种标本赋予某种意义，譬如"立此存照"，譬如惩戒、警戒、告示的意义，就会起到触目惊心或陡然吓得心惊肉跳的效用，继而在转述和传播中被无限放大，造成人人惊恐的强大氛围。大明王朝的缔造者朱元璋发明的"剥皮楦草"的刑罚及施刑制作的人体标本，就是最典型的一例。

作为一种酷刑，远比五马分尸、凌迟处死来得更惨烈的"剥皮楦草"，就是活剥人皮制成鼓或者填入石灰和稻草制成人皮稻草人。作为反腐败的一种标本，朱元璋在各州县设有"皮场亭"，官员一旦被指控贪污，即被剥皮楦草悬于亭中，或者将这种近似于活人的皮囊立于衙门口或当地土地庙门口，使继任者或者过往官吏时不时触目惊心，心存敬畏乃至恐惧，不仅不敢贪腐，而且无条件地毕恭毕敬地遵从当朝的律令。这种人体标本本身是一种酷刑，使其"存活"于世还在于彰显这种酷刑的残忍，更在于使贪腐者畏惧走上令人万分恐怖的刀口和留下万人唾弃的名声，也使天朝肃贪的决心和反贪的力度显示至无以复加的地步，以期达到杜绝贪腐、海晏河清、还天下一个朗朗乾坤的目标。

后世能够考察和见证到的"剥皮楦草"标本，史载出自成都。明末张献忠攻陷成都后，查抄蜀王府时，居然发现明初朱元璋杀的开国大将蓝玉的人皮还完好无损地保存着。谁是朱元璋施以"剥皮楦草"酷刑的第一人已无从考证，但蓝玉是明朝开国第一猛将，"蓝玉案"又称"蓝党之狱"，是明朝震惊全国的大案，实为"剥皮楦草"最有名的人则有史为证。蓝玉为建立巩固朱家王朝屡立战功，最著名的是洪武二十一年，率十五万大军征讨北元嗣君托古斯帖木儿一役，一路征战，所向无敌，直打到今天的贝加尔湖，大获全胜。班师回朝后，朱元璋晋升他为凉国公，加封太傅。孰料，后因居功自傲，又被人揭发谋反，朱元璋竟翻脸不认人，将其活剥人皮填草缝合为原形，巡回全国游街示众，最终送到蜀王府。蓝玉一案株连上万人，致京城一时血雨腥风恐怖至极。朱元璋盛怒之下亲写诏书将其罪行昭告天下，编入《逆臣录》："蓝贼为乱，谋泄，族诛者万五千人。自今胡党、蓝党概赦不问。"文中"胡党"系指明朝开国功臣、时任中书省丞相胡惟庸，同样因被疑叛乱，遭朱元璋处死，并株连蔓引为同党者甚众，诛杀三万余人，且从此废除了中书省和绵延千年的丞相制，使权力更加集中在了一人身上。

朱元璋恐怕是历朝历代皇帝中出身最卑微的一个，具有一种绝对自私、愚昧、恶毒和农民式狡诈的蛇蝎性格。这种性格的形成，与他出身贫寒、读书不多、历经艰难坎坷太多、生活反差太大、生命跨度太陡的人生经历紧密相关。一个赤贫到满世界乞讨的流浪汉，为躲避战乱捞一口饭活命竟混迹于寺庙做和尚，投军后从小兵干起，舍生忘死拼命打拼，终于坐上了龙床。他深知权柄来之不易，自然把到手的权力和朱氏天下看作私囊中第一等重要的宝物。为了维护一家一姓的皇权不至于旁落，能让朱家人坐拥千秋万代，没待收拾好旧山河就大开杀戒，管他是当年头顶滚木礌石胸挺鸣镝箭矢打天下的开国功臣，还是历经九死一生侥幸活下来的生死兄弟，包括非嫡亲的皇亲国戚，寻隙便开杀，杀起来就株连无边；没待坐稳龙床就开始搜刮天下财富，管他是富甲一方的有钱人，譬如主动送钱来劳军修城墙的江南首富沈万三，还是合法敛财的小商人，一律巧立名目剥夺其财产，稍不如意连同其小命一起拿掉，暴掠之下，大明一朝，全国中等以上人家几乎全部破产。杀人谋财，除了指控其谋反，他还找了一个堂而皇之的理由，就是他在朝堂之上，"以史为镜"总结元末民众揭竿而起的原因，是因为不堪忍受朝廷的苛捐杂税和贪官污吏层层盘剥腐败，之后便宣称是为天下百姓不受贪官污吏盘剥而大张旗鼓地开展反腐惩贪。既然是为了江山社稷，为了广大百姓的根本利益，哪怕对贪腐分子施以最严厉最残酷的刑罚也毫不为过。"剥皮楦草"之类的酷刑再血腥，展示其残忍，让人感到神经战栗的标本意义，反倒让皇上的"圣明"和"善政"口口相传道路以传，深得民心，深受拥戴。

简略盘点一下，朱元璋反腐肃贪颇有许多"可圈可点"之处。首先是史上制律最严，《大明律》规定贪六十两银子就杀头；其次，自上而下设立专门的监察机构，广开言路，广泛发动群众揭发、参与、动手反腐；再次，反腐不避亲，且顺藤摸瓜赶尽杀绝，不管是女婿驸马都尉欧阳伦，还是战功累累平定云南的大将傅友德、平定广东的朱亮祖，包括涉及郭桓案、空印案斩杀官员达数万人，株连亲族乃至乡邻不计其数；最后，历时之久、措施之严、手段之狠、刑罚之酷、杀人之多，又是他亲自发动、指挥和参与，即使冤狱遍地也无处喊冤，这样的反腐运动为世所罕见，亦可谓历朝历代之最。还有一个最大的亮点，也是他最想发挥影响力的一招，将腐败和惩贪的"成果"标本化，除了把贪官的案例录入《奸党录》《逆臣录》编印成册流于官场市井家喻户晓之外，还将贪官污吏"剥皮楦草"立于"皮场亭"或衙门前或当地的土地庙门处示众，甚至巡展全国以震慑官吏，警示天下，连同朱家天下"传诸万世"。

作为有生命能思考的人，在时间和空间的交叉点上能存活百年左右，终究是短暂的可怜的。不知是出于人性的本能，还是人的非分之想，人人都向往永恒，于是，人为地制作标本并赋予标本某种意义成为寄寓无限的方式之一。标本的产生和存在自有它作为同一类事物代表的意义，但是，不管它浸泡在科技含量最高最前沿的防腐剂里也好，制作成最华丽最精美抑或是最粗鄙最丑陋的标本也罢，只要它本身的生命消逝，标本本身永远存在的可能性就不大，只有借助于媒介譬如文字、史册，其彪炳的意义才有可能会长久传承下去。红豆杉是天然的，有资格成为一种植物的活化石、见证植物界的活标本。能够存活上千年的生命那可是上天的安排，而非人力所能。

人为制作标本，自然有意欲展示、保持、流传标本意义的考量。现代医学制作标本，自然是作教学科研之用。权力制作的标本本身就标示为强力的产物，而标本意义往往超越始作俑者的初衷，想"万岁"当然做不到，退而求其次就想"永垂不朽"，总想把自己或者自己的丰功伟绩代代相传，刻在石碑上写在绢帛纸面上尚嫌不足以"彪炳史册"，还得尽可能地保存实体，以使当世和后世强烈感知他的"千秋功业"。但是，无情的时间老人并不买账，借用现代网友的一句话来说："别看你不得了，其实你早就了得了。"前一句是说你曾不可一世，后一句意思是你早就被时代终结了。朱元璋苦心孤诣想出来命人血腥制作的"剥皮楦草"标本，于今何人能见？而标本彰显的标本意义也并未达到其创意的预期。自诩真命天子的集权者无法再企及登天的高度，转而求及时间的长度，企求将霸占的江山世世代代继续下去，因而不择手段，无所不用其极。朱元璋杀功臣、清干臣、剥夺天下人的财富，为子孙后代永世握权扫除障碍，没有理由就编排理由，没有罪名就罗织罪名，假以反贪的大旗，高喊惩腐的口号，既博取了底层百姓的欢心，又在堂而皇之的表象掩盖下以近乎疯狂的手段打击一切不利于集权的人和事。然而事与愿违，即使采用了最残酷最血腥的手段，也只是暂时抑制了贪腐，取得了"阶段性的成果"，非但没能根除腐败，反倒致贪腐反弹更大，贪污之风愈演愈烈，终致民生凋敝，官逼民反。1629 年，陕北农民起事，李自成领导起义军一路杀贪官清污吏斩朱氏家族，深受劳苦大众由衷的欢迎和拥戴，所向披靡，直接将存活两百多年的朱家王朝和接近两百万的朱家后代统统送进了坟墓。酷刑及其标本宣示的暴戾、血腥和恐怖，依然没能拯救朱家王朝，依然没能走出集权王朝忽兴忽亡的怪圈。这也难怪阅读明史的人，读着读着像是突然发现某种呼应或者因果关系，不禁发出惊呼：这苍天饶过谁？以朱元璋之恶的延续和泛滥招致天怒人怨，上天像是专门降生一个李自成来收拾他。这个李自成，大明王朝驿卒出身的农民领袖似乎患上职业病似的就知道跑，率众起义，攻城略地，但不知道守城，每攻下一城除开仓放粮赈济百姓外，就是尽搜朱家王子王孙赶尽杀绝，且手段亦不亚于朱家威刑的残酷。打下洛阳城后竟将崇祯皇帝的亲叔父福王朱常洵活生生投入滚沸的大锅，烹成大军将士的晚餐，最后杀进北京城，灭掉大明王朝，剿尽朱家"龙窝"，扯起"大顺"王旗做了四十二天皇帝，就在一路溃败中消亡。诚如唐人杜牧在《阿房宫赋》中所说的那样："秦人不暇自哀，而后人哀之；后人哀之而不鉴之，亦使后人而复哀后人也。"

鲁迅先生在《病后杂谈》一文中指出："大明一朝，以剥皮始，以剥皮终，可谓始终不变。"除了揭露酷刑之惨烈让人不寒而栗之外，是否还有嘲讽仅以酷刑威压并不能保有天下，也就是治标不治本的意味？先生没有明示，但终其一朝，剥皮没变，大明却变了天，事实摆在了史上，这不就是一个绝妙的讽刺吗？"标本"二字的本义为枝节和根本，合成方为一个完整的标本，昭示的更大意义在于标本兼治，始得圆满。红豆杉枝节与根本本为一体，其生命力久远，不充当生物标本都难。"剥皮楦草"以尖刃剥离人之皮肉，给人造成极大痛苦而折磨致死，昭示人世以极度的残忍、恐惧和威慑，让人为之打寒战而不敢触碰强权者的禁忌。如果再深入体味一下更深一层的隐意，皮肉剥离不就是标与本的分离吗？标本不一体，存标而弃本，还成其为标本吗？标本的整体意义还在吗？推而广之，凡人世间制作的想彰显标本意义的标本，大都标本分离，或者只治标不治本，想长久流于人世更难，至于饱蘸着原创者初衷的标本意义能够长久流传，而不至于被否定，被曲解，被清算，甚至沦落为被嘲讽的笑柄或者嗤之以鼻的秽物，想必更是自作多情的一方情愿。

不管你口号喊得多响亮，理由讲得多堂皇，想蒙昧一时一地一部分人，易；经过时间老人的审视和历史女神的细辨，任何事情任何一意孤行的意义想长久地欺骗所有人，难。朱家皇帝老儿施行"剥皮楦草"还制成标本之类的酷刑，口口声声是为民反贪，骨子里却是为他个人和家族的专制权力，标本展示之时就注定了是他的私欲昭然若揭之日。

明朝是中国历史上最后一个由汉族建立的大一统王朝，历十六帝 276 年。认识和研究中国封建社会绕不过明朝及明史，它在中国两千多年的封建专制历史上有着非常典型的意义。朱元璋以其自身的暴戾和玩弄奸诈小计也被历史树为一类皇帝的标本，这标本从头到脚贴满自卑、自私、冷血、短见、愚昧、凶残、狡诈、阴鸷、卑鄙无耻、自以为是的标签，标签昭示着标本的意义。以他为首建立起的专制王朝，将其凶恶的暴政继续"发扬光大"，诸如建立重叠交叉的秘密"警察"机构实施重重特务统治，以"剥皮楦草"为标本的酷刑大屠杀，以"瓜蔓抄"无边界的大株连，以"教坊司"方式的大迫害，以"诏狱""廷杖"摧残人性尊严毁灭人权，以大兴文字狱和苛刻的八股取士钳制思想发育，确保王朝的绝对专制，却一步步将中国拖入愚昧落后的深渊。

当同一世纪欧洲文明不断进步之时，因为朱元璋之恶和明朝的恶政，使中国文化和物质文明一直以来的进步在 14 世纪停止，这一落后就是 300 年。大明王朝的恶政无疑是中国封建社会历史上的一个独特的标本。以"剥皮楦草"制标本的原创者朱元璋，没想到自己成为另一类标本被钉在历史的耻辱柱上。

巍巍青峰山上，细观红豆杉，尖而细的枝节在健而壮的树干上旁逸斜出，清新翠色的绿洋溢在伤痕累累满是痂疤的身子骨上，我想，唯有这种形质与神采的标本才真正具有标本的意义。朋友说，埋藏地下的稀有矿石形成越久远，经历的地核地幔运动越多，其价值就越珍贵，它就是经历"千锤百炼"过来的，红豆杉应该是活在地面上的稀有矿石。是的，久远的生命之树饱经风霜雨雪电闪雷劈也许身姿更挺拔，没生命的化石也好，生物标本也罢，经得起这世间天地的磨砺吗？

天长地久，古人之见；天长未必地久，今人之识。树标立本于世，又算作什么呢？蜗角虚名，蝇头微利，算来白忙。

我默默祈祷生命之树长绿长青长久，能够见证更加久远的未来。

师　恩

　　人与人之间就挨着一个别离，没了这个别离，人的情感世界波澜不惊，宛如一泓静水，少了许多的情绪和色彩。但像我这种活过半个世纪的人，生离死别经历多了，看到的听到的更多，同样也见惯不惊麻木不仁了。早些年，父母双亲都病逝离去，这般人生最大的变故和痛楚都椎心泣血地经历了，怎么还会对其他的生死离别之类感伤悲痛呢？

　　可今年的春节不一样。节前的一次中学同学聚会，照例如春风拂面，酒酣耳热，甚至是酩酊大醉，话题照例也是忆旧为主，除了谈到那个该读书而没有书读的学生年代的一些糗事囧事，剩下的就是一些陈芝麻烂谷子的碎事，最鲜活的话题莫过于谁谁添了外孙或谁谁谁升格做了爷爷，最新鲜的资讯就是大家熟悉的人，也就仅局限于同班同年级，大不了同校的同学或者老师，谁谁仙逝谁谁谁出意外先去了天国之类的逸闻。不能责怪这帮人也可以说是这一代人的低俗无聊，他们的学生时段正好被路过的"文化被革了命"的大时代全部占据了，连最基本的基础知识都没学到手，就以"知识青年"的身份走向"广阔天地"，去接受一辈子"面朝黄土背朝天"的农民的再教育，再加之大都年逾知天命，尚能指望他们指点江山谈点鸿鹄之志吗？半拉子老头儿和半老徐娘凑一块儿不过浑浑噩噩打发日子而已。

孰料有人不经意地说了一句，林老师不久前病逝了。话音未落，竟一下子淹没在吆五喝六的猜酒令中。而我闻言，却突然一咯噔，心中就像一块大石头扔进平静的水面，咚的一声巨响荡起层层波澜。几十年不觉间，活鲜鲜亲切切的师者，不，就像是一个和蔼又有点严肃的哥们儿，不说是相濡以沫，至少也是一年之内能聚上那么三五次。有他在，每次聚会自然以他为中心；有他在，氛围自然都是欢言笑语不断，跌宕起伏有致，场面都在他掌控之中。这么一个可亲可敬的长者，怎么说没就没了呢？这次聚会自然也应有他，奇怪的是中心人物没来，居然没一个人主动问起，这帮子学生似乎没把他当老师，似乎也把他混同于这帮浑噩的同学中的一个，似乎在这帮半大老头儿看来生老病死实属平常，无须大惊小怪。

我枯坐一旁，浮想联翩。也许，我尊崇的师者，真居于"混同"、达于"不知有之"的境界。

林义成是我们的中学老师，教化学课还兼班主任，上课严肃认真带点幽默感，话不多但不怒自威，他的课课堂纪律自然是最好的，这一点很难做到，因为那时正值"文化大革命"。但就是林老师的课，教室里特别平静，全班同学是学得最认真的。除了上课，林老师没一点儿"师道尊严"的架子，平和得像是我们中间有一把胡子的同学。他常说，我没文凭也没水平，不过就比你们年长十几岁，在下面县里教小学，调上来之前去进修过一次，然后就是自学，边学边教你们化学，按说，我当你们的化学老师连资格都不够，没办法呀，咱们一起学吧。他无奈也自谦，也实话实说，但说的是那个世道里中规中矩的话。没有大学文凭是事实，在那个宣扬"知识越多越反动"的年代有几个中小学老师有文凭，是师范院校科班出身？但绝不等于他没水平。他把一门枯燥的"边缘科目"的课上成了通俗易懂妙趣横生的热门课，花了许多心血，想了许多办法，譬如他把门捷列夫的元素周期表编成歌谣，让学生朗朗上口，再如枯燥的分子式形象化分说，像硫酸（H_2SO_4）被说成是"楼梯二麻花烧饼式"，形象吧，好记吧。他上课的诙谐神态，时隔三十几年，至今记忆犹新。就算是没多深的文化底蕴，他对学生的那份爱，现在想来也暖意满满。他戴一副黑框近视眼镜，身材瘦削，可坚持带学生打乒乓球、打篮球、做操、长跑，还说，将来你们长大了没学到什么文化，但有一个健康身体也可以持续向好啊。外出学习"工农兵"，十二三岁的孩子从未离开过家，他教我们自己打理日常生活，养成良好的生活习惯，学会自觉与自律。他说，即使将来我们对社会作不了多大贡献，但我们得自食其力，不能成为社会的累赘，更不能成为人世间的损害者。

如今四十几年过去了，他的言谈举止音容笑貌宛如近在眼前，他那醇厚的声音里一再告诫的指教仿佛还在耳畔，啤酒瓶底似的近视眼镜片后黑白分明的两只眼睛盯着我，目光里闪烁的依然是热切的关爱，似乎还想过问我的近况，还想向我叮嘱点什么……心中不禁泛起阵阵追思与惆怅。不管怎么说，他是我们的良师，这不假，但他更像是我们的一个兄长，一个长辈。眼前这一帮子学生虽说无甚硕大成就，但也曾为人父为人母，行进在正常的人生轨道上，纵然历经风雨泥泞，起伏跌宕，波谲云诡，悲欢离合，不仅没出岔子没翻车，依然正直善良，各安其分，这些平常的生命里不能说没有流淌着当年他谆谆教诲的传承。我想，良知的光芒，人性的光辉，哪怕是在那个荒谬至极愚昧到顶的时代也淹没不了亮点的闪耀，这里边有点点滴滴的师德，更有不能不由衷感谢的师恩。

　　不管多么卑微的生命降临人世，总得有一条道路要走，不管走什么样的路，人生起步就得从求知求学开始，这恐怕是有史以来的文明社会一条基本的规律吧。我们这代人遭遇文化灭绝的年代，不能不说是时代的悲剧。1977年，全面拨乱反正，我等也算完成了基本的基础教育，走出校门跨入高考考场，毫无悬念的结局当然是无一上榜。没受到良好的文化教育，就不兴遇见保持人性揣着良知的好老师？除了初中阶段的林义成，小学的张纪群老师印象中还是一个小姑娘，白皙的鹅蛋形脸上一双不大不小的眼睛，放射的永远都是明亮而柔和的光，短发束拢盘在脑后，穿一身素花连衣裙，足蹬白色塑料凉鞋，整个人显得精神、干净而朴实。她是班主任教语文，识字音、形、义，连文字、词、句，无一不严格认真。课堂上执教不苟言笑，在学生身边的辅导却和蔼温婉，只要能上课，就会督促我们抓紧时间读写。她老是这样说，孩子们，要认真，要学习，不识字不读书，长大以后能干什么呀！说话中表现出来的焦虑、担忧、揪心的神态至今历历在目，思之敬佩。还有就是高中的班主任罗秀珍老师，也教语文，课上得不多，被耽误的也不少，但她经常教育学生爱学习爱劳动，以积极热情的态度迎接生活。毕业后第一年，全班学生无一考上大学，自然生出许多抱怨，她鼓励我们继续努力学习，重打基础，考上考不上大学不重要，重要的是终生决不放弃对知识文化的学习与追求。

　　古希腊哲学家苏格拉底说："教育不是灌输头脑，而是点燃心火。"不管时局怎么变幻，十年中这三个阶段的班主任老师的教诲陪伴了我们从儿童到青年的成长历程，与我们这自认为"倒霉的一代"休戚与共。没有滔滔不绝的说教，没有故作高深的宏旨大论，有的只是沉静敦厚的言传身教，内蕴的光芒"烛照"我们一生。在我心目中，他们就是鲁迅笔下的藤野先生，毛泽东称赞的徐特立先生，是我永远的师者。

　　说到师者，不禁让人想起唐代文学家韩愈的名篇《师说》中那段耳熟能详的经典论述："古之学者必有师。师者，所以传道授业解惑者也。"然而，有着三千年文明史的民族却在20世纪六七十年代发动了"文化大革命"，既然不要文化，还谈什么求知求学，自然就没什么"道、业、惑"之类可以"传、授、解"，更无所谓"师"或者"生"的存在。但是，同样是受害者的老师们，头顶压力，肩负重担，秉持良知，如同孱弱的春蚕即使行将命绝仍尽心尽力地吐丝，感人至深的谆谆教诲，弥足珍贵的人性光辉，至今思来仍觉难能可贵，恩重如山。

　　人是社会动物，社会生活中的人，只要心智正常，都会在生命中甚至在生命的每个阶段去寻找生命的意义，寻觅灵魂参与的精神生活。要实现这一目标，具备相当的文化知识水平是必要的前提条件，而求学是获取文化知识最有效的途径。"文化大革命"后迎来了科学的春天，适龄青少年的求知欲望空前高涨，读书学习成为此后的社会热潮和风尚。我的大专文凭是脱产两年读广播电视大学取得的，本科是在职读中央党校函授修满学分拿的文凭，接着又考上西南大学的研究生，因为外语未达标仅取得研究生学历，这一来二去又是十年，算是圆满走完了一生"正规"的学历教育路。其实，严格意义上讲，这哪里算得上大学教育，既没有人文精神的培育，也谈不上丰富头脑的智慧，更遑论灵魂层面的升华。

　　没达到目标，不等于我们没有在粗粝不堪的求学路上胼手胝足努力向前探索，相反，经历这异常艰难的学习过程，不仅使我们掌握了相应的知识，还让我们的意志得到了淬炼，培养了我们终身学习的习惯，使我们揣着信仰朝着心中的神圣坚韧不拔地不断前行。

一间硕大的平房，砖柱板墙抹灰刷白，几十张高低不齐长短不一的桌子和木椅放进去，显得既简陋又空荡，怎么看都不像是上课的教室，但怎么都挡不住它成为大学的课堂。上百人敛声静气地坐得端端正正，桌面上摆放着一支笔一个笔记本，两张勉强凑齐高低长短的桌子并拢后铺上一层淡色的绒布，就成了一个朴素端庄的讲台，一切就绪，只等老师登台授课。老师来了，辅导员手提一部三洋牌收录机稳稳当当将其放在了讲台的正中位置，接通电源，按下播放键，可以看见盒式磁带嗞嗞地转动，一会儿就传出授课老师抑扬顿挫的声音。教室里安静极了，学生们紧张地听急速地记，只听得见笔头在纸上唰唰滑动的声音。这就是我的大学，也是 1984 年中央广播电视大学的一个授课点的真实场景。这是一所举世无双的大学，没有围墙，教室遍布神州大地，学生以数十万计。当然，师肯定是顶级的，京城名校的名师；课肯定是顶级的，当时最新最前沿的知识课，一人授课几十万人受教的盛况空前绝后。可不见人不见影不见课本，就靠耳听笔记自己悟，顶多就是把搞不懂的问题拿出来请教辅导老师，或者和同学切磋讨论，搞不懂的还是没搞懂，这样的教学质量究竟几何？无人问津。

但是，条件的简陋，授课渠道的单一，教学方式的单向，丝毫没影响求知的热潮，反倒激发了这群年龄、阅历、文化水平参差不齐的学生更加强烈的求知渴望，这些反差巨大的情景竟然使人感到趣味盎然，让人永生难忘。第一课讲"写作"，上课时间一到，工作人员立马将一盒磁带放进摆在讲台上的收录机，播音员标准的普通话响起："今天我们中央广播电视大学开讲的第一课是讲写作基础知识，邀请到的老师是北京师范大学讲师刘锡庆同志，他讲课的教材就是与朱金顺老师合作编写的《写作通论》。"接着，刘锡庆老师开讲，声音醇厚磁性，抑扬顿挫很有节奏感，不像是照本宣科，也不像是在专门的录音棚里录制的，就像是在一间硕大的教室里的现场教学，内容是我们从未接触过的知识，观点新颖，逻辑清晰，引经据典，既厚重深入又明了浅出，听着记着十分得劲。一个上午三节课连上，这群从未进过大学校门的学子沸腾了，有的激动，有的感叹，也有几个人说抱怨表遗憾的。一段时间以后，条件渐渐好转，有了课本，有的课推送了电视图像，偶尔还有幸听到飞临重庆的主课老师给数百上千学生上一次大课。

在这第一堂课的课后，我平静无语，默默地凭着脑子里存下的声音勾画刘锡庆的形象：国字脸的下部脸庞稍胖，一副黑框近视镜片后面的眼睛不是太大，嘴略宽阔，唇稍上翘，整个面部始终洋溢从容和蔼的笑意，总体上形似相声演员马季。我激动无声，能听到这么高水平的授课，不仅讲了写作的最基本知识、要求和技巧，更是旁征博引把作文与做事做人甚至世相万物贯通起来，讲得真是通透精辟，渗入骨髓，实感三生有幸。譬如讲到写作要循"序"渐进时，他引用苏东坡的话："凡文字，少小时须令气象峥嵘，彩色绚烂，渐老渐熟，乃造平淡。其实不是平淡，绚烂之极也。"先写"放胆文"，再写"小心文"，由"放"到"收"，臻于成熟。想想，这岂止是谈作文。从此以后，刘锡庆和《写作通论》，这一人一书就镌刻在我脑海深处，不可磨灭。学期快结束时，课本到了，我把这本书翻来覆去地读，红蓝圆珠笔和钢笔的红蓝墨水在字里行间反复勾画，以至于把多处书页都划破了，熟记的重点段落至今还能背诵一二，老师传授的写作方法早已潜移默化为习惯。以后互联网便利了，我很快就搜索到了刘锡庆的照片，仔细端详确实与当初自己勾勒的形象差不了多少，这种暗合的神通让人欣喜不已且暗自得意。写作课仅一学期便结束了，刘锡庆从此成为二十几岁的我仰望、遥思和追寻的"星"，以后不断搜罗他的著作，诸如《诸体述要》《中国写作理论史》等，拿来就读，捧读就不释卷。姑且不论他所述极具专业功底，所论独树一帜，于己可谓终生受益，就是他引用的警句名言、人文典故、桥段名著不仅恰到好处，用之贴切，于我于我们那一代无知青年既耳目一新，又实感体味颇深，受益匪浅，读到精彩处或哑然失笑或会心叫好或击节称道，赶紧抓笔在手钩玄提要眉批加注，不够，再把至要之处摘录笔记本中反复研读。现在回想起来，大半生过去，书也读得不算少，像这样读一个人的著作，刘老师是第一人。深感愧惜的是刘锡庆老师于2017年1月15日逝世，享年79岁，从网上闻讯，不由得阵阵心悸颤痛。这位中国写作基础理论研究的创始人，毕尽一生致力于写作的研究和教学，著述颇丰又桃李满天下，于我而言，是我挨过文化沙漠的挣扎后接受高等教育的第一师，是真正让文化走进我心底的第一人，推算起来35年前听刘老师的课，那时他才40多岁，老成持重的谆谆教导不时在耳边响起，未曾谋面却常常浮现他就在身旁的感觉。曾经读过他身边的一位硕士研究生撰写的一篇回忆文章，把学术上的他和生活中的他写得生动有趣鲜活，读来犹如师在眼前，就差趋步上前开口求教，就差敬重地执弟子礼叫一声恩师，致一番尊崇的谢意。谭嗣同说："为学莫重于尊师。"回味他的课，再读他的书，我由衷慨叹：师恩何止于授业解惑，那就是一份融入骨脉"道"的传承，薪火相传啊！

人生天地间，师不可或缺，求学路上有师，专门传道授业解惑，有师为教，有生为学，教有道，学有悟，师智益张，师恩弥重。即使日常生活中，凡比我能者比我长者，有学识有见地有智慧者，耳闻目睹使自己有所获益者，皆为我师，如此广义的师则无处不在。从呱呱坠地第一眼看见的爹妈，到以后的衣食住行中遇见的每一个人，都可能是你的一计之师一事之师一字之师，"三人行，必有我师焉"必不是诳语，且意指更广泛。刚读书，母亲就教诲我："干什么就得像什么样儿，上学了就得有一个学生样儿。"长大后穿上警服，她郑重其事地叮嘱我："干警察，就得像个警察样儿。"简单一句话，言简意赅，时刻牢记，几十年从警路就这么闯过风雨抵御诱惑走了过来。印象颇深的是，有一次到街边修鞋，精瘦黑面的师傅一边掌皮鞋底，一边念叨："这鞋得补正，脚得穿正，路才走得正，又省劲又走得稳，对不?"闻言深悟，在理，几十年来都烙于心底。诚如梁启超所言："片言之赐，皆事师也。"

至于进入职场，三年当工人、三十七年干警察，手把手教我以技能，现场点拨做事的窍门，咬耳叮嘱需要慎重的事项，扬善于公堂，规过于私室，无数的场景闪现太多的良师，尤其是人生紧要关头给一声猛吼、关键时刻给一掌猛击的师者，迄今感恩于怀，以至终生感激，没齿不忘。

事实上，每个心智正常的人都自觉或不自觉地追寻生命的意义，寻找精神的归宿，而自觉学习就是成就这一过程的有效助力器。为我师者添我学识助我活力增我阅历，积学才能增加生命的分量，才能用心内观，聚神凝思升华至灵魂，才能朝着心中的神圣砥砺前行。如此师者，恩重如山，浩荡如海。

《朱子家训》中写道："一粥一饭，当思来之不易;半丝半缕，恒念物力维艰。"对物质的获取，哪怕就是丁点些微，我们不胜珍惜且感恩不尽，而对传授知识技能、解惑答疑、启迪灵魂犹如吐丝春蚕一般徐徐教诲于我的师者，难道不应该更加珍惜更加感恩吗!

确实，人行世间必有师，一字一句合知行。我们生活在这个世界上，时时处处享受着来自方方面面的"恩赐"，自然应当心存感恩知足惜福。关乎德性关乎知行的师者，使我们享导航之向，受学识之教，获人生之益，尤其应当身体力行而心存敬畏。如此师生，即使生离死别，回眸一瞥，音容尚存，检索一番，人生的意义和价值永存。

《我的乡愁是座城》系列之一

乡愁居然是座城

这一片山水，在先秦之世，是巴国。

它既不属于炎黄一脉，也与以黄河流域文化为正宗的中原相去甚远，史上记载是蛮荒之地，满是瘴疠毒气的穷山恶水，山涧聚集的多是野蛮愚昧尚未开化的族群。殊不知，这块神奇的土地，竟是亚洲人的源头，聚居、结盟、建城、建国比秦王朝早上千年。诸多政权小国散布于后来的大中华版图西部因大江大河割裂的崇山峻岭间，其中最神秘的就是巴国，巴国最神奇的端首就是它的首府——巴国城。

这座城，几乎不可能用一两句话就能全面综合抽象概括它，但你瞅上它一眼就能说出它的一个或者几个让人想忘也忘不掉的特点。可以说它是山城，它确实夹在山间也生在山脊；可以说是江城，两条大江如玉带缠腰装点它；有点儿诗意的人还说它是"疑是银河落九天"的天街之城，既蜿蜒起伏又垂直散布的万家灯火很有几分神似。但是，只要深入一了解，就发现表面露出来的特征远不足以体现它深厚而又博大的魂灵。哪怕就如我这生于斯长于斯的土著居民，几十年光阴过去，看着它，仍如熟悉的陌生人一般。

把许多复杂的事物归结成一个简单的意思，这种思维模式似乎已经成为过去式。

人类文明发展至今天，世界上的大城市数都数不过来，纽约、东京、巴黎、伦敦、上海……对于一个有特点的城市的归纳和形容，古老与现代，规模和豪华，底蕴同表象，在我看来既模糊又具一些印象，潜意识里就说不清楚。甭说是浮光掠影的其他城市，就是身居其间的这座城也如此。这种面对云遮雾罩雾里看花的感觉，在情绪里就是一种愁，落点到远方的故乡，叫乡愁，落脚在一座城，而且是身在其中的城，该称作什么呢？我不知道。

也许是上了年纪，也许是受了感染，我从未失去过故土或者背井离乡去到遥远的远方再回望故国家园，没有过，从来没有过，却平白无故地生出丝丝离情愁绪，不仅毫无厘头，且这念头一冒出来犹如春天的花蕾渐次绽放，一朵比一朵更繁茂更绚丽，像是繁花似锦，其实好比浓云密雾涌上心头。

这座城，我就生于斯长于斯，几十年来从未离它怀抱，即使迫不得已短暂地离开几天，回望重庆城头的方向，心中泛起那一片桑梓的芸芸翠绿，也是急如飞蛾扑火般往回赶，似乎多在外待几日便丢了魂一样。进了城，回了家，见到熟悉的亲人，听见熟悉的声音，瞅着熟悉的大楼小院，嗅着熟悉的气息，来一碗"麻辣小面"，吃一顿地道的"麻辣老火锅"，上一盏盖碗茶，这才心安了，气匀了，丢掉了的魂儿才回到了安身立命的神舍。这或许是逃都逃不掉的缘分，或许是一种从遗传基因里就注定的宿命，也真正应验了苏轼的那句名言：此心安处是吾乡。

这城奇特着呢，植根在一座山头的坡地上，山头一头扎进水里，一头翘起宽大的身躯又收束于顶。先祖们缘何在此选址筑城，首先是"缘河而居"，生活便利兼顾舟楫交通；其次要考虑御外的安全，既需地势险要，同时还得兼顾地理的平缓，毕竟在没有动力机械的条件下，光靠人工建城是件十分费力的事；再说巴国地处四川盆地东部边沿的深壑大川丛中，选一块徐缓的坡地很是不易，原本只是一片荒草丛生杂树遍地野兽出没人烟全无的野山，有人落脚、聚居，经历几十代的拓展才显出一个土城的雏形，这一切似乎又是一种不经意的自然选择。不过，巴人的后裔极尊崇这块地这个城。我爸爸说，听他爸爸的爷爷说过这样一句话，这土地不贫瘠，不仅长树木长庄稼，还长人。太祖父的意思是，人是生也是长在这块土地上的，离不开故土。显然他生活在城外广袤的农村。是啊，老家的老人常挂在嘴边的一句话是"土能生万物，地可载山川"。可见他们对土地的敬畏、崇拜和热爱。我爸爸的爸爸说，这土坡上还能长城，石块砖头取之于土却能生出墙，墙围起来就是房就是家就是城，城里的土也生人长人。爸爸说，生长在这城里，离不开呀，一旦离开就有一股说不清道不明的难受劲儿。我说，那就是离愁，乡下人叫乡愁，城里人该叫什么呢？

在我这个地道的重庆人眼里，这座城几十年来似乎毫无变化。其实，变化大着呢，一幢一幢曾如数家珍的大院小屋被拆除，一处一处耳熟能详的大街小巷在消失，代之而起的是鳞次栉比的高楼大厦和一条条宽敞明丽的通衢大道。因为是渐变，因为身处其中，居然没感觉到什么异样，哪怕满眼都是拆拆拆，到处都在建建建，竟然熟视无睹，甚至没生出半点儿吝惜的伤感，反倒觉着以新替旧理所当然，心中庆幸那些陈旧得破损不堪以至于散发出腐臭味道的楼、房、梯、路，早就该寿终正寝去它该去的地方了。

怕就怕这个突然醒过来的早晨，推开高楼的窗户迎接和熙的阳光，睁开惺忪的睡眼四下张望，见惯不惊地欣赏这座城的美丽，远山皆落春晖，近楼尽染丽色。倏忽间，仿佛从已被时间的尘土掩埋得又深又厚的梦中醒来，这家园、街道、城市，这熙熙攘攘的人群、往来穿梭的车流，映入眼帘的一切都与记忆底片上的景物大相径庭，我突然感觉这是多么陌生，多么不真实。待潜心静气，方才暗自惊叹这座城恍如隔世一般的巨变。

也就在那个突然醒来的早上，迥异的景象开启记忆的闸门，这才意识到人生之路已走过大半，靠回忆过日子的年轮倏然转到了跟前，故人、亲情、往事、旧景如潮水涌动，不由自主哗啦啦往外流，浪花飞溅，波翻浪滚，竟一发不可收拾。

难道这不是一种失去？有价值的东西失去了总念想着追回。

回头细细搜寻，那些藏有童年幻想、少年憧憬、青春秘密的地方早已消失殆尽。于是，失去的惋惜，追忆的伤感，踏破铁鞋无处寻觅的沮丧，一起涌上心头，五味杂陈，使我品不出什么滋味，归纳不出什么感觉。是"少小离家老大回，乡音无改鬓毛衰"的游子归来之情吗？不是，我从未外出游离。是"独在异乡为异客，每逢佳节倍思亲"的离乡愁绪吗？不是。我，一个土生土长的这座城里的人，从未有过"异乡客"的经历，如果不出意外一定会终老于斯，可这种剪不断理还乱的心绪不知从何而起，而且越想把它压抑住它却越反弹得强烈。

也许是关乎离情别愁的诗词文赋读得太多，优雅、哀怨、凄美的文字展现演绎多少文人雅士感染力极强读之让人不能释怀的心境。诚然，故土家园留给人的记忆是长远的，它装载着太多的人、事、物、景、情和感，一旦离开，或者如我者虽未曾离开却因为失去的记忆，会演绎出更加浓郁的思念，心存向往而又一时不能如愿，氤氲而起的乡愁会越来越强烈地缠绕心中，时不时在梦里也会泪湿沾襟。

也许是生活中的现实感染，因为稍不留神就会触碰到那些

"异乡客"愁绪的痒点。确实,就在这座生我养我的城市,不管是在职场在朋友圈还是邂逅相遇的人聚在了一起,不知有多少次被人问起过"哪里人啊?""老家还有人吗?"诸如此类涉及故乡的话题。我似乎没什么兴趣,多半会乜他一眼,不无困惑地反问:"这,很重要吗?这,有什么特别的意义吗?"答曰:"重要啊,太重要了。故乡嘛,人的根呀,树无根不生,人无本不立。"口气充满亲情的眷念和那种"回不去又极向往"似的惆怅。

人人都有故乡。故乡就是那一方生育我滋养我的土地,就是那一方土地上生活的家人、亲人、乡党,那一方水土千百年来滋养起来的根深蒂固的乡音、生活习俗和传统文化,包括那一方一切零零碎碎地糅合在一块儿的整体概念。

故乡人人有,故乡人人爱,说起故乡人人都有一份浓浓的乡情。就在我身边,陌生人见面会问起,熟悉的朋友会聊起,如果能寻找到家乡共同的地理位置,近乎的话题,相同的乡音,一定会没完没了地牵扯出许多的闲篇儿,情至深处,岂止一个"老乡见老乡,两眼泪汪汪"的情殇场景了得。如果没能找到地缘相近的家乡也罢,哪怕彼此的老家南辕北辙相距十万八千里,但凡提起它,总能唤起人许许多多的思绪,有人就会眉飞色舞地描绘他远方的故乡的美色美景美食,有人会滔滔不绝念叨故乡一连串的人文典故,还有人会津津有味地忆起他童趣多多的幼儿年代。说话的语言语气,脸上表现的神情、洋溢的神色,无不宣示着他们远方的家乡,哪怕他的家窝在大山深处的穷乡僻壤,像落光了树叶的枯桠孤立在黄土高坡,那里的一切都是值得炫耀的美好。毫无悬念的溢美之词,让我这个本地人心中偷偷溢出一丝暗示,仿佛他们千里万里来到这座城市是吃了苦吃了亏一般,说起这座城市不管从哪个方面来讲都远逊于他们的故乡,远不能比他们的故乡丰富多彩、诗意盎然。

在动不动就把诗和远方挂在嘴边的当下，想象力并不低下的我竟不无羞赧地低下头来，轻轻地嗫嚅一句："我，就是这座城里的人。"

其实，人的很多感触极具个性而又奇特且屡屡挥之不去，尤其在有些阅历有些年轮的人身上表现更显著。因为没有远方的故乡，就没有诗意的想象吗？因为十分熟悉这座城市的一山一水一草一木，而司空见惯地视而不见听而不闻，好比"如入芝兰之室，久而不闻其香"，我这个本地人似乎没什么值得夸口的，在有着美丽故乡的外乡人面前，真该低人一头羞于启口吗？想来也是，"故土难离"我未离，难道仅仅因为我从未长时间离开过这片生我养我的热土就没有眷念故乡的离愁别绪，就比别人缺少一份对故土富有诗情画意的爱吗？回答是决然的否定，不，本土的乡情同样蕴含深情厚谊的爱，就像我从小念叨艾青的那句诗："为什么我的眼里常含泪水？因为我对这土地爱得深沉……"

我是没离开过故土，但这块土地上熟悉的楼院馆所大街小巷、曾经倍感亲切的亲朋好友和暖心暖肺的乡音土语正渐渐离我而去。"此情可待成追忆，只是当时已茫然"，这种别离同样也惹发思念愁绪。再说，难道乡愁是背井离乡者的专利？未必吧。想到这儿，我释然，我的乡愁就是我从未离开过的这座城。这时，我才明白，原来乡愁并非别离，并不仅仅是时间遥远地域远近的回忆，眼前的一切、过去的美好、留不住的回声、渐行渐远的乡音，凡是能撬开你记忆闸门搅动你心底波澜的关乎这座城的情与感，都是。

我眼前的这座城，明明白白摆在世人面前的现代化国际大都市，不会因为卑微如我而增一分添半抹绚丽的色彩，但是，我却以有幸生长、生活、终老且魂归于斯而引以为豪、骄傲和无上荣光。故乡对他人而言，可能是回忆是迫切回归的欲望，于我而言，却不用回归，有的只是已经融入我血液的热爱和刻进脑海的记忆。无论是攫取它丰厚的养分，还是它如今的建设、发展、变迁，都会激发我大脑皮层的阵阵兴奋，在记忆的底片上增添一处又一处叠加一层又一层亮丽的景象，这，就是我眼前的家园。

重庆是一座历史名城，伸手抚摸已经矗立六百年的老城墙，用手指扒拉掉长满的青苔和覆盖厚厚的尘土，露出冰凉而坚硬黑色的墙砖，细觑缺角裂口的墙砖上残留的刀痕弹洞，似乎又触碰到了炮火硝烟的余热，我仿佛窥见当年秦军的铁蹄踏灭巴蜀，蕞尔小国顿时灰飞烟灭，金戈铁马的元蒙大军被迫止于城下，日本鬼子的军机遮天蔽日的轰炸，这座小城里的人以血肉之躯竭力抗争，刀光剑影，炮火硝烟，血肉翻飞，那一幕幕战争大剧，何其悲壮何其惨烈。刹那间，我心与这古老的城破损的砖连同厚重的门共振，没有卑微低下，只有热血沸腾。抬望眼，但见数不清的高楼大厦扑面而来，啊，这座年轻而又显出独特魅力的现代化国际大都市，名头响当当，历史亮闪闪，容颜光鲜鲜，以它辉煌灿烂的前世今生，以我依偎在它怀抱充分享受的幸福时光，丝毫容不得我有半点儿难以启齿的羞涩。

大胆直言，我也有诗和远方。我的诗意就是对这座色彩斑斓的城更加美好的憧憬，我的远方就是对我的先辈们的追寻，从每一寸土地、每一块墙砖、每一处遗址蕴含着他们艰难生存、苦苦抗争、奋力开拓的具象，去寻觅踪迹，还原他们并不高大却令人崇敬的背影，还有就是他的未来。我认定我的"诗和远方"是人世间最美好的情感，情愿与人共享，但任何力量都无法将它扼杀。

对身在重庆城的异乡客而言，故乡是记忆，是回忆，是真切的祈盼回归的欲望，一时难以实现便氤氲、盘桓、积累起浓浓的乡愁；于我而言，不用回忆，无须回归，对眼前已经融入血液和镌刻在脑海深处的家园，只有情深深意浓浓的爱，而没有愁。它的整修、建设、变迁，乃至不间断的发展，更激发我大脑皮层的兴奋，在记忆的底片抹上一层又一层更鲜艳的色彩，增添一处又一处全新的丽象，难道这不令人感到更加美好更加幸福吗？

曾经固执地认为"诗和远方"就是"生活在别处"的幻境里，读中国古典文学唯一的一部浪漫主义作品《西游记》，没打破思维的桎梏去上天入地地想象，却记下一句土话："宁恋本乡一捻土，莫爱他乡万两金。"现在我依然这样认为，"生活在别处"的浪漫固然好，但总觉着落寞而虚空，一生就待在这座值得我"死磕"的城里，为它的未来添一块砖出一点儿力献一点儿爱，也未必不好，至少心底踏实。

大重庆的人对小重庆，也就是那么丁点小的母城，明面上是瞧不上眼的，言语间或多或少流露出些不屑，但心底里还是充满厚爱的，毕竟那是大重庆的根，小小母城积淀了值得骄傲的底蕴：三千年江州城，八百年重庆府，一百年解放碑，积淀了以巴渝文化、抗战文化、红岩精神为代表的人文底蕴，孕育了重庆的"根"和"源"。

正在离去的熟悉，正在消隐的母城，埋藏着更深的"根"和"源"，百般寻觅不见影，一腔愁绪上心头，这愁就是乡愁，只不过我的乡愁不是一个村一棵树一块地，而是一座城！

为了这点爱，为解自己萦绕于心的乡愁，我默默而行，我要去寻觅，要找回我早已熟悉却异常陌生的故国家园——三千年巴国城，八百年重庆府：

> 九开八闭十七门，
> 城里山高路峭陡。
> 一叶半岛两江偎，
> 重山重水重庆城。

《我的乡愁是座城》系列之二

前世不凡铸今生

历史有玄机，屹立非偶然。

我曾经专程去过长江南岸铺满白沙、黄泥和五颜六色鹅卵石的河滩，登上硕大的礁石盘和南山之巅，无数次盘桓于嘉陵江、长江北岸的铁山、茅山和礁石密布的梁沱，也曾专门乘坐直升机，包括从江北机场乘机出发或者从外地返航时，从不同的角度、高度和空中，远观近看鸟瞰这座来历非同一般的城。

从秦岭发源，从涓涓细流汇集上千条溪河，从合川接纳渠江、涪江，被冠名嘉陵江的一河大水冲过北碚的小三峡直泄重庆城，在朝天门大门张开的门槛下扑进华夏母亲河——长江的怀抱，之后的大江更加气势汹涌，浩浩荡荡，急流湍进两岸葱绿的铜锣峡。

我就站在铜锣峡顶部的山巅，回首端详这座城，悠悠白云下，奔腾崇山中。泾渭分明的两江之间，这座城如巨舰般在山崖水潭长风古道中狂放不羁地奔跑，气喘吁吁地诉说着什么，迎面冲击你的视角。无论从周围哪一处山头俯视都可以看见，山峦环伺一座城，城内峥嵘一仞山，它以"欲与群山逐高低"的挺拔和

"巍峨磅礴竞恢宏"的气势睥睨天下，孤傲冷酷地迎接来自不同角度不同时代的眼光审视。如果你气静心平，踯躅在南山"一棵树"观景台的方寸之地仔细地观赏，就会发现你面前的这座城是一个活生生的"大盆景"：近地的翠，远山的绿，环绕的江，簇拥着高楼大厦鳞次栉比的城，仿佛一双巨手巧夺天工般恰到好处地安排的景色。从空中看，斗折蛇形的河流自崇山峻岭中蜿蜒，缠山绕城，山在水中立，水在山涧流，城在山水间，一望无际的大山水向城汇集，也由此向外发散，活脱脱一幅巨大的写意"水墨画"。每当夜幕降临，城里高耸低叠的楼、路、车流发出的光与两江四岸精心设计的各种灯饰交相辉映，五光十色，错落有致，斑驳陆离，由不得你不惊诧恍若"天上宫阙"再现，不得不心旷神怡地发出由衷的赞叹，把这些瑰宝般的大自然造化与人工杰作浑然一体的结合深刻地印入脑海永远不忘。古希腊哲学家苏格拉底说过，未经审视的人生是不值得过的。把这句话套用到眼前这座城，可不可以这样说，未经审视的一座城是不值得让人眷念的。

树大一定根深，举世无双的独特造型连同三千年叠加的历史，不能不让你一见它就会生出一些把控不住的奇思妙想。这座城今生不平庸，前世注定不平凡。它屹立不倒绝非偶然绝非魔幻，今天不红火，不网红，才怪！

正好手边有一组数据，2019 年国庆小长假到重庆旅游打卡的人数是 3852 万，居全国各大城市之首，对照的数据是重庆母城常住人口 60 万，大重庆是 3100 万。颇为有趣的，一是重庆人的热情好客，假日期间，官方发号召请市民要么错峰出行要么宅在家里，市民踊跃响应，把平日里通行车辆的道路、大桥封道，让给游人步行参观；二是许多游客是冲着网红城市的现代景点来的，譬如"穿楼轻轨列车"、"屋顶公路"、"两江四岸灯光秀"，更多的人还是想领略这个城有些历史底蕴的脉络，在仿古建造的"洪崖洞"、"磁器口"和古建筑遗址朝天门、通远门前人潮涌动，以至于让警察拉起了警戒线竖起了安检门。

古时候中国的城池有别于欧洲的城堡，欧洲的城堡小而精致且大多是私人领地，而中国的城池大而全并且是以王朝力量组织建造以王朝名义统辖的公共区域。这种用墙、门、关隘围起来的城，除了高大坚硬的墙体，门都是建于雄伟巍峨的关隘之中，浑然一体，既显现为军事重镇利于防守又便于和平时期人们往来通行。就城门来讲，重庆城以"九开八闭十七门"别具一格的造型不同于世界上任何一座古城。因为环水，十七门中有十座城门滨长江，四座临嘉陵江，三座通陆地。一座不大的城，为何要建这么多门？门用着通衢必然要开合，为何建成就是永久性闭门？原来，古人讲究顺应风水，讲究天人合一，明朝初期任重庆指挥使的戴鼎主持扩建重庆城，在宋代土质旧城的基础上大规模地修筑石城，让城门位置严格按照金、木、水、火、土"五行"来确定辟门方位，以"九宫""八卦"之数来确定城门数量，以示"金城汤地"之意。

先说说朝天门，号称重庆城第一门，居于长江、嘉陵江汇合处，不仅建筑规模最宏大而且位置和作用也重大。《重庆谣》里这样唱道："朝天门，大码头，迎官接圣。"因为辟门时选择的是正对着当时明朝的都城南京，故名朝天门。"迎官接圣"之后向城里走，顺上去就是接圣街、圣旨街。如今这些街道、建筑荡然无存，但仿古建造的门楼依然壮观，门楼之上的广场依然开阔，广场后部巍峨矗立的"来福士"群体建筑如巨大的鼓满劲风的帆，推动这艘巨舰乘风破浪，驶向未来。

再说说通远门，顾名思义，是三面环水一面通陆的重庆城唯一一道可以开合的通向陆路的门，有通往远方光明坦途的寓意，从这个重庆城唯一保存下来的一段城墙遗址来看，至今仍不失为雄伟高大的城门、城洞、城楼，龙盘虎踞于被称作七星岗的一道山梁上。为显示这个军事要塞的坚实和重要性，明初筑城的人特地在通远门左右两边分别设置了金汤门与定远门，取"金汤坚城，挥戈定远"之意。《重庆谣》里唱："通远门，锣鼓响，看埋死人。"所传的由来是明末清初张献忠"杀四川"，激战六天破城杀了许多人，拖出通远门外掩埋，致门外的山峦成为一片乱坟岗，这意思并非当初建城人的初衷和意愿，对着这高高矗立的城楼这唱词多少有些扫兴，但这是史实。数百年过去，我徘徊城墙内外，细细审视这座城门，从破损残缺仍不失为庞然大物的巨型石基，撑起高大厚实宽阔的城墙和墙上高耸的垛楼，就是读不出也能感受到其中隐藏极深的陈年往事。从敞开了城门的瓮城里由内往外看，目光从斑驳陆离布满青苔葛藤尘土的墙体往上翻，越过星临轩阁楼的三重飞檐，但见蓝蓝的天上白云悠悠，禁不住又使人浮想联翩，神思翩翩。天是纯洁的幕布缀着清新的云，城是千年的城，这段重庆老城西面的城墙下面还埋着宋代及以前的土质城墙，历经战争毁损、修葺、增建，至少雄踞六百年。直视这隐藏着这么长时间质本的物体，不激发人的兴趣、不勾起人们内心的想象都不行。无论美好或是痛苦，都蕴含着后人足以品味的真相、经验和教训，足以让你驻足沉思，放飞遐想，震撼至惊悚。

但是，真要"挖掘"这座城的前世，尤其想获取大量的专门的原始史料不说是颇有难度，几乎是不可能。且不说几千年间它遭遇过多少兵燹之灾、水火之难、地质之害，在我们数千年专制王朝统治的历史里，文明的蔓延和繁荣几乎都是跟着兵锋、权力、官吏从北南下，文化的主流以秦岭淮河为界，经年累月浸淫积淀在黄河流域的北方大地上，以中华文明的道统自居的北方文化，以关中、中原为国之"中"为世界之"中"，除此之外皆蛮夷，长期以来视西部、西南、南方为蛮荒之地，对更早更繁茂地生活在广袤的长江、珠江流域的族群不屑一顾，而他们多样化且生机盎然的习俗、生态、人文社会在正宗的中华文献里要么数笔带过要么记之为尚未开化。至于地处长江流域又偏居西南一隅的蕞尔小城重庆，能够在中华大一统的史籍中沾点边，或者出现几处实在绕不过去的地名都算是荣光无限了，几乎不可能独占一席之地。

不光是我，一个居于这个西南小镇的小民，出于地域的偏见而认为这种以北驭南的主流文化传统的认知有所不公，历史学家、中国"古史辨"学派创始人顾颉刚对此也不认同，他提出"层累地造成的中国古史"的观点，主张必须打破中国古代民族只有一个、地域向来一统的观念。不过，千年传承，万代固化，已经认知的传统文化确实难以撼动，但这并不能否认这片广袤的土地上产生的灿烂文明和流淌的文化血脉延续形成的巴渝文化，是中华传统文化的一个重要组成部分。在这片土地上，宋代理学大师程颐点注易经的故地易园，是程朱理学的发祥地；大足石刻，汇集了唐、宋、五代、明、清时期，以宝鼎山、北山为代表的佛教摩崖石窟群，奇观的是还有儒、佛、道三教同在一龛窟中的造型，四百年数十代成千上万能工巧匠以虔诚的心、精湛的技，铸就了公元 9—13 世纪世界石窟艺术的最高水平；合川钓鱼城，保存着南宋军民抗击蒙古军队入侵的古战场遗址，特别不能小觑这个山水之间的小丘陵，蒙古大汗蒙哥命殒此地，从而改变了整个欧亚大陆的格局；历代文坛大佬李白、杜甫、刘禹锡、苏轼、陆游、郭沫若曾在此写下脍炙人口的名篇佳句。这片土地上，先秦的远古巴族和巴国在历史发展中形成了特定的地域性文化，从旧石器时期的"大溪文化"、新石器时期的"铜梁文化"、三峡地区的峡江文化、古代的三国文化，到近代辛亥革命文化、红岩精神、抗战文化，这么庞大厚重的系列文化积淀下来，在中华文化中独树一帜。

回说历史，重庆人没理由不记住那个关键的年头和关键的人头：1189 年，赵惇。是年正月，南宋孝宗封其第三子赵惇为恭州恭王。二月，宋孝宗传位给赵惇，为光宗皇帝。赵惇在不足两个月的时间内，先被封为恭州王，后即帝位，自以为"双重喜庆"，回光返照，于是下旨升恭州为重庆府。升格后的重庆确实没负朝廷期望，自身已是朝不保夕的南宋小朝廷却成全了重庆这个两江环抱的码头小镇作为城市的开篇，从此它不断开疆拓土，历经 829 年磨难、变迁、建设，终于屹立为一个国际化现代大都市。

纵观历史，横看现代，重庆仿佛一座变化莫测的城，既小又大，既古老而又年轻，既朴拙厚重又美丽时尚，这种变化一点儿不虚幻，在时间的长河中都实实在在地留下了刻痕。古到什么年代，小到什么程度？现在的你虽然找不到一丝一毫它最初建城的痕迹，但考古发现了距今 6000 余年前重庆境内出现过的新石器时代的"大溪文化"，更早在 204 万年前，考古还发现三峡龙骨坡直立行走的"巫山人"生存活动的大量遗迹，较之于已经写入教科书的"半坡"、"河姆渡"、"北京猿人"要早许多，有证据表明那可是亚洲人类的祖先啊。

能够找得到丁点文字依据的是距今 3000 多年，商代武丁时期，巴人建巴国都江州（意为"江中之州"，据考证为今重庆市渝中区下半城）。之后史上有载，公元前 316 年，也就是秦慧文王更元九年，战国时期著名的谋略家张仪率秦国大军挥师南下，一举灭掉巴国，继而选择在水流湍急的长江、嘉陵江汇合处的朝天门圈地造城，囤积粮草，训练兵士，也就有了重庆城最早的雏形。只是那时的城池并不大，骑上再蹩脚的马跑一圈下来也不过一个时辰。再后，秦始皇统一中国划天下为三十六郡，重庆即为其中之一的巴郡。

从两江汇聚的沙嘴顺坡而上至朝天门进城，城墙循江岸坚实的岩石而建，城内山高路不平，民居、衙门、军营不得不依山势而建，绵延至七星岗以"九开八闭十七门"和坚硬的城墙合围为城。然而，最早的重庆城不啻为广袤的西南腹地的一个地标，据此先是在嘉陵江北岸、长江南岸建起互为犄角的两座城，以后随朝代更迭不间断地向外延展，及至现代，城市及周边城区城镇面积不下一万平方公里，全域面积大到 8.24 万平方公里，辖 38 个区县，人口逾 3000 万，成为共和国最年轻也是最大的直辖市。主城十区以山、水、路、桥、索、隧、船相连接，组成有山有水有诸多超大型的商业实体有成体系的制造工业和电子信息化产业的特大型城市，其余地域上中小城市城镇如众星捧月般散布。入夜，从空中或者南山之巅俯瞰这座城市，用"疑是银河落九天"、"玉带缠绕天来城"、"此景不应天上有"、"火树银花映江天"诸多美好诗句来形容它则一点儿都不为过。

这些年现代化建设的一大成果，也算是看得见摸得着且可以炫耀于世的功绩，那就是中国大地上所有的大城市都是相似的，鳞次栉比的摩天大楼、宽阔有余的通衢大道、五颜六色变幻莫测的墙体灯饰，激光射灯符号般演绎着大城市的华丽豪气，车水马龙人头攒动的喧嚣彰显着大城市的凌人盛气，香车宝马、时髦女郎和街头溜达的高鼻子洋人显露出大城市的时尚洋气。而走进重庆，我可以说，它似曾相识但又独一无二。

不得不说的是它的变化，其所辖面积、地位和影响力因为时势的赋予忽而变小忽而变大。从蕞尔小国巴国之都到纳入大中华版图的巴郡再绵延至宋末之重庆，这座城茁壮成长，枝繁叶茂。

当蒙古大军的铁蹄横扫欧亚大陆、千万里江山蒙尘之时，唯有重庆境内的重庆城、钓鱼城仍然高擎大宋旗帜，两座小得可怜的弹丸之城不识时务独立抗争达四十年之久，且使得"上帝之鞭，折此城下"。时光转向近代，第二次世界大战期间，重庆成为国民政府的战时首都和盟军远东战区司令部，领导和指挥了中国及东南亚地区的反法西斯战争，并取得彻底胜利。新中国成立后，重庆有幸成为直辖市，中共西南局和西南军政委员会领导机关所在地，统辖云贵川康藏诸省党政军事务，之后又萎缩为四川省下的一个市，及至新世纪来临之前，又成长为共和国最年轻的直辖市。在大陆，你说你是重庆人，外省人会一口呼出："哦，知道了，重庆，那是四川省的一个市。"可是在海外，你说你是重庆人，人家会若有所思，说："对，重庆，那是大陆西南一个著名的城市。"哪怕就这一点儿知名度，也奇妙吧。

呈现在那里的特殊的地理地形地貌，你不说也奇妙。沟壑纵横两江环抱造就了这座独具一格的城。发轫于秦岭深处的嘉陵江千里迢迢奔泻而来，在重庆城的朝天门城楼下与从青藏高原一路高歌猛进的长江汇流，逶迤向东，穿越大半个中国……三山夹两江的地貌不仅使呼啸大江如宽绰的忽而浑黄忽而深蓝忽而银色的玉带缠绕城市的腰身，而后如万马奔腾冲出逼仄的铜锣峡，蔚为大观，而且打造出巍巍乎如出港巨舰一般的重庆母城，伟岸、雄壮而不失瑰丽。这艘硕大无比的航空母舰无论怎么看都如正欲拔锚起航似的严整，只不过舰身装载的不是飞机而是鳞次栉比摩肩接踵的大厦高楼。它率领的航母集群阵容也强大得惊人，左岸的南岸、巴南、綦江，右岸的江北、渝北、两江，紧跟身后的沙坪坝、九龙坡、北碚，都是一个比一个发展突飞猛进的城市集群。倘若你从空中俯瞰或者在沙盘前领略这个庞大阵容的全貌，我敢担保你领教了这个永不沉没舰队的整体布局一定会震撼到心悸，会将你在此之前所形成的城市概念冲击得七零八落，会产生十分惊讶的疑问，这是一座城吗？大江大河纵横交割，湖泊山峦间隔其间，你会认为是一群卫星城市。不，重庆人会立马否定你的惯常思维，会不无自豪地告诉你这是一座有机联系立体化的城市，是组团式结构的大城市，像是无心却是有意建造的山水之城。这自然又会引发你极大的好奇心和浓郁的兴趣，于是，你会自然而然地踏进这一个一个的舰艇去浏览它的内部，你还会惊讶地发现，它没有其他城市所有的整齐划一的道路和楼房，没有其他城市那种从中心向外辐射摊大饼的结构，一切仿佛都很凌乱，但一切都是有序地存在，依山傍水，层次分明，生活在那里的人们安宁祥和有条不紊。至此，你不得不啧啧称赞，连连称奇。

这座曾经以为是在文化沙漠里自生自灭的城，卑微而名不见经传，但现在只要你专注于它，四处散落的关于它的文字不难汇集，再借助计算机技术，千万条信息汹涌而来，滔滔不绝，颇具底蕴的历史文化的光芒曾经辉煌于世界，以至于曾经差点改变大中华乃至世界历史的方向与进程。

往大的方面讲，历史给了这座老而不朽的城三次"扬名立万"的机遇，也使这座城备受摧残甚至遭受毁灭性的打击。它的人民以成千上万具血肉之躯聚起顽强的不屈不挠的精神，一起迸发出光耀史册的辉煌。

第一次是 1243 年四川制置使兼知重庆府的余玠率众在钓鱼城筑城屯兵积粮，以御蒙古大军。1259 年，"一代天骄"成吉思汗之孙被称为"上帝之鞭"的大汗蒙哥，挟征服欧亚非四十国之威而不可一世，率兵十万分三路伐南宋小朝廷，不料西路铁骑受阻于此。蒙哥被守城军民火炮击伤，死于温泉寺。随后，蒙军纷纷从欧亚战场撤兵回国争夺王位，欧洲文明得以保全，蒙古帝国的版图一再萎缩，从而改变了世界的格局和历史。重庆城及钓鱼城坚守36年，南宋赵姓王朝没有了，整个中国陷落了，它们却依然屹立在嘉陵江尾长江之滨。

人类社会总是悲剧性地向前推进，发展的背后必然要付出代价。客观地说，第二次世界大战爆发后，国民政府选定重庆作为法定的中央政府战时首都，成为全国的政治、军事、经济、文化中心，而且是世界反法西斯战场远东战区的指挥中心，巨大地提升了这个西南一隅小城的地位，推进了其社会文明和近代化的进程，但这座城连同重庆人民付出的代价是惨痛的，生灵涂炭，许多人流离失所。1938年1月，随着国民政府各机关悉数迁往重庆，大批的工厂、学校、公司和逃难人群随之而来，而日本为了彻底"摧毁中国的抗战意志"，达到"迅速结束中国事变"的目的，于1938年2月至1944年12月，对重庆及其周边地区进行了长期的无差别轰炸，使这座城市承受了日军连续六年零十个月的狂轰滥炸，死伤数十万人，成千上万个家庭几乎天天上演骨肉分离的悲剧。记录在案的市民死伤最惨重的一次大轰炸是1939年5月3日至4日，日本数十架战机连续两天投弹两百多枚，炸死市民四千多人。这是自飞机诞生以来，世界战争史上首次伤亡过千的城市轰炸惨案。1941年6月5日，日军对重庆市区连续实施了五个多小时的大规模轰炸，致使躲避在较场口隧道内的市民发生特大窒息死亡灾难。如今城内瓷器街一座石头砌成的隧道口建有大轰炸死难遗址，竖立的黑色大理石碑上的记录表明，这次震惊中外的"六五"防空隧道大惨案，死亡9992人，儿童为1151人，重伤者1510人。1998年，重庆市人民政府决定将每年的6月5日定为"大轰炸纪念日"，之后每年的这一天上午十时三十分，全城的防空警报将拉响十二分钟，凄凉哀怨尖厉刺耳的嘶鸣提醒市民永远不能忘记20世纪40年代那些惨绝人寰的日子。这座深藏于千山万壑中的小城，抗战八年，虽经炼狱般的考验，却是它最值得骄傲和引以为豪的一段历史。从战时首都到法定陪都，到中共西南局所在地，再到如今耀眼于大西南腹地唯一的中央直辖市，无不得益于这八年奠定的现代文明的基础。小城变名城，在世界的注目中走向现代化大城。这八年，重庆人向死而生，表现了中华民族面对强敌不屈不挠精神的薪火相传。

假如你走了很多个国家和地区，你会发现许多世界地图在偌大的中国版图上，除了标注有首都北京，在它的腹部还标有一个城市——重庆。这点儿国际知名度和地位的大大提升，都与它是抗战首都，与它是国际大背景下"二战"反法西斯同盟东方战区总部所在地，与它在残酷严峻的形势下作为抗战精神堡垒而付出的巨大牺牲息息相关，须知那个年代中国大部分地区沦陷，东北、华北、南京分别存在三个日本侵略军扶持的汉奸傀儡政权，1937 年 11 月中华民国国民政府发布《国民政府移驻重庆宣言》，重庆不仅成为法定首都，更重要的是这标志着中国未亡，抗战的旗帜依然在这个城市的上空高高飘扬，直到抗战胜利，1946 年 5 月 5 日还都南京。

新中国成立初期，重庆再次成为中央直辖市，是中共中央西南局、西南军政委员会和西南军区所在地，成为西南地区政治、经济、军事、文化中心。

1997 年 3 月 14 日，重庆第三次成为直辖市。

随着世界上最大的水利枢纽长江三峡工程上马，因为库区百万大移民，因为西部大开发……重庆作为共和国最年轻的直辖市，一面背负移民、库区城市搬迁的重任，一面开始了新的腾飞，经济社会发展突飞猛进，工业化、信息化、城市化建设日新月异，今非昔比，一座全新的现代化国际大都市仿佛一夜之间凸现在世人眼前。在静卧两江怀抱的渝中半岛最尖端对面，有一条叫作弹子石的老街，站在江边的石梯上展望这座城恢宏磅礴的气势，一定能够感受到从它鳞次栉比的高楼大厦中间奔涌出来的未来愿景，这一刻，哪怕绞尽脑汁也想象不出当初它矮小、卑微、冷峻的模样。

　　如今，在中国广袤的西部，西南腹部的崇山峻岭中，一颗璀璨明珠熠熠生辉，那就是我可以大书大写的故乡——重庆城。

《我的乡愁是座城》系列之三

城之根

　　诚然，故乡是根，是家人和家园的所在，是乡土、乡亲、乡党、乡音、乡味和那一方土地的风俗习惯、传统文化糅合在一块儿的整体概念，也就是说，你出生成长的那块土地上蓝天下的一切，都是。

　　有人说，浩瀚的天不属于那一块地。那么，我问，为什么青藏高原上的天格外湛蓝格外晴朗，而你故乡的天空却不是？

　　人这一辈子，非得要走出家门跳出故乡去闯荡一番，方能"遂凌云之志"，成就一番宏伟事业，我看不见得。我的故乡是座城，置身这座城，仰天看时而掠过蓝天白云的飞机，注目穿梭往来于城际乃至渝新欧之间的大巴、动车、高铁，俯视大江上东来西往江海联运的客船、货轮、黄金邮轮，身边随手可取的有线、无线、互联网通信技术，这些上天入地的最新科技成果把世界和这个世界上的人都编织进了一个无限大而又极其小的村庄，重庆这个所谓的大城市也不过就是这村庄里的一个点而已，走出家门与你足不出户，意义都差不太远，因为世界就在你脚下。

　　真实触摸一下这座城吧，你会有不一样的感受。站在古老的城墙上，极目浩渺苍穹，寥廓江天，你会感觉诗和远方并不遥远；伫立破损但依然不失威严的城墙之下，能够体悟隐藏其间漫长的时间质感和它经历见证的种种劫难；手抚黄桷老树疤痕斑痂遍体的躯干，凭着肉眼就可以直视她展现的沧桑，不难想见这些大树的根系延伸得有多远，把近代的巴蜀文化连同现代的重庆城在时空中联系在一起。这是一座历史名城，早已享誉天下，闻名遐迩。我所居其间，老想着走出去，这念头未免也太陈旧狭隘了吧，较之于这个全新的时代是不是觉着幼稚而可笑呢？

扎根重庆可不知根在何处，难免使人有活得不明不白的感觉。重庆人的根在哪里？重庆城的基在哪里？当然是在母城，在九开八闭十七门和依山逶迤的石砖墙囊括在内的城池里。

何以去我这本土的乡愁？好，就让我们回头，就让我们低头，就让我们尽其所能去寻找母城掩隐在深处的根。

2015 年 11 月，时任法国总统奥朗德访问中国，挑选了除首都之外的另一个城市——重庆作为访问目的地。好客的重庆人很是感动，中国大城市那么多，重庆却独受总统先生的青睐，于是，精心挑选了两件礼品送给他，一件是清光绪年间的《重庆府治全图》，另一件是稍后时间的《增广重庆地舆全图》。这些都是完整的重庆母城老地图，是当时能够找到的最早也最具代表性的两幅清代重庆老地图，价值不菲，更不可多得。如此厚礼，自然使奥朗德总统深受感动，回国后指示法国国家图书馆拿出了一幅罕见的重庆老地图——清代《渝城图》，作为"回礼"。据考证，这幅图在时间上早于前两幅，史料价值和文化价值则更胜一筹。它包括了位于今渝中半岛东端的重庆母城和位于今江北嘴地区的江北厅城，尤其可贵的是城内外几乎所有的店铺、商舍、码头、衙门、民居都有标注，房屋建筑多达 3377 栋，还展现了晚清时期重庆人的劳作和生活状态。这幅画卷所表现的车水马龙、人文风情、茶楼酒肆之繁华喧嚣程度和气势不亚于《清明上河图》，它展现的还不是重庆城的一个局部，而是它的全貌，虽规模不及宋之都大，时代不及宋之都远，但也不失为珍奇。

近年，失传多年的长篇唱词《重庆城》现身，也引发轰动。考古者有说是金钱板唱词，有说是鼓词，也有说是竹琴唱词，争论不休，但有一点可以肯定，唱词描绘了清末老重庆城的完整风貌和城内各地的特点，准确而完备。开篇没脱唱腔千篇一律的俗，但转头就从外围说起它的概貌：

城墙长，十七里，条石来砌；
跑一圈，数一下，十七城门；
九门开，八门闭，九宫八卦；
八临江，一通陆，听我唱明。

接着说建城的历史，再一一说到正开的九道门和建成就长久闭合的八道门及附近的居民聚居、商贾店铺、粮库军营分布，再对城内有特色的地段、街道、景貌既介绍又评价。读来有滋有味，似乎一幅全景灵动的老重庆古城图徐徐拉开她硕大的画卷渐次展现在眼底。遗址尚存的地方让人感觉亲切上口，早已消失的哪怕只留下一个隐略熟悉的名，也能感受它温润的热度，激发起想象的空间。

这是目前最早发现的描述重庆老城全景的民间文本，对照《重庆府治全图》、《增广重庆地舆全图》、《渝城图》和图上的标注，几乎完全能够了解18世纪至19世纪重庆城的地貌、分布和人们的生活状态，可以判定这是一座基本生产门类齐备、物质发达、文化繁荣、舟楫便利的码头城市，那时的经济发展和文明程度绝不亚于同一时期的中国其他城市。

三面环水的重庆城自成天堑，只西面通往陆地，这一面矗立着三座巍峨高大的城门金汤、通远、定远，在险要的山崖峭壁间与逶迤的城墙相连。金汤、定远都是城门的建构却从未开启过，也就是说，是门的形状却不是门，这点恐怕又是重庆老城的一大特点。"八闭"门中有"六闭"门临水尚好解释，这两扇通陆的门不通行人车马，古人一说起来是衬托通远门的宏伟，一说是"九宫八卦"风水中凑数的讲究，再说这两扇门外就是悬崖，无路可走。唯一开启使用的陆路关隘曰通远门，顾名思义，此门出去通向远方。远方的美好可以想象，也可以诗化，但开门的眼前却并不美好。《重庆城》唱词里道：通远门，锣鼓响，看埋死人。意思是城里人死了，都拉出去埋在城外的荒地上。遥想当年杂草丛生荒冢堆堆的乱脏岗岂止是坟场，更是古人拼搏厮杀血流成河陈尸荒野的战场。

我伫立在数丈高的城墙下，每一块斑驳陆离已经看不到本色的灰条石都似乎在默默地诉说着过去的沧桑，一组战争场面的雕塑令仰望者不自觉地走进刀光剑影的岁月，思绪飘然于古今，穿越于时空。大军正在攻城，好些头戴插着红缨的铁盔帽身披重铠甲的大兵，有的弯臂拉弓向城垛上射箭，有的往城墙上搭靠长梯，有的士兵冒着自上而下的箭矢挥舞大刀正奋力攀爬，他们身后还有一个骑高头大马提长矛的指挥官在来回督战，其凶狠、愤怒、怒不可遏的神情充溢脸颊。不远处的一尊铸铁炮昂着头，像是刚刚发射了一发滚烫的炮弹。这浓缩的场面足以让人强烈感受到攻城军队如狼似虎般的凶悍和战争的惨烈。我心震颤，守城的自然是重庆人，面对强敌他们承受的牺牲也许更大，尤其城破以后遭受的劫掠、杀戮更是惨不忍睹，无法想象。

通远门既是重庆城唯一的陆上通行关隘，主城门上书"克壮千秋"四个魏碑体的大字，自然也是战略必争之地。查史料得知，冷兵器时代发生在城门内外的大战有两起，一次是 1258 年蒙哥率军同时攻打重庆城和钓鱼城，不幸在钓鱼城被炮击殒命，致使蒙军撤围而去，但十八年后，坐稳了王位的忽必烈指挥元军再度攻打重庆。时任四川制置副使的张珏以钓鱼城和重庆城为依托，率军民拼死抵抗，通远门城楼下不知发生过多少次激烈的攻防战。不难想象，头戴盔甲全身披挂的张珏威风凛凛立于城墙上，时而挥舞令旗，率众将士死守城池，多次击退元军，时而手持长矛或张弓搭箭亲自杀敌，宋元两军都杀气腾腾作殊死较量，战马嘶鸣，杀声震天，直战得人仰马翻，血流成河，天昏地暗。其惨烈之状，坍塌的城墙、被炮火摧毁仅剩半拉子的城垛，还有遗弃在一旁的几块黢黑残损的半截墙砖仿佛便是明证。这里面有一个充斥悖论的景象：重庆城抗元苦撑 40 年间，流窜南方的南宋朝廷早被荡平，在那个"普天之下，莫非王土；率土之滨，莫非王臣"的封建王权时代，赵姓皇帝死的死降的降，江山社稷换了姓，身为南宋命官的张珏等人面对"卿尚为谁守城？"的劝降和责问，静心叩问"我是谁？为谁而战？"诸问的时候，是何等困惑与尴尬。是啊，大宋王朝乃至苟且的南宋朝廷已荡然无存，蒙古人建立的大元王朝又被中华民族视为自己的正统的一个朝廷，城池易主可以说是大势所趋，天命难违，是历史大势之下的一种必然宿命，换个角度讲，重庆城的死命抵抗也许还阻碍了民族融合与国家统一。不过，这座大宋皇帝亲自命名的城市有幸成为这个王朝最后的守望者，以张珏为首的守城军民最终以血荐轩辕的方式铸就巴蔓子式的永生之魂，千百年来蕴藉在古城的一砖一石一草一木之中，绵延不绝。

再一次十分残酷而惨烈的大战发生在明朝末年，与李自成分道扬镳的张献忠自立为大西王，集怨气、怒气和戾气于一身，率部一路攻城略地所向披靡，不料在重庆城遭遇顽强抵抗，已经失去理性的农民起义军如虎似狼般疯狂扑向通远门城楼。面对数倍于己的敌军，守城将士知其不可胜而冒死抵抗拼命厮杀，打退了一次又一次进攻。激战六天，双方伤亡都十分惨重。最终，起义军用炸药炸塌了城门转角处的一段城墙，大军一拥而入，重庆城陷落了。张献忠入城后，惨无人道地血洗全城，将大量尸骸弃至通远门外的荒野，致使七星岗山脊坡下从此成为重庆远近闻名的大坟场，数百年间，荒冢连野，阴森可怖。清朝留下来的唱词《重庆城》里写道："通远门，锣鼓响，看埋死人。"这既是那场大屠杀的真实写照，也是通远门外埋死人的由来。直到进入民国，重庆首任市长潘文华主持清理了七星岗上所有的荒坟野冢，还专门延请藏传佛教大师设计，在山梁上建起了菩提金刚塔，举行宗教仪式，以示镇邪和超度孤魂野鬼，这才使得通远门外有人建房居住，渐渐聚起了人气，老重庆城由此开始向外拓展至上清寺、牛角沱、两路口一带。

凝视真实的城墙下虚构的艺术群雕，虽然我分辨不清它们展现的是哪一场战争，分不清这些如狼似虎的将士是元蒙大军还是明末农民起义军，更无法述说他们的功过是非，但如果你靠近它们，你就会置身其中，就会猛烈感受到刀枪剑戟的冷酷和火炮硝烟、热血喷溅一起裹挟着扑面而来的息息热浪，耳边仿佛听到金属刀具斫击、碰撞、拉锯的声音，眼里充满身披铠甲的军士奋力挥刀砍杀到处血肉翻飞的战争景象，除了惊悚、惨烈、惶恐，说不定你也会血脉偾张参与到厮杀中去，可是立刻又会疑惑，参与哪方呢，守城还是攻城？作为重庆人自然是参加城市的守卫。这样，你立刻就会体会到先辈们保家卫国抛头颅洒热血作出的牺牲何其巨大，一代又一代，一辈又一辈，但，根在，生命尚存，且生生不息。忽地跳出冥想，继而想到这片大中华的土地上，不同地域不同种族的人们，历朝历代的生命繁衍、生息与付出，各种文化传承、杂糅与拓展，其中不乏血与火的淬打，方有如今我多民族融合的泱泱大中华屹立于世界之东方。这冷冰冰但骨子里却硬铮铮的石头城，从千年前的秦走来，穿过霜剑尘雾走过宋元，经历血雨腥风走过明清来到你面前，默默地低诉这一切，而你却无法在内心清晰地转诉这一切，心灵震颤之余，只能感慨万千，噙泪两眼。

重庆是一座山城，这话一点儿不假，所辖广袤的地域几乎都是山峦纵横，最典型的是它的根——最早的母城也建在一座山上。从长江、嘉陵江汇合冲积形成的沙滩，重庆人叫作"沙嘴"的地方朝上走，经朝天门进城，径直往前走依然是一路坡道，直到渝城之巅七星岗，也就是通远门所在地，出通远门便是一片坡地，可见整个城都建筑在一个山峦上，说是山城，一点儿不假。

正如西谚所说，罗马不是一天建成的。以现代人的眼光来看如弹丸之地的蕞尔小城，对于利用最原始的材料、使用最原始的生产工具和技术的古人来讲，可谓望而生畏的浩大工程。然而生活在这片土地上的人们，以泰山垒土一般的坚韧，绵延不绝地建筑、修补、加固、扩建，以千年之久方才完成"以崖为壁，环江为地"的坚固城池。有史为记的第一次筑城是公元前316年，秦惠王派大夫张仪、将军司马错率大军灭了巴国，设巴郡。张仪招募工匠，采用木板夹土夯实的方法，在今朝天门、小什字一带修建城墙。尔后，蜀汉时期任江州（今重庆）都护的李严深得刘备的信任，与诸葛亮同为刘备的托孤大臣，为保汉家天下而大兴土木，建起了重庆大城，范围扩大到大梁子、小梁子一带，不过修筑的城墙依然是土质的。继而在南宋时期被迫抗击元蒙大军，四川安抚制置副使兼重庆知府彭大雅组织抢筑城防，在旧城墙的基础上用条石下基起墙，而且把通远门所在的五福宫山纳入城内，终于在1240年完成全部工程。坚固的城池抗击蒙古大军近40年，粉碎了蒙军"顺流而下，直取临安"的战略意图，在一定程度上影响了中国乃至世界的历史进程和走向。及至明代洪武四年（公元1371年），重庆府指挥使戴鼎在宋代旧城基础上大规模修筑石城，形成了"九开八闭十七门"的格局。至于为什么要以这种格局筑城？为什么占地不大的重庆城要造这么多门，而且还要有这么多个有造型而并非通道的假门？这里边有什么玄机？传说有这么一段逸闻：原来重庆城是元末农民起义军领袖明玉珍的故地，朱元璋一直对在曾经的敌首啸聚之地建重城疑虑重重，戴鼎上书说，"九宫八卦"筑城，追求阴阳调和，气运谐通，昔日割据之地，才能逆转从顺，服奉天朝，江山一统，天下归心。这番说辞是戴鼎顺口编排，还是得高人指点获风水之利，无从考证，但确实让朱元璋龙颜大悦，也解说了如此建城的寓意。重庆古城的建造历经千年，从小到大，从土质城墙到以坚硬的条石沉基砌墙围作"固若金汤"的石头城，祈望达到的目的只有一个——抵御外敌保卫这城。城头换了大王旗，城还在，城里的百姓身家性命还在，重庆城和重庆人的根还在。

重庆城无论城墙是土质还是石头的，都建得高大、厚重、险峻，或临崖或靠江，均易守难攻之态，在冷兵器时代怎么都算得上坚固无比。重庆城门作为进出口岸和战略关隘更是又厚又重，两江汇合处的朝天门是一道由三道城门组成的关口，除了"迎官接圣"之外，更重要的是要成为抗击水上来敌的战略关隘，由此沿长江往上游，依次是东水门、太平门、储奇门……直到城内最高处的通远门，再顺着嘉陵江逆流沿岸是千厮门、临江门……依山建城直到通远门，形成一座城完整的闭环，而通远门作为唯一的陆路门关，建有两道城门，内置一个瓮城，城上有炮台、鼓锣架、储水缸，作战所需应有尽有。现存的通远门和东水门残段经考证确凿都是明代建筑，从高度、宽度和厚度都可以推断当初这座城的坚固程度，想象其建成之初的巍峨气势。

——抚摩细细端详残存的城门立柱和墙体，岁月和风霜雪雨的利刃已将坚硬的石头层层剥离，就是在不知道被剥掉多少层表皮后的石墙上，还有像是大刀长矛留下的刀痕，还有像是箭矢子弹击中遗留的不规则的洞孔，不难想见那一场场攻城保城战争的残酷、惨烈、恐怖。冷兵器时代攻防双方的兵士借助所谓的长短武器也都是肢体的肉搏，换句话说，也都是拼着命在作战，眼见的直接的血淋淋的厮杀是最残忍的。

城墙又冷又硬，无声地诉说着充斥烽火、硝烟和金戈铁马的历史。作为重庆人，我想象着守城的先人们，不管他们是巴国人、巴郡人，还是江州人、渝州人，为了保家卫国，为了保护身后妻室儿女和家产不受侵害，舍生忘死地凭据城池居高临下，投掷滚木礌石，拉开大弓死命射出锋利的箭矢，填满铁沙子和黑火药的铸铁炮筒一再点燃射出天女散花一般的霰弹，还时不时地瞅准恰当的机会，打开城门冲入敌阵厮杀一番……稍具常识的人都知道，在使用同等武器的情况下，守城一方明显占优势，毕竟高耸坚硬的城墙充当了一道既抵御攻击又保护自身的屏障，那么，我们的先人们把这围成铁桶一般的城池守住了吗？回答是否定的，就在宋末年间，勉强抗击元蒙大军不到四十年，不也坚持不下去了吗？战争的胜负，保家卫国的成功，绝不仅仅在于城池的坚固。甭说这一城一池，放眼看从秦始皇起，若干朝代以权力以武力奴役众多百姓，在崇山峻岭之间筑垒不可谓不坚固的万里长城，又抵御住了一次又一次外族的入侵吗？一部中国历史血迹斑斑便是明证。

通远门城头上确实宽绰，且不说古人在上面跑马屯兵打仗可以往来自如，还建有四层楼高飞檐峭壁的星临轩塔楼、如天上北斗形状排开的七孔大水缸，梯形台阶的坝上一字排列若干炮台，虽说是如今"抢救文物"仿建的建筑，但毕竟与老城风格一致，足见当年城楼的厚重与宏伟。如今，风和日丽的日子，门户敞开的星临轩里传出川剧的唱腔和忽起忽落的铜锣声，楼前石坝几株有些年轮的黄葛树撑起硕大的树冠，绿荫下铺开十几张方桌圆桌座无虚席，老少爷们有的抽烟喝茶聊天，有的打牌下棋，阳光从树叶缝隙中洒下来，照在他们脸上身上，无不是怡然自得的样子。一帮子大婶大妈在不远处跳开了广场舞，小喇叭的音量调得很低但舞曲非常欢快，一切都显得恬静、安宁而祥和。尽管战火硝烟厮杀呐喊早已消失得无影无踪，让人无法相信这里曾是肉体搏斗的古战场，曾经发生过大大小小许多你死我活的战事，但你确实无法否认，千百年来封建专制的王朝，为了一家一姓的天下争地盘保领地抢城池占城垣，或以功名利禄诱使士兵或以武力权力驱使军队拼出性命去厮杀，直杀得尸横遍地，血流成河，结局是胜者为王败者寇，城头变幻大王旗，而死的伤的即使不死不伤到头来依然受苦受难的，还是穷苦百姓。城破了，换了"大王"又修葺一新，还加固再加固以保江山社稷永不改姓，而那些替"大王"效命战死的生命呢？不过被弃尸荒野，化作一抔尘土。侥幸偷生者则依然忍受"猛于虎"的"苛政"之害，"照旧交粮纳税"，只是又做稳了奴隶而已。

从通远门上星临轩城楼旁的石梯顺着上行就是一个陡峭的山脊，说不清哪个年代修建的石板路歪歪斜斜坑坑洼洼地延伸在山脊上，老街依次向上是金汤街、鼓楼街，到最高顶点的一个小平坝，街两边的老屋几乎都是砖头柱子夹壁作墙的平房和二三楼高的矮房，原来存在脑子里的木板房、吊脚楼、凿崖嵌进的石窟房已经找不到影子。相比老城墙，这段目前看来还算是老街的建筑不知换了多少代了。

遍数神州大地，像重庆这种立于先秦又延续至今的古城不多。蹲下身子，从簇新但"整旧"的通远门城垛口往外看，通衢大道上人流如织，奔驰宝马长安往来穿梭，高耸入云的大楼在我们现代化的大城市里绝对不少；仰头看天，白云苍狗牵手古城忽悠悠走来，新升的朝阳发出热烈的光芒拥抱它的到来，这座城洒满金光，一切都是金灿灿的。

我心慨叹：终于，换了人间！

《我的乡愁是座城》系列之四

城之魂

　　门之于房屋主要是供人进出方便生活，也把外界的纷扰隔绝开来；门之于城垣的意义除了便利人们生产生活、抵御外来侵扰之外，对城池的统治者而言，恐怕最最重要的是保证其安全无虞，才能关起门来安稳地过好高高在上的日子。

　　保全这座城市，远古时代就是保家卫国。不惜以身殉国保城的先辈雄杰中，有史为证最为著名的首推巴蔓子将军。

　　打小就跑遍了老城犄角旮旯儿，对渝城最高处的七星岗山脊更是十分熟悉。从通远门进城，走车道穿越的是民国时期凿通的两个隧道，进来就是和平路，一路陡坡直插较场口，而走步道进城则需爬一坡石梯，必经因为高挑而显得逼仄的双券型老城门，进得门来便是金汤街，顺街下走不远就是莲花池街，街旁矗立一栋二十几层高的大楼，顺着一段石梯下到最底层便见一间用条石砌成的墓室，中央置一呈六边形的石砌孤冢，墓顶由水泥覆盖，正面嵌有一块青峡石碑，镌刻着"东周巴将军蔓子之墓，中华民国十一年二月吉旦，荣县但懋辛题"字样。这便是重庆母城唯一幸存下来也是最著名、历史最久远的古墓——巴蔓子墓。

　　因为生在老城，而该读书的年月又恰逢"停课闹革命"的"文化大革命"运动，无书可读也无聊至极的一群学生如同放出栅栏的野马，跑遍了城内的犄角旮旯。有一日，这群小学生窜至这个黑黢黢阴森森的墓穴，甚觉惊奇，有限的见识里没见过高楼下面会有坟茔，没见过这么大的一座墓被破坏得七零八落，顶部全是坑洼，墓体的石块龇牙裂缝，残缺的墓碑仅仅能看见模糊的"巴蔓子"三个字，旁边不远处仅存一块写着"大韩民国临时政府旧址"木牌的院落也是断壁残垣，周遭瓦砾、污秽、破烂杂物遍地，一片狼藉。荒寂、破落甚至阴森恐怖的感觉油然而生，突然，一个小孩惊叫一声，十几个小顽童呼啦作鸟兽散。但自那以后，懵懂心中的巴蔓子，猜想他应当是巴人先辈中不一般的人，否则不配享这么庞大的陵墓。后来从长辈口中，从书社茶楼听到许多百姓相传的将军坟里躺着的这位无头英雄的故事，再后来查资料才确知其为两千多年前的一位重守信诺深明大义的大将军。

　　晋代著名的方志学家常璩在《华阳国志》里对巴蔓子记下了这样的文字：周之季世，巴国有乱，将军有蔓子请师于楚，许以三城。楚王救巴，巴国既宁，楚使请城。蔓子曰："籍楚之灵，克弭祸难。诚许楚王城，将吾头吾往谢之，城不可得也！"乃自刎，以头授楚使。王叹曰："使吾得臣若巴蔓子，用城何为！"乃以上卿礼葬其头；巴国葬其身，亦以上卿礼。这段文言读懂不难，此述使得巴蔓子"刎头护城"的故事流传至今。自悟为巴人后代，尽我所能搜巴国及巴蔓子文字而读之，起初心乱，源自对巴蔓子七说八不一。有人说，他以头谢楚，虽精神可嘉，可不讲诚信，实不足取。还有人说，巴蔓子不为巴国王，为何去请楚国出兵，且擅自以城许诺，有僭越之嫌。更有奇问，巴国为何而乱？不是人民起义，就是反抗暴政，他竟然搬来楚国大军镇压，当是一千古罪人呀！曾在月落星稀万籁俱寂的夜里将这段文字捧读再三，将纷乱的思绪理了理，心倒是静了下来，继而热起来，随之被打动，心生敬重之情。也许占有的资料太少，有限的信息又不对称，但有一问，是什么让这位大将军以命相惜？耶稣曾对他的门徒说："人若赚得全世界，赔上自己的生命，有什么益处呢？人还能拿什么换生命呢？"那么以命换城，值吗？再说，巴蔓子不过一将军，在王权横行的时代，这城池姓巴姓楚于他好像没有什么要命关系，或许只要他稍稍弯一下腰玩一点儿厚黑，即使城头换了主子也照旧做官，犯不着拿命去抵城。不难猜想他决心"刎首护城"的前夜，在将军府慢步徘徊、疾步趋前、挥舞宝剑、把酒问天，发出怒发冲冠的呐喊或者血脉偾张的疾呼，壮怀激烈而残酷的思想针锋较之他的形态更尖锐更复杂，当启明星升起的时候，注定当不了过河拆桥背信弃义的小人的决然，使他挥剑取首……一颗头颅坠地，一腔热血飞溅，这瞬间，这位"以头留城，忠信两全"的大丈夫用生命张扬巴人传统中重信义重承诺的性格密码，让巴人的后代深刻而疼痛地体验信守承诺城重于命的沉重人格价值，进而定格为巴蜀文化的底色。

外地人到过重庆，或者与重庆人打过交道，说到重庆城就用两个字概括："巴实。"谈起重庆人的性格也用两个字称赞："耿直。"巴渝味的土话不难懂，基本的评价在这块土地上历练了上千年。

巴蔓子舍命保全的这座城，既是重庆城的根，也是重庆人的根，没他，可能这座城池的历史会改写。今日眼前的将军坟修葺一新，当然也是整旧如旧，墓室里打着射灯，灯光下，整个坟茔显得干净庄重威严，墓道的青石板干净整洁，外面走道上建有不锈钢栏杆镶嵌的玻璃栅栏阻隔无关人员进入，这样的文物保护足见重庆人对这位先辈的敬重。我踟蹰在全是灰土色的墓室，脑子里的拼图一会儿萦绕着儿时见到的将军坟被毁坏得千疮百孔的图景，我知道那是"十年浩劫"中红卫兵"破四旧"的结果，一会儿是历史记载的恢宏景象，这位东周将军以"上卿礼"下葬的陵墓居渝城之巅，前置一条通神道，左右分列石虎石麒麟诸多镇墓神兽，占地甚广，四周林木森森，整体庞大，气势宏伟。

在逼仄的城内占用这么大块向阳坡地建陵墓，可以想象他享有的巨大哀荣。不能太责怪时光的湮没，乃至屡屡遭受的毁损，毕竟每个历史时期都有它的局限，也有它需要弘扬的，自然也有被疏忽的，但只要是对历史作出过贡献的人，时光湮没不了，总有后人会记起。时至1922年，川军第一军军长但懋辛见将军坟墓园倾圮，再度组织了培修。1929年，重庆正式建市，城区上移，将军坟从此落到了新建马路的路基下。这之后，将军坟失去了墓垣，没有了石刻题记，唯留下一座石砌孤冢立于高楼的地下室。长达两千多年的时光，虽然多本史书的文字均留下了"历代均有修补"的记载，但大多语焉不详，没有记录的时代对这位无头将军的坟茔捣坏者有之破损者有之，甚至这位以"上卿礼"下葬的将军是否被盗墓者觊觎过都难说，更多的时候是弃之如敝帚，置若罔闻，任由其荒芜、凋敝、破败。

任何一个死者的坟茔都是朝天的，据说是不能有障碍阻拦灵魂升天，而能够顺利升天的灵魂才能庇佑后人。迄今将军墓上盖着重重大宅，原先是一家童鞋厂，现在是商住楼，恪守旧俗的我面对而无言。再近观，即使在高度重视文物保护的当下，修葺一新装饰在明亮的灯光下的巴蔓子墓仍屈居在车水马龙大道一侧的路基下，近前一坡石梯上上下下的人们来来往往，几乎对这个零落在不起眼的落窝凼里的坟茔熟视无睹。用目光把墓穴睃巡个遍，居然见不到半点儿有人祭奠或者凭吊过的痕迹，就在毫无物理隔绝的一个空间，喧嚣与孤僻，闹热与冷寂，咫尺之间截然如两个世界，抬眼往上看，巍巍乎如巨物一般的高楼直接盖在上面，不见蓝天，不见星空。触摸坚硬的冷冰冰的墓石，自觉为巴人后裔，我心凛悲戚，为报国谢楚而自刎的巴蔓子将军，头已不知何处去，此地仅遗残肢体，就这残肢的藏身之处竟不得永久的安宁，得不到他保全的这座城的后人们对他应有的祭奠和推崇，尽管有的时候按时势的需要把他捧得老高，甚至口口声声把他称作这座城历史上最具影响力、最令巴人自豪的英雄人物。作为瓜瓞不绝的重庆人，对他应该愧疚，应当羞赧，至少在心底欠他一份敬重。

今天，人民政府在墓旁不远处，也就是通远门外辟出一块空地新建了"巴蔓子主题公园"，以祭祀他的魂，弘扬他的魄。

于这座城，论保卫城池的功劳，巴蔓子居榜首，而将军之"首"何在？巴人之后曾去往以"上卿礼"葬其头的楚地考古寻踪，均无果而返。舍命保城的大将军，死后尚不能全身，这不能不说是号称侠肝义胆的重庆人之痛。

于这座城的民，巴蔓子未必是护。《华阳国志》记载："周之季世，巴国有乱，将军有蔓子请师于楚，许以三城。"这"乱"肯定是巴国内乱，是国民也不排除兵士参与的乱，巴蔓子请楚国军队来镇压，肃杀的是民，恢复的是君王的统治，保的是君王的城。倘若巴蔓子不请师于楚，"乱"的结果可能是城头易主，城池安然无恙，而他却背负一连串骂名，由此成为史上颇具争议的人物。但不管怎么说，瑕不掩瑜，且历史都是具有话语权的统治者写的，对他也多有美化，已被后人视作护城的象征符号。

于这座坟，历代多有修补且不必说，很多时候遭遗弃无人打理无人看护无人凭吊也羞于启齿，那么，对坟茔故意的破坏、恣意的毁损，包括名曰"破四旧"运动，实则网罗天下名胜古迹而毁之，包括大开发大拆迁将古城古庙古建筑摧毁在推土机的钢铁巨铲之下，一轮接一轮地如此浅薄地对待一个城市积淀的文化。

不管你秉承多么崇高的意义，不管你寻觅多少美妙的借口来开脱，作为历史的后人，凭着起码的良知都应当视曾经的罪过而追悔，否则当遭天谴。

于这将军，舍命护城且身首异处，但巴蔓子早已魂归此城。每当古城遭受劫难，他都化作电闪雷鸣暴风骤雨撕裂长空大声呐喊，痛斥那些给这座城及其子孙造成灾难的孽障和畜生，风和日丽的时候，他也许怀着对当时的城民的一番愧疚，化作徐徐清风抚慰后人们生活的安宁。

老话说："寿高必辱。"巴蔓子于重庆人，"高寿"达两千余岁，经历的人事变迁太多，而站在不同的角度翻历史旧账的人亦多，自然会产生不一样的说法，不过，褒也好贬也罢，他"存活"在重庆人心中，他的故事作为一种人文精神的积淀垫高了这座城的高度。

城池的不安全，除了源于外敌的侵略，还需得防范城内甚至王朝内部的乱源。三国时期任蜀汉政权江州（重庆）都护的李严，上奏朝廷拓展城池，将江州城墙延展至南纪门、新华路、较场口一带，面积达两平方公里，此外，还报批了"凿山成岛"工程，就是从鹅岭开挖，选在半岛最狭窄处，切山贯通长江嘉陵江，使江州城四面环水，变半岛为全岛，真正固若金汤。孰料朝廷疑心，怕其举兵闹独立。丞相诸葛亮批示以"不利于军事"给否了，接着将李严调回成都出任管北伐的粮草官。如今的鹅岭公园内靠嘉陵江一侧的"江山一览台"处，还能够窥见当时"凿山成岛"的开挖痕迹。

重庆母城从开建、拓展、加固到再拓展，历经磨难坎坷，个中人文故事细说起来，绵长而酸甜苦辣诸味俱全，至于"二战"时期日本鬼子的大轰炸几乎将全城毁灭，那罪恶更是罄竹难书！

城扎根在这里，城里人却是流动的移民，重庆人上数三代的原住民几乎是没有的。战争或权力的驱动产生过好几次大移民，使这座城里的人换了一代又一代，但凡在这座城里居住过的人，无不为这"城里一座山，坡上筑房间；白日推窗见山头，夜来头枕江涛眠"的奇景，"山在城里，城在山中""人在坡上住，梦在江里游"而生发的奇妙感觉所吸引，真心地喜欢上爱上也愿意去呵护这座确实与众不同的城，即使离开，也恋恋不舍，魂里都会留下它非同一般的印象！

慢慢退出巴蔓子墓室，上不了几步石梯就是宽绰的大道，车辆川流不息，两旁行道树冠上有红的紫的白的花儿点缀，绿荫下的行人摩肩接踵熙熙攘攘，一切沐浴在灿烂的阳光中，好一派盛世景象！只要我一转头就瞥见脚下的那座孤坟，一切瞬间变得虚幻了无，历史与现实、史实与人性、风月与情怀又升起、交织、叠加、转换，叫人无以言说，只好郁郁离去。好在再往上走几十步便是巍巍矗立的通远门城墙，纷繁的心绪在腑脏里阵阵颤动，质地坚硬的墙砖敲起来似乎仍有"铜马古道"的硈硈声，像是鬃毛立须肌腱有力的战马奔来，我魂立定。

云飞扬兮魂归来！城在，根在，过往千百年，来来往往于这座城的人如银河繁星，天公流泪时，高天厚土云雨相牵。

《我的乡愁是座城》系列之五

城之遐想

　　只要你在这座城的任何一处古迹或者名胜前稍作停留，就会勾起你的无限遐想，神思悠悠……

　　冷兵器时代，城之坚固显而易见在于城墙之厚之高之硬，更在于城门之牢固和易守难攻的结构，于是，古人造城多在城门上下足功夫，门之上置楼瞭望拱卫，门之前设亭盘查守卫，门之后建瓮城设伏灭敌。如此之上，得天独厚的重庆人沿江循山凭借天险建城更胜一筹，城外两条大江环绕，春夏两季江水暴涨水面宽阔浊浪排空，没有强大的水军想在城墙下立住脚都大不易，遑论攻城，秋冬两季江瘦水寒又袒露出大面积由鹅卵石和河沙堆积的滩涂，几乎完全暴露在箭镞炮火射程之下，完全不利于大军攻城。再看"九开八闭"十七道城门不是简单地暗合"九宫八卦"的风水格局，而是相当地实用和牢固。"八闭"的门似门的造型，实为极其坚固的墙，若无"内鬼"诱敌来攻可使其严重消耗战力；"九开"的门中有八座均显雄奇险峻易守难攻，唯有通远门外一坡荒草林地，地理上居高临下，易于敌军安营扎寨，排兵布阵，但守城方自然也将它作为军事要塞来建，至今看上去那城墙仍十分厚重，门楼也是十二分巍峨，气势压人。总体上讲，重庆古城用"固若金汤""坚不可摧"之类的词来形容毫不为过。

事实上，再坚固的城墙依然挡不住强敌的入侵，哪怕敌方手握的是刀枪剑戟弓弩之类的落后武器。古今中外的史实都无情地证明，真正能够抵御外敌入侵并且制胜的法宝并非牢不可破的城池，而是国富民强，上下同心，同仇敌忾，所谓"众志成城"是也。倘若平日里城主"不知有民"，甚至作威作福鱼肉乡民，那么城危时"民焉知有城"，毕竟那是一家一姓的天下和城头大王的地盘，旌旗猎猎再招摇，摇唇鼓舌再激昂，与我小民百姓何干？

倒是另有一个作用令当初建城者和无数的守城者始料未及：这种费尽千辛万苦建起来的城把自己围起来成为一种"画地为牢"的禁锢，高耸的城冷硬的墙千百年来有形无形地浸淫进而固化人的脑子连同脑子里的思维，把城里城外分为两个世界，还在不知不觉之中将自己死死地"囚牢"在这块地儿上，既不思提升城市的档次，也不谋求向外发展。且看历史上无论巴人、江州人，还是渝州人、重庆人，几乎都没有主动向外用兵，只有周武王武丁时期出兵讨伐商纣、"二战"时350万川军出川抗日的记载，但恐怕做梦都没诞生过开疆拓土的希冀。

农耕经济方式决定了人们的农耕思维，产生的文明目标都是向内发展，而"内求"的方向在哪里？"墙"外不去，海外不准片帆入水，只得向脚下这片土地求生活求生存。千百年来，无论是兼并豪夺，还是造反、起义、革命，围绕土地的折腾绵延不绝，除了深耕细作谋取更多产出，就是倒腾买卖，利用王权巧取豪夺，一旦矛盾尖锐到不可调和的地步，不同阶层不同利益群体开始大打出手，乃至战火炙天，尸骸遍地，血流成河，改朝换代。朝廷换了新王，士大夫出了新贵，但依然是"农耕人"当政，又开始刷新一轮土地文章。不过，农耕文明的绝大部分时间是稳定的。回过头来看，千百年来，泥土、石块、砖头砌成的城墙越来越坚硬，围起来的城哪怕形状不规则也是全封闭的，城门内外小规模的产品也可以唤作小商品交换，自由自在，里边小而全的各行各业完全能够满足小商品生产和小日子生活的需求，自给自足安稳无虞的经济结构无须向外谋求什么。再往大处看，我大汉民族自建成万里长城之后，主动向外用过兵吗？堂堂天朝北边有墙南边有海，朝中无所不有，朝中自尊为大，自有万国来朝，自有番夷朝贡，何须外求！

城建牢固了，身家性命无虞，就可以关起门来过好日子了。

细数重庆城的老地名也是有来头的。木货街，自然是囤积买卖竹木原料和产品的聚集地；棉花街，除了收购买卖棉花，还加工棉絮、棉衣等产品，其他诸如小米市、石灰市、瓷器街、药材巷、打铜街之类顾名思义皆如此分类分区。一座城没首脑府邸不成，重庆城则集中在二府衙、道门口、天官府几处。一城似一国，该有的应有，赘述起来犹如一本大书，还难免有所疏漏。

三千年江州府，八百年重庆城，一百年开埠史，虽经战火或人为毁坏，也该存留一点儿名胜古迹吧。从最古老的巴蔓子墓，到历代修建的"九开八闭十七门"中残留的城门，到清朝的湖广会馆，至民国时期建造的抗战胜利记功碑、抗建堂和各类各具特色的府邸建筑，数不胜数，用重庆话说那可是"摆不完的龙门阵"。

说说重庆的地标性建筑解放碑吧，始建于1940年3月，由迁移至渝的中央国民政府兴建，位于四条大道的交会处，被认为是重庆的中心，高26米（七丈七尺，象征"七七抗战"），被命名为"精神堡垒"。抗战胜利后国民政府在原址上修建了"抗战胜利记功碑"，新中国成立后，由开国元帅刘伯承题名"人民解放纪念碑"。尽管顶端和基座的装饰随时代变迁而有所变化，但基本模样没变，基本喻义没变，只是随时代的不同被赋予不同的象征意义。如今的它，在周遭鳞次栉比的高楼大厦中央显得有些矮小卑微，作为重庆的文化符号、地标性建筑、见证两个时代的纪念碑，而且是全国唯一一座纪念中华民族抗日战争胜利的国家纪念碑，其文化内涵何其丰富，其精神意义何其重大。以它为中心向外拓展的商圈、商城、重庆城，无论建造再多再高冠之于国际环球大名的楼宇，也丝毫不会减弱它万众景仰和蜚声海内外的光焰。

说说城内位于东水门的湖广会馆，又名"禹王庙"，这个始建于乾隆二十四年的建筑群，占地八千多平方米，包含四个会馆及四个戏楼，是康熙年间兴起"湖广填四川"百万大移民，历经雍正至乾隆年间农工商业恢复发展的产物。只要进门去溜达一圈，就不得不惊叹这弹丸之城尚有如此之大的客商会馆，可以想见当年由云贵川藏滇鄂湘陕八方汇拢的商贾、游客在此言商、品茶、看戏、娱乐、憩息的热闹兴隆景象；如果你再用点心仔细审视，会发现如今"整旧如旧"保存下来的建筑浮雕镂雕取材于《西游记》《封神榜》《二十四孝》，且细腻精湛栩栩如生，不得不惊诧于整个古建筑群雕梁画栋、镌刻精美、流光溢彩。仅此，你不得不从心里对"南蛮无文化"之谬论嗤之以鼻。待回头出门前，觑一眼简介牌上的鎏金体字，你心中的惊诧蓦然笃定，上面堂而皇之写着：这是我国明清时期南方建筑艺术的代表，也是我国保存规模最大的古会馆建筑群。

湖广会馆外残存着一段破损不堪但还可以窥见原貌的老城墙，开挖发掘出来就是其中一门——东水门，是仅存的重庆老城两道古城门之一。进出会馆的商贾游人乃至各种货物，还有城里人出行往长江南岸均由此门通行，当年桅樯林立商贾云集人烟稠密的繁荣景象非同一般，只是后来过江渡口和码头上移至望龙门，此处才渐渐被冷落。从今日整修如旧的城墙看仍不失厚重雄伟，城门又宽又高又厚，虽未建瓮城，属石卷顶城门洞，地处悬崖峭壁之上。城门内外悬空撑木承重建起来成片的木板吊脚楼，层层叠叠，高低错落，又是重庆城独特的一景。居其屋，夜枕涛声，推窗见江，门泊川藏万里船，故乡之美在我心中滋润出另一番韵味。

说到重庆城的文化，除了由底层、地理、环境生长的"袍哥文化"、"码头文化"和"江湖文化"之外，这座移民城市文化内涵包容包含了多种多样的文化底色，通远门外的菩提金刚塔就是一个明证。重庆人喝酒喜欢猜拳行令，其中一句人人耳熟能详的酒令，上半句是"七星岗闹鬼"，下半句是"金刚塔镇邪"。1927年8月到1934年5月，重庆市第一任市长潘文华动迁了通远门外40多万座坟以拓展城区。为安抚民心，超度亡灵，接受藏传佛教高僧的建议，延请活佛专门指导，在此乱坟岗上耗时两年，耗资四万银元建城，请著名佛学家张心若撰写碑文。1931年2月16日，多杰格西率数十名喇嘛主持金刚塔开光大典，历时14天，"每日燃灯数千盏，远近之来此瞻拜者不下百万云"，盛况空前，轰动一时。这座汉藏风格"混搭"的菩提金刚塔，是国内唯一由西藏活佛亲自主持修建的佛塔，汉藏结合，中西合璧，融合了多种建筑风格，独特的基座和主体建筑具有极高的文物价值。金刚塔不仅镇住了古战场和乱坟岗的孤魂野鬼，安慰了市民，还使得藏传佛教散布于本地文化中。

岁月流淌，近代历史的车轮载着推着紧逼着重庆城一步紧接着一步地向前进步，也给予大发展的机遇。重庆在1890年开埠，号称"长江上游第一大商业都市"，但比起东部城市仍落后许多。1930年才修通第一条公路，1932年才通了自来水，1934年才开始供电,整座城市没有像样的近代工业企业。然而机遇偏偏垂青这座大山大川沟壑里的城市,1931年"九一八"事变之后,日军紧逼南京,国民政府决定迁都重庆。1937年12月1日,林森率国民政府主要部门人员在大溪沟重庆高级工业中学开始办公。从此,这个名不见经传的小城成为与华盛顿、伦敦、莫斯科并列的盟国首都,拉开了长达八年虽遭痛苦摧残付出沉重代价却辉煌绚丽的历史,留下了国共两党领袖和诸如美国副总统华莱士、英国元帅蒙巴顿等大人物的足迹,如今尚存散布城内的官员府邸、机关办公场所诸多遗迹便是相互印证的佐证。

我的乡愁就是这座城,包括了它的一切,哪怕就是城头刮过的风,风中的味道。这座城是什么味道?不用问也知道,飘过大街小巷的麻辣味就是它独一无二的体香,会让你的味蕾伸展,使嘴里诞出龙涎。基本的味道就是麻辣,走遍重庆城乡大街小巷没见到翻滚飘香的火锅,那就不是重庆,但如果你简单地认为这味道就是麻与辣的相加,那就大错了。来自美洲的辣椒在明朝时登陆中国,到清初才在天府之国与花椒相遇,恰到好处的配伍在重庆才让麻辣二椒的二重奏达到巅峰,演绎出重庆火锅和江湖菜的重口味饮食方式。另外,必须还要有另外数十种辅料相佐才能形成麻辣鲜香的味道。一锅火锅底料除了麻辣,还有几十种作料垫底。一粒怪味胡豆,除了胡豆本身制作得酥脆,须得麻辣甜酸诸味浸淫其身。一碗地道的重庆小面,不勾进上十种比例合适的作料,算不得上品。一桌色香味形俱全的重庆江湖菜端上来,食客逐一品尝,赢得舌尖啧啧称赞的背后,肯定是厨房里那一长溜排列起的瓶瓶罐罐里不同作料的功力。难怪重庆人可以大言不惭地宣称:吃在广东,味在重庆。还有一句传之久远的话:广东人什么都敢吃,重庆人什么都敢往锅里煮。联想起来,重庆人不仅在吃食上包容,文化上也是个"兼收并容"的城。

因为它曾经沧海，重庆城的建设与发展从来不乏多姿多彩的风格和色彩。从灰黑色的古城墙、泥土色的佛道寺庙罗汉寺东华观到金碧尖顶的若瑟堂基督教堂，从灰墙青瓦的官邸、哥特式仿巴洛克式的洋行公使馆到红色的曾家岩周公馆、新华日报会馆、红岩村八路军办事处，风格迥异的建筑，醒目分明的色彩，无一处不显示出它无法简单描述的深刻的文化底蕴。

因为它正在沧海中扬帆，T3航站楼、万州机场、黔江机场织就数十条空中航线，动车高铁连接数十个城市，"四环八射"的高速公路把它推向东西南北中，渝新欧列车由此出发奔向"一带一路"的远方……不管你离去或不曾远去，这座现代化的国际大都市令人既熟悉又陌生，不惹起你丝丝愁绪都不可能。

我曾经无数次为它动情，因为这座钟灵毓秀的山水之城已经融入我的血肉和灵魂，与它有着浓郁得化不开的情结，怎一个"爱"字可表述。是的，每一座城都有其独特的个性、品性、灵性，每一个走近它的人都会品读出不同的感受和韵味。对这座城，我生长其间半生陪伴不可谓不长，远观近看细觑不可谓不用心，无数次从万家灯火中浮想联翩到沉沉黑夜里的冥思苦想及至晨昏交割的心潮难平，它古老的时间质本、曾经的惊心动魄、历经的悲喜起伏、现世的辉煌和锦绣的未来，让我心灵震撼浑身战栗，但居然没能完全读懂它的全部要义，思虑不见它的魂魄所在，体悟不透它本质的东西，于此而言，我无异于身处陌生所在，无异于远离而归的故乡人，能予以言表的也就是它许多的表面具象，且挂一漏万。

我不知道先辈们揣着怎样的乡愁怎样去寻找自己的家园，寻觅祖先的源头。几年前，重庆的几家主流媒体曾发起一场声势浩大的寻根活动，主流方向注目于明末清初"湖广填四川"的移民潮，最多地把足迹落在了两湖两广移民的集散地湖北麻城，再追

溯下去，似乎难以为继，但有一点可以肯定，我及上溯的有限的
几辈人本是湖广移民。

　　我的家园就是这座城，不仅居住着我的身体，也是我的精神
家园，它的些微变化都牵动着我的灵魂。这，也许就是愁，关于
这座城的乡愁。

《我的乡愁是座城》系列之六

陌生与熟悉

　　不管哪个地方都有自己的地域文化，重庆也不例外。但是，说起覆盖广袤的巴山蜀水的巴渝文化，无论是鲜明的个性特征，还是它如江河汇聚的外来文化的融合，都绕不开那个两江环抱的半岛和半岛上那个用岩石、河沙和泥土砌成的小城。巴渝文化的源头就在这座巴国城。

　　作为地道的城里人，重庆是我所熟知的许多颇具沧桑感的中国城市中的一个，因为这种变化，对这座城既熟悉又陌生。说起来几十年与之相濡以沫，它的面貌，它的体征，可谓烂熟于心，如数家珍，至少掰起指头来能说个八九不离十。但上个世纪 80 年代，尤其是重新直辖以来，大开发几乎把城市翻了个底朝天，大发展把这个城市里里外外换了个样，如果不是有意识地从细处深处去寻觅，基本上觑不见旧城的轮廓，找不到老城的痕迹，每天穿行在鳞次栉比的高楼大厦之间竟恍如隔世。几十年的变迁浓缩了这个城千百年来"建—毁—重建"的轮回，更难说这些变与不变中蕴藏着的万千风云和无限心事，作为本土人文历史深究起来，既像细读一部旧书，又像翻阅一部硕大的新相册。

　　坐在星巴克咖啡店落地玻璃窗后，鼻息在一杯黑咖啡左右啜吸，整个大厅灯光柔和，人声低浊，氤氲在卡布奇诺、拿铁、麦斯威尔的氛围里。窗外，广场和大街上人头攒动，闻名中外的人民解放纪念碑，近处的克徕帝、劳力士、浪琴，远处的路易斯·威登、古驰、阿玛尼、苹果，中外闻名的英文、法文招牌的品牌店林林总总，环立四周，恍如置身于纽约时代广场或者巴黎香榭丽舍大街，这就是如今的重庆城中心——解放碑广场。

　　褪去眼前的喧嚣和华丽，在四周高耸入云的大楼和流光溢彩的广告彩招包裹下，显得相当低矮、压抑和憋屈的解放碑，上溯八十年以来历史上曾经的光鲜让你无法想象她的巍峨高大辉煌。1941年12月30日，这个建在重庆城大十字中央当时也是直插云霄的高塔落成，被命名为"精神堡垒"，用以激励中华民族全力抗战。1945年10月，国民政府决定在其旧址上建立"抗战胜利纪功碑"。1950年7月7日，将其改名为"人民解放纪念碑"，由时任西南军政委员会主席刘伯承题写碑名。这是中国唯一一座纪念中华民族抗战胜利的纪念碑。无论外在怎么变化，这座碑岿然不动，其精神高度依然高高在上，远不是钢筋水泥的重叠所能企及的。

　　从抗战成为战时首都至今，尤其是改革开放40多年来，重庆城的变化用文字来描写都是苍白的。事实上，这些年来，文字、音频、摄像、绘画、自媒体、多媒体轮番上一起上都没能完整地全面描绘出它的形象，至于它的底蕴、它的内核，更难囊括完整。就拿城市的中心来说吧，一般说来，一个城市只有一个汇集了这个城市政治、经济、商业、文化诸方面的中心，作为重庆城市的中心和地标性建筑，解放碑当仁不让，然而被山水截然隔断，却被重庆人以现代化手段建起来的桥、路、空中索道、地铁、轻轨相连的，还有若干个相同功能的中心——嘉陵江北岸的观音桥商圈、长江南岸的南坪商圈、两江上游的沙坪坝三峡广场、九龙坡杨家坪商圈。值得称道也让人慨叹的是，这几个中心区域的建设者、拓展者和居民都不断宣称自己那儿才是重庆城的中心。由此再向外延伸，沿三江两岸上游和下游还有永川、万州、涪陵、黔江几个副中心城市，也嚷嚷着争中心的地位。这种力争城市中心的人文景观在世界城市发展史上绝无仅有，坊间不仅仅展现为茶余饭后的闲篇儿，官方之争得拿数据拿实绩摆上桌面，这可是实打实的。其实，你如果到这些城市中心走一走坐一坐聊一聊，所闻所见所感绝不亚于任何一个大都市。这种组团式链接结构的城市体块合成的大城市，既不像其他城市由一个中心摊大饼似的一圈又一圈地向外拓展，也不像一些城市保留老城另辟新城的发展路子，这在世界建筑史上也独树一帜，别有洞天，各有情趣。

不过，这种城建格局，一半因为巴人的勤劳、勇敢、智慧，另一半却在天意。

地处四川盆地东部边沿，大巴山余脉和长江、嘉陵江、乌江、渠江、涪江众多大江大川把这个地块弄得山是山水是水，不规则而凌乱。三千多年前的巴国人散居在这一大片"穷山恶水"中，好不容易选中这块两江夹峙地势稍显平缓的半岛坡地作为首府，依山势缘水岸开始以土筑城，特殊的地理构造和地貌环境，决定了以后重庆城的走向不仅特殊，而且神奇得有些诡异。从空中看大重庆不算是难事，云贵高原向南延伸，向北断裂，巴山散落，蜀水穿沿，这中间大重庆城也一个城块一个城块地掩藏在万山丛中，小重庆城自身也建在山丘之上，叫作山城，名副其实，天下共知。统称蜀水的诸多江河溪流斗折蛇行迂回蜿蜒，像蓝色、黄色、绿色的丝带和碧玉镶嵌山间，大重庆若干城块均缘水而生，因水而据，而行千里至广大，小重庆城更不必说了，两条大江汇聚城下，借舟楫之利人头攒动南来北往，物流吞吐东集西散，被称为江城，依旧不负美名。如果你在俯瞰中再用心一点儿，就会发现一根一根火柴棍似的横杆跨在这些江流河水之上，将两个山头紧紧拉住，高眺像细线，低看可是庞大恢宏的跨江大桥，钢铁巨臂高擎，水泥石盘雄踞，铁弦张弛钢索斜拉一桥飞架南北，当然也有无数小桥跨水稳踞，于是，这座城又被公认为"桥都"，面积8.24万平方公里的狭仄地域居然建起了4500余座知名或不知名的桥，以这样的统计数据支撑，可谓不虚此名。大重庆被崇山峻岭大江小河阻隔，若干城块散放山坳山巅山脊，显得逼仄、小气、憋屈得有些窝囊，但每一个城块单个看都不逊于曼哈顿的豪华、巴黎的浪漫、伦敦河畔的沉静、维多利亚湾的张扬，且各有特色。难得的是放大了看，城块之间靠桥连接，公路桥、地铁桥、单线桥、复线桥放眼可见；依水勾连，铁驳轮渡、豪华游轮在江河湍流的水面、客运缆车在凌空飞架的钢缆上往来穿梭；建路牵延，泥土路、砂石路、水泥路、高速路，还有轻轨、地铁遍地铺成四通八达密如蛛网而循环往复，这些公路、轨道一会儿悬空一会儿入地，再隔一段又淹没在绿荫葱茏的大山深处，还有如龙腾凭空钻进高楼腹部如虎跃凌空攀上大楼屋顶的奇葩景观，既似尺蠖掘土有尾无头之姿，又有神龙见首不见尾之态。城市中心区的江北国际机场的三个大中型航站楼牵手远郊区的几个机场，近通国内各省市远射境外各大城市，客货飞机频繁起落，来来往往，这些不规则似漫无章法的立体通道，使一个国际化大都市从西南腹地横空出世。

难以想象，古老的重庆城近年的某一天竟一夜蹿红，海内外，国上下，iPad爆屏，手机不断刷屏，牵动人的神经萌发去看看的念头，人们移动脚步朝大西南腹地这个城走来。节假日不说呢，遇上小长假，外地的游客把解放碑广场阻塞得水泄不通，仿摩崖靠壁的吊脚楼造型的洪崖洞，是民居是商业街而不是景区却也摩肩接踵，弄得警察只好把前后上下两条交通要道以及对过的千厮门大桥上的汽车给禁行了，专门让游客通行，这般动作还不够，还得拉起警戒带分道导行才能使成千上万的游人勉强顺利过往。还有李子坝江边横穿大楼的轻轨站，两根钢筋水泥轨道从半山腰伸进居民楼"穿肠而过"，庞大的列车呼啸钻进，另一列长尾巴的客车悄然出来，相向而行，擦身而过，看似动静很大的车型交会，但上下楼层的居民丝毫不受震动、噪声的影响，这一景惹得山下马路边上围观的人连呼神奇；还有吸人眼球的跨江索道缆车、集交通工具和观光游览于一体的轮渡，穿梭往来于两江四岸；还有五光十色上天入地辉映两江的山城夜景……神奇吧？先把古迹放一旁，也不论近代的名胜，就把眼前的这个城点到为止，你立马会觉得这样别具一格的城，不是网红才怪！

江北观音桥都市旅游区中央，未来国际大厦底层设有上岛咖啡店，落座后来一杯现磨咖啡豆的拿铁，稍凉一会儿后来上一口，咂嘴细品，味道确实不错。从明净的落地窗户看出去，正面就是广场一端由音乐喷泉、水池、舞台，以及雕梁画栋相连接的"观音桥"标志性建筑，除L形广场周遭一栋挨着一栋的综合商业体建筑外，开阔的广场还临时搭建了许多花花绿绿的帐篷，里边推销房产、住房装修、化妆品、服装、婚礼定制……外边人头攒动，熙熙攘攘，一片繁忙景象。而这个城市的其他城块，有序发展繁荣兴旺的面貌和程度绝不亚于眼前这个区域，就像大榕树，主干粗，腰间许多的"气生根"垂地形成的次干也壮，枝繁叶也茂，一棵欣欣向荣的参天大树就这么屹立着。

解放碑广场正中央的重百大楼的整个顶部是一个阳光咖啡屋，一半室内一半露天，从室内的阳光棚顶看出去，除了蓝天白云，四周都是高出许多的大楼，室外芳草绿茵树木葳蕤，一圈矮株绿色植物把尘世的喧嚣阻隔在楼下，恍若郊外一个幽深宽敞的庭院，玻璃棚里遮阳伞下，看得见人影幢幢却听不见人声喧哗，无论男女老少或看书或喁喁私语，一切惬意而安然。明明身处闹市，却取了一个如深山隐士的名字："里隐"咖啡屋。符合都市人向静向幽的心理趋势，即使消费价格不菲，顾客仍络绎不绝。这环境这氛围适合发呆、读书、思考。我也算其中一族吧，半躺式沙发前的小方桌上摆放着一本《全球城市史》。刚读完这本不厚的小册子，我不得不为现代人类对自然对社会分类研究之细腻之深邃而叹服，为新学科以及研究方法的创立而惊诧。这本书，美国都市学家乔尔·科特金以自己的方式、独特的视角，"扫描"从远古中石器时代以来城市和都市生活的进化过程，特别强调和重视对发展中国家城市的研究。他提出要成为世界名城必须具备精神、政治、经济三个方面的特质——神圣、安全、繁忙。

特殊的地理构造和地貌环境，决定了居住其间的人们不同的生活和生产方式，滋生积淀不同的文化底蕴。身处这座历史名城的正中央，登上环球金融中心大楼顶端的观景台，目光再短视也会象征性地眺望顺江而下的武汉、上海和大洋彼岸的纽约，再环视那些数不胜数的大城，心中又翻腾着乔尔的城市理论，不会不留心作个比较吧。三千年城市史，从最早的巴渝图腾，到几经冲击归于以儒释道为主体的中华文化，虽不曾形成有体系有教义的宗教，但保留了大量特定地域特征的文化痕迹，尤其是抗战文化、红岩文化，这些可传承的信仰，算不算一种神圣？特别是第二次世界大战期间，重庆成为国际反法西斯远东战场指挥部所在地，其国际地位在国内城市中无与伦比。漫长的历史中，这座城的绝大多数时间没受侵扰，是安全的，正因为冗长的平安祥和促成了它自然形成的长江上游商业、经济中心地位，抗战期间、解放后的两度直辖更加速了它的经济发展。我无意于研究城市的历史与发展，但对眼前这座生我养我的城市，非但从情感上，即使理性如乔尔·科特金也会判定它是一座世界名城。

"人类最伟大的成就终始于她所缔造的城市。城市表达和释放着人类的创造性欲望。"乔尔·科特金这个研究性结论，用于重庆城的发展史再恰当不过了。古代巴人在"地无三尺平，沟深不见底"的万山丛中，凭借目测、脚勘、独木舟跋山涉水，好不容易找寻一块地势起伏不大又傍水利于生活和交通的平缓之地，造城定居。无法考证先人们选定重庆母城经历了多长时间，但肯定来之不易。在建造、修缮、重建的反复过程中，因地因势因为生活习性，加之审美意识的提升，各类建筑物便体现出地域性的特征。繁衍出的其他城块，其生产生存发展的路径也大致如此，倘若没有巴人及其后来者"创造性欲望"的释放，就不会有如今这个独特的城市。

乔尔·科特金说："在人类发明城市以后的五千年到七千年时间里，所建造的城市不计其数。"在世界城市的群体内，这座城似乎并不特别抢眼，尽管它赫赫跻身于世界名城之列，尽管这座经过"脱胎换骨"般改造似乎"焕然一新"的城，今天在我眼里是如此陌生，然而这座城在我眼里依然独一无二，对它的爱依然情有独钟，因为它不仅生我养我，而且它的前世今生早已融入我的魂灵，昨日的点点滴滴，今天的一颦一笑，包括差别甚大的土语乡音，遍地都是的火锅、麻辣小面、川剧、童谣……远的不说就说解放碑，别的不说就说吃这行当，从中华路数下来，川菜培训基地——味苑餐厅、民国路口的丘二馆、保安路上的杭州小汤圆、王鸭子、武汉豆皮、老虎灶茶馆、大阳沟口子的陆稿荐苏州菜馆、红旗路口的糖果商店、冠生园，往小十字方向老字号的心心咖啡馆、老四川、皇后、会仙楼餐厅，往中华路方向老资格的岳南泡糖、颐之时餐厅、四象村豆皮、沙利文牛排，往较场口方向有德园麻园、颗颗香食品店、小洞天餐厅，来不及一一列举，想想名字脑汁都会咂摸出那些食物的色香味形，满脑子的多巴胺如同满嘴的哈喇子溢出，不知有多愉悦多快乐。

记忆就是用来怀旧的，但是，如果有人自诩为地道的重庆人，你可以有绝对把握地反诘他：没超过三代吧？他如果还有点理智，就会泄泄气，勉强但确实是自我解嘲：差不多哟。你还可以抚慰他：要说老重庆人，两代足够了。因为百年前的重庆与今日判若两城，抗战时大量的下江人、城外人，以及来自全国各地的人，不管是军人、文人、工人、商人，把这个原本不大的城的犄角旮旯都塞得满满的，无一丝空隙，紧接着遭遇日本鬼子长达六年半无差别轰炸，城市全毁，一片焦土，后来的建筑几乎都属重建，本土的原住民死伤过半，之后的居民又多为外地人。由此上溯300年，重庆城的民也大多由"湖广填四川"移民而来，新中国成立之初，刘邓大军以及随军南下的工作队入城，再有上世纪70年代的"大三线"建设，沿海企业内迁，又使外来人口剧增。所以说重庆是一个真正意义上的移民城市，绝非妄言。

但也有逃掉刀劈火燎灭门之灾的侥幸的例外，不能不说是重庆人之大幸。明末农民起义军张献忠与李自成分道扬镳后，挥师南下四川，在成都建大西政权，年号大顺。然而暴戾无常的张献忠嗜杀成性，"搜各州县山野，不论男女老幼，逢人便杀"，把整个四川杀得十室九空，荒野千里，"榛榛莽莽，如天地初辟"，以至于之后，满清王朝花了差不多一个世纪的时间发动两湖两广的人"移民填四川"。奇怪的是，虽然在围攻重庆城的时候遭到强烈抵抗，但城破之后张献忠却没有大开杀戒，在他"杀四川"过程中开了一个天大的例外。据说是两个故事使他改变了主意。一个是大军把城围得铁桶一般，一个老头儿肩背一个老妪要进城，被兵丁抓至张献忠军前，他看着奇怪就问，老头儿，你都这把年纪了，还背着谁呀？你这是要干吗呀？老头儿倒是不慌不忙施礼，说，回皇上，老夫背的是自己八十多岁的老母亲，这不，前几日病了去乡下看中医，病稍好一点儿就催着要回城，我说大军正打仗呢，她说大西皇帝爱民如子。张献忠听了，受用，舒服，竟动了恻隐之心，又问，你家怕是四世同堂吧？住城里哪儿？老妪说话了，回皇上，我家已是五世同堂，住城中心拐过弯的第二条街。张献忠说，老子记不住哪条街，这样吧，回去告诉你的家人在门口插杨柳，我下令看见插杨柳的人家就不杀。两个老人千恩万谢地走了。回到家里赶紧把这个消息告诉子孙，他们的家人又悄悄告诉了邻居。等张献忠的大军杀进城里，这条街家家户户门前都种上了杨柳树或插上了杨柳枝，只好绕开避过。这条街解放前后就叫杨柳街，也就是现在解放碑中心的中华路上半段，以前整条街都是遮天蔽日的杨柳树，大马路两边酒肆店铺一家挨着一家，在树荫庇护下生意兴旺得很。我们孩童时就是这条街的常客，拿着爸妈难得赏赐的几个零花钱吃了街左边的吴抄手又吃街右边的烤烧饼，吃完两手在裤管上擦擦，就在杨柳树浓郁的绿荫下疯玩，那日子穷却也好不快活哉！待少年更事时听老人讲了杨柳街的来历，才觉着这片浓荫藏着这么一段不平常的故事。

还有一个故事与喝酒有关。酒局上有一句耳熟能详的托词："酒肉穿肠过，佛祖心中留。"话出自出家人，俗世人用得更多，不想割舍美食之欲以为可以掩藏吃肉喝酒之不雅，多以自我解嘲，殊不知后果在下半句："世人若学我，如同进魔道。"这首完整的劝诫诗是著名的道济禅师所作，说道济恐怕耳生了点，说济公和尚倒是妇孺皆知，而这首诗传于后世则是因为这座城的故事。原来，张献忠围攻渝城时，指挥部就设在郊外一座破庙里。大军遭到顽强抵抗，渝城久攻不克，惹得大西皇帝焦躁不安，忽一日心血来潮想起捉弄和尚来了。他派人把正在大殿打坐的破山和尚叫到跟前，问，来，我问你，和尚真的不吃肉？破山双手合十，口念阿弥陀佛，坚定地摇头。那么，我非得叫你吃呢，怎么办？破山答，出家人不得破戒。不吃，我要你命。破山明知眼前这个魔头杀人不眨眼，仍坚毅地回答，命丢了，戒也不能破。张献忠来了兴趣，也犯了执拗，大怒道，老子从来说一不二，你说要什么条件你才破戒，是杀50个人，还是100个人？老子今天非得叫你吃肉。破山沉吟半晌，为重庆一城苍生计，才说，你答应我，攻破重庆城，你决不能屠城。张献忠大笑，好，把酒肉端上来。破山眼含泪水，一边吃一边不停念叨这首劝诫诗。

重庆是江城，两江两岸滩涂、礁石、回水沱多，因为江水夏涨冬落，江面时宽时仄，并无天然良港，但川江人发明了以江中趸船代码头以浮筒架浮桥连接船岸的方式，在哪儿架起哪儿就是码头。重庆城作为长江上游的经济中心，自然码头众多，仅长期固定的就有十三个，南来北往的舟楫货运川流不息，船民客商游人络绎不绝，使得围绕码头做生意讨生活的人形成很大一个范畴，既占各自的码头，又彼此串联呼应，形成独立帮派的"码头文化"。袍哥作为旧中国与青帮、红帮并列的三大黑帮组织之一，以四川为发源地和兴盛地，重庆则是一个大堂口，渗透五行八作，讲义气操豪爽扶危济困的"袍哥文化"无处不在。两种地产文化之间，还盛行以讲血性操耿直为朋友两肋插刀为特征的"江湖文化"，这三种文化铺就了老重庆的文化底色，混搭东西南北的各种文化传入，可谓五味杂陈，趣味丛生。

就拿口音来说吧，本来大重庆就是"五十里不同音，百十里不搭调"，乡音土语多出之地，加之又是移民城市，南腔北调杂糅，东言西语配搭，惹出许多趣事。最经典的一句重庆话也许是："咱重庆人绝不拉稀摆带。"简单一句话，意味无穷，叫重庆人自己来解释，七嘴八舌都行，但都不具权威。我们小时候溜达在解放碑、邹容路、人民公园一带，正规写出来的童谣是：城门，城门，几丈高，三尺六丈高。骑白马，坐轿轿，走进城门插一刀。可孩儿们唱出来却是：城门，城门，鸡蛋糕，山城绿豆糕。击败马，睡觉觉，走到城门扠（土语，踩的意思）一道。音相近意却相去甚远，听不懂的只觉着顺溜上口，听懂的则忍俊不禁。更有南腔指东，北调说西，都以为把同一个指向说到了高度一致，再一细究原来南辕北辙，禁不住哭笑不得。至于街间巷尾、码头车站、广场坝儿，流落的俗人奇事、俏皮杂闻，梳理成一部图文并茂的大书，一定妙趣横生。

倚靠在残存的东水门城墙望去，隔江看见厚重如砖石造型独特的大剧院，银行、保险、证券玩资本的企业大楼一栋挨着一栋名副其实地排列成为金融街，树木葱茏花草绵延入江的中央公园，既具现代文明气象，又天开地阔，让人浮想联翩；孤仡通远门城楼上，抬眼即见城门内外高楼大厦环立，目光穿越竟不存有一丝缝隙，唯见头顶一片蓝天，逼仄的空间压抑不住思想的利剑穿千年越万里，跳出传统的观念看这座既熟悉又陌生的城，经世累代的重庆人筑城护城的目的在于御敌于坚固的城墙之外，贪图一劳永逸地关起门来过自己的日子，劳民伤财铸就的浩大工程巍然矗立自然也是"丰功伟绩"的标榜，统治者"青史留名""文治武功"的实证。然而，经过上千年时间考验的实际验证如何呢？万里长城今犹在，不见当年秦始皇。长城万里何其雄伟，都没能阻止外来侵略者的铁蹄，何况弹丸小城重庆？因为邦稳城固的根本还在于民心。这一点大清皇帝康熙倒是有非常清醒的认识，古北口总兵向朝廷提出修缮长城的报告，他批示道：秦筑长城以来，汉、唐、宋亦常修理，其时岂无边患？明末我太祖统大兵长驱直入，诸路瓦解，皆莫能挡。可见守国之道，唯在修德安民。民心悦则邦本得，而边境自固，所谓"众志成城"者是也。

如今这长城已经成为中华民族"众志成城"的精神象征。

有"城墙情结"就一定衍生成"画地为牢"的桎梏，中华民族不是这样的，巴人也好，重庆人也罢，都极富民族感正义感，保家卫国伸张民族大义同样热血偾张。跳出城墙为国征战的大事件，史书记载的有两起：一起是巴人组织军队参加了周王征伐商纣王的战争，一边唱歌，一边舞蹈，"武王伐纣，前歌后舞"，实际上应该是唱着雄壮的军歌，挥舞着手中的兵器，一鼓作气冲向敌阵，气势该是相当英武，可惜的是史籍对巴人记载不多；另一起却是有确凿实证的，就是抗战时期，中央机关内迁入渝，几年间350万川军出川迎敌，几乎所有的对日大会战中都有川军殊死决战的身影，据国民政府统计，川军在抗战时期伤亡64万多人，为全国抗日军队伤亡总数的五分之一，居全国各省之冠，其中重庆人的占比绝不会低，其中可歌可泣的英勇故事非一本大书可以全景描写的。

这是一座奇幻的城，身居其间却会泛起乡愁；这是一座无法知道前世和未来的城市，对它的深爱会点燃浓浓的愁绪；这是一座熟悉得透识又陌生如路人的大都市，令人眼花缭乱爱之却不知从何爱起的愁幽幽生发；这是一片已经脱离了"城"的桎梏而万物生长活力四射的绿色王国，终于有一天，就在有着六百年历史的东水门城墙下，看着一块残存的城砖上一层皱褶被大风剥蚀随风而逝，我心不禁一震，文字的历史是抽象的，眼前的遗迹却是看得见摸得着真实的有生命的历史，这才体会到再坚固的城阙也会在千年风月中销蚀，而一代又一代人自会情怀再生惆怅再起，且浅深不一。

这片土地浸淫了太多的爱意和太深的思虑，我的思乡情愁非同一般地浓密而昂扬，无穷而无尽。

吾乃一蠢人

　　一条道走到底。这是世间一些聪明人形容蠢人的一句话，如果尚嫌意犹未尽，紧接着还有一句话做注释，一辈子就知道做一件事。这两句话除了暗喻这是一个"蠢"人外，怎么听着也都还有点儿赶不上趟的味儿。

　　不知是幸还是不幸，这两句话都罩着我，偎贴而无处可逃。从警四十年，在时间的刻度上很短，在个人的职场生涯中却几乎等于全部时长，就干了公安这一个行当，且痴痴如初，按这个说法岂不是活脱脱一蠢人？

　　我说，是也。人生经历就是一本个人历史书，这本书恢宏巨著也好，暗淡卑微也罢，都是自己真实的写照，你可以瞒天瞒地却瞒不过自己。一再回顾，仔细检点，不得不确认：吾乃一蠢人。

　　吾乃一蠢人，真实如是，绝非矫情，不过这蠢既是自找的，也是时代造就的。不是吗？1967 年至 1977 年的十年，是一个什么样的年代，好在不甚久远，翻翻历史，年岁稍长的人都无一幸免地亲身经历过，那可是史无前例的"文化大革命"的十年，"三生有幸"被我这一代人撞上。这十年刚好小学中学，这十年正好是接受基本知识基础教育时期，干的是与"正道"背道而驰的一些"停课闹革命""造反有理""打倒学术权威"之类荒唐事，唱的是"读书无用""知识越多越反动""打倒孔老二"的论调，运动加活动，一波接一波，没完没了地闹腾直到"文化大革命"结束，我等也中学毕业了。名正言顺的"知识青年"，堂而皇之的高中毕业生，直到走进刚刚恢复的高考考场，才知道"咏叹调""欧几里得的《几何原本》""莎士比亚"为何物，连最简单的因式分解都解不了，才明白自己在知识的海洋里连一粒沉底的沙子都不是，脑子里一片空白连蠢人都够不上，活脱脱一只就知道原地转圈拉磨的蠢驴。

好歹骨子里还有那么一丁点悟性，懂得知耻而后勇。恶补"双基"，再上考场，屡败屡战数场之后，终于收到一所师范大学的录取通知书。这时考验"蠢"性的关口又到了，公安局招警录取通知书几乎同时到手，该何去何从？按理说饱受缺知识少文化之苦，应当继续深造读大学，而彼时被砸烂的"公检法"刚恢复，且饱受诟病，警察的社会地位并不高，而我竟鬼使神差偏偏选择了从警，穿上制服以后，还真被人骂作一蠢人。

这一路走下去，"蠢"人之样还表现在人生"歧途"的道口。上世纪 90 年代，兴起全民经商热，机关干部"下海"成为一股热潮，有人力劝我"孔雀东南飞"去往深圳、珠海、海南淘金，种种优渥的条件描绘出美丽的前景，似乎触手可得，而我却不为所动，愚钝如蠢。时至新世纪到来，民营经济风起云涌，民企发展风头正劲，有民企老板拉我入伙，说是看重我干事的执着劲，开出的条件不虚不空不低，车、房、年薪外加奖金云云，确实诱人心动，而我嘴上不肯，说如果不干警察了，岂不就说明我干事不执着吗？他瞠目结舌，我那副模样想必仍愚钝如蠢。再后来有机会进入党政班子，有老领导谆谆教诲：这样会进步更快。想来想去，反复思忖，只说出一条理由：舍不得脱下这身警服。凡此种种，人皆嗔怪：傻也。我则自嘲：吾乃一蠢人。

正因为一条道走到底，亲历并且见证了这支公安队伍从被砸烂的"公检法"废墟中站起来，不断发展壮大，又历经风雨坎坷，却始终牢记使命，砥砺前行，成为一支党和人民信得过的铁军。而自己从一个刚入警队的青葱小伙，一次又一次在治安管理、处置事件、侦查破案、打击犯罪的第一线，直面犯罪分子的枪口刀锋，不惧牺牲地冲锋在前，身边有战友永远倒了下去，仍无畏前行；在加强公安业务和基础建设中，面对巨大的诱惑，有人醉倒在灯红酒绿里，有人滑落在石榴裙下，自己依旧不忘初心，不为所动，站稳脚跟，逐渐成长成熟为一个积累了一定斗争经验和工作能力的公安基层领导干部。

也正因为一辈子只干了一件事，能够心无旁骛专心致志干好手上的工作，无论是干破案打击犯罪的刑警、抓基础工作处置突发事件的治安警，还是搞文秘、政工、科技信息化，还是担纲维护一方平安的公安局长，我都全身心地投入，悉心钻研，精心把专门工作做到自己应有的高度。职场三十几年，身后那摞起来足有半米多高的奖状、奖章、荣誉证书，既是党和人民给予的肯定，更是一个蠢人的"蠢"心的明证。

人生有所为亦有所不为，尤其是莅临歧路，直面选择的关口，无为也并非坏事，哪怕在旁人看来无非一副蠢人样。

凡事物极必反，我这蠢笨到家了的蠢人，常常因为"蠢"反倒成就了另一种"智"。对公安这个职业，不，是事业，对干好警察这个行当的挚爱，我宁愿热爱至愚，且执迷不悟，总觉着这种"智"里充分体现的是另一个字：值！

如果说当初选择这个职业有心血来潮的冲动，之后，假以时日，以匠人之心去干去爱这份工作，当是冷静理智思考的结果。

曾经的夜晚，无数次扪心自问，究竟是什么拴定了自己？许多老公安的形象，许多前辈的谆谆教诲，在我心中树立起了信仰，我一直在追寻心中的这个神圣。

　　如是，我愿意，吾乃一蠢人。

"取"与"弃"

汉字博大精深，万万不可小觑，如果没把起码的义、音、形搞懂弄准，用起来词不达意不说，弄不好还会贻笑大方，让自己下不来台。这不，不久前，中国第一大学——北大举办校庆，中外嘉宾云集，学位不可谓不高官位不可谓不大的校长，西服革履上台致辞，满腹经纶照本宣科，居然"宣"出错别字来，顷刻间这个瑕疵被放大传播至海内外，笑话还真闹大了。

汉字很"博大"，仅数量就多达六万以上，实际常用的有3000个左右，一般文化水准较高的人也只认识四五千字。再说"精深"，从"识字"起，起码得把音、义、形搞准，可音有多音，义有多重，再关联近义、反义之类，又"博大"得惊人了，真要咬文嚼字细论"精深"，那可就深不见底了。汉字初创以"仓颉四目"观春夏秋冬日月星辰天地山川，按象形原则造字，后人以"六书"造字法累加，到东汉学者许慎写出《说文解字》探究字源、字形成为字典型专著，以后解构字形咬文嚼字的专门文章著述越来越多，几乎每个字细嚼深究起来都绝不是一篇空洞无物的文章，以至于就专门研究汉字形成了一门学科。即便如此，对汉字的吸纳、拓展、研究仍是"永远在路上"，况且每个人对汉字"存乎一心"的"运用之妙"各显神通，精妙者可以意会至无须言表的地步。

就拿当今社会的贪腐现象来说，随着反腐肃贪斗争的深入进行，并且取得了压倒性的阶段性胜利，一个个贪腐分子被揭露出来，潜藏极深的权权、权钱、权色交易曝光，权力周围投怀送抱或延揽入怀的女色一个比一个多，涉案的金钱数额一个比一个大，所居官位一个比一个高，如果用一个字来概括，很多人会用一个"贪"字，就连身陷囹圄的贪官面对告诫众人的镜头痛哭流涕时，谈到犯案动机用得最多的一个字也是"贪"，而"贪"字一般与"婪"组词，有人注释为：爱财曰贪，爱食曰婪。以后衍生为"多欲而不知满足"之意，而我则选一个"取"字来概括，不是吗？正因为"取"向错位，"取"之过分，"取"之过滥，最致命的是"取"之无道，甚至荒诞不经，才使得这些冠冕堂皇之人走向反面，颜面扫地人格丧尽丑恶的灵魂曝光，以致身败名裂。

"取"字初创时象形，本意是攻下、夺取，引申为执、拿等意，以后在使用过程中"会意"为拿到、得到、选择、招致、博取、趋向、寄情多个意思，再后"通假"为"娶""聚""趋"，组词既可褒义又可贬义，意味无穷。"取"字意开阔，用途广，而"取"作为人类的一个动作则必须限制。人类不加节制地向大自然"取"之过多，弱肉强食丛林法则横行的社会"取"之过滥，必然会给我们这个星球和人类社会自己带来灾难甚至可能是毁灭。文明社会对逾越规矩的"取"不加惩罚而任其泛滥，同样贻害无穷，不光是过多地占有物质财富供其骄奢淫逸，拉大了社会的贫富差距，更重要的是腐蚀人心，动摇信仰，戕害人们的灵魂，撼动社会稳定的根基。

2014 年 4 月 17 日凌晨，最高检专案组对国家能源局煤炭司副司长魏鹏远在北京富力城的一套住房实施搜查，打开房门，除卧室里摆放了一张床外，别无他物。掀起床垫才发现下面堆满了贴着胶带的纸箱，侦查员开启纸箱后竟一下子惊呆了，里边装满了一捆捆还贴着银行封条的百元大钞，再拆开一个纸箱，又是一箱现金。接着再清查储物间、壁橱又发现许多皮箱和手提袋，里边全是现金，除了人民币，还有花花绿绿的欧元、美元、港币、英镑。偌大一套房里，除了钱，还是钱，不知道到底藏着多少钱。天亮后，专案组请来十多个银行工作人员，带着16台点钞机分两批进现场清点，起获的现金折合人民币两亿多元。由于不间断地长时间工作，四台点钞机当场烧坏。这些年暴露的贪官，贪腐的金额一个比一个大，最初令人瞠目结舌，之后，即使上亿元似乎也不再惊人。有"吕梁教父"之称的吕梁市副市长张中生做掌实权的官16年，2013年被查处时，贪腐金额冲上十亿元新高。贪官们以权谋私，索贿、受贿、非法收受钱财的花样和品种无所不尽其极，房、车、美色、字画、瓷器、古董、奢侈品、有价证券早已不在收罗的话下，即使脑洞大开，即使大贪官和珅、严嵩之流转世也会自叹弗如。身居国家统计局局长高位的王保安，所"取"够多，该有的都有了，独憾身后无嗣，不法商人便投其所好，花346万元找代孕中介，使其成功收获两个儿子。不难想象，这笔在旁人看来确实奇葩而对王保安确是无价之宝的贿赂，该是怎样令他心满意足，欣喜若狂。值得玩味的现象是，魏鹏远平素为人低调，穿着朴实，每天骑一辆折叠自行车上下班，而他自有一辆奥迪车，后备厢里现场查获的就是这辆自行车，还有两万欧元和30万元人民币。台前，王保安、张中生都是"好官"；幕后，他们各自为之，包括刻意的伪装、天才的表演。当然，如此也说明他们的良知未泯理性健在，知道自己所"取"太多，"取"之违法，不得不大费周章，把一览无余的"无道"之

"取"掩藏得严丝合缝。魏鹏远最终以受贿罪、巨额财产来源不明罪被判处死刑,缓期两年执行,剥夺政治权利终身。王保安获无期徒刑。张中生早已命赴黄泉。听听魏鹏远、王保安、张中生的忏悔和哀鸣吧,金银如山于他何用?来路不干净的钱财去路会出彩吗?人生之"取"无道而滥用,必将走向万劫不复的深渊。更深一个层面给人们心灵以重创一般的警示是,对无道之"取",对无边界的所"取",必须用铁的无一例外的制度加以限制,不然,魏鹏远、王保安、张中生之流同样会层出不穷。

出于人之本能的自利性,几乎所有的"取"包括取后的占有和挥霍,感觉都是舒心、温暖而美好的。不信你看,那婴儿虽说是被上天推送到人间来的,呱呱大哭着不情愿,但两手却是紧攥着来的,还是想着到人世间来"取"一点儿什么的。有人附和说,无所取,日子就没法过。理儿是这么个理儿。任何生物来到世间都得有所取有所得,这是生存、延续生命、提升生命质量的客观需要。通俗地说,过日子必不能一无所有,是得要有一定的物质基础,譬如起码的衣食住行条件,这些基本的生存问题解决好了,健康、爱情、婚姻、生儿育女、文化文明、科学技术才能有所附丽,才能有发展的基础,人、人类、社会才能够持续进步。

主观上讲,每个人的人性里都潜藏着懒惰和贪图享受的基因,这基因时不时跳将出来主导人的思想,支配人的行为,挑衅人所能控制的底线,从而最大程度地满足其需求。但是,仅仅就个人而言,是不是所取越多就越幸福呢?取且占有越多日子就过得越滋润呢?答案是:并不一定。你看那些天天膏粱厚味长得肥头大耳的人,为消除一身赘肉而苦恼不已;因为贪图清凉的享受而患上"空调病",饱受打喷嚏流鼻涕发高烧之苦;抽烟喝酒打麻将,声色犬马寻刺激,以致"三高"缠身,积"取"成疾,直到肿瘤袭来而悔之晚矣；玩弄非法手段"取"且占有物质财富，初尝甜头，继则甘之如饴，及至占有多处房产，数辆豪车，大量金银珠宝、奢侈品和现金……不仅由此才知古训告诫的"金玉满堂，莫之能守"的苦恼，更可怕的是意识到随时面临可能被发现被惩罚以致遭受灭顶之灾的危险，犹如头顶上悬着一把达摩克利斯之剑的恐惧与痛苦。

《红楼梦》第二回里曹雪芹写下了这么一句传世经典："身后有余忘缩手，眼前无路想回头。"人固然有自私贪婪的一面，但是不是非得要走到"眼前无路"的地步，才意识到身后有余，而且是绰绰有余，是大而无当多而无用的有余？警示的作用不仅是悬崖勒马、不撞南墙不回头、不见棺材不掉泪之类事到临头的忏悔，关键的关键在于防微杜渐，事前警醒，响鼓也得用重锤使劲敲，从物质生活、道德、精神、法律法规多个层面去预防乃至杜绝贪腐的发生。我认为最需要做的是以"取"字的反义词"弃"字来教育教化人们，净化社会环境，简化个人生活，提升道德水准，建设精神文明。

"取"与"弃"互为反义词，互为巨大反差的类比，相对而立，当"取"之过多过滥时，"弃"之亦应不厌其烦，而且刚性持严，这才符合人道，顺应天道。重庆巫山是一个国家级贫困县，该县交通局局长晏大彬也就是一个科级干部，身居平台不高所"取"却大，任职七年共63次接受承包商送钱2226万元，其妻将939万元现金捆扎后，放入8个纸箱再用胶带密封，藏匿于一处新购房的厕所里。某一天，新房一处水管爆裂，楼下住户叫来民警和物管人员，翻窗进入修理管道，竟发现厕所里堆放着已被水浸泡的巨款。2010年1月15日，刚过47岁生日的晏大彬以受贿罪被处以死刑。身处贫困山区，因为所"取"过多而被贪欲蒙昧了良知的晏大彬，哪里还能看到身边的贫困，还知道君子爱财取之有道的天理，还明白何为放"弃"的世道，反倒自以为得计，花不义之财玩得花天酒地，山吃海喝，还专门在距离巫山六七百公里的重庆主城区购买新房藏匿赃款，岂料天意难欺，天道难违，一个极其偶然的意外因素将他送上不归路。与此相反的样板是东汉名臣杨震拒贿的故事。他不仅对不该"取"的分文不取，而且借神明而理所当然地"弃"之，成为一则千古传诵的拒贿经典。杨震任荆州刺史路过昌邑，县令王密感激其当初的举荐之功，夜里悄悄去驿所看望，以十斤金馈赠，说是："暮夜无知者。"杨震义正辞严斥之："天知，神知，子知，我知，何谓无知？"致使"密愧而出"。

"取"更多的金钱和财富，满足口腹色欲的愿望，能换来欣喜的享受，而对许许多多不必要之物"弃"之如敝帚，也未必不具幸福感，未必不能满足人的更美好的愿望。《左传》记载了春秋时宋国主管建筑工程的司城子罕"人有其宝"的故事，流传千年，读之仍觉耳目一新。说是宋人或得玉，献诸子罕。子罕弗受。献玉者曰："以示玉人，玉人以为宝也，故敢献之。"子罕曰："我以不贪为宝，尔以玉为宝，若以与我，皆丧宝也，不若人有其宝。"如此拒贿，有理有节有新意，颇令人玩味。

人们对不同人生的看法有着"人各有志"的动因分析，这句话背后的实质是人各有"取"。"取"向不同，所"取"数量、程度不同，则人生道路不同，呈现出来的形象、品格各不相同。反过头来看"弃"，一个人是主动的还是被动的"弃"，他放弃的舍弃的丢弃的是些什么，就足以让人更深刻更理性地对他作解读作判明。《国语》记载了春秋时期楚国令尹斗子文"不是逃富是逃死"的故事，可以领教他作为楚国最高行政长官、春秋时期杰出的政治家对所"弃"的深刻认识，领略古人高风亮节的人品。斗子文在任上颇有建树，楚成王很欣赏他，一见他出成绩就赏赐，而他一见赏赐就逃避。"成王每出子文之禄，必逃，王止而后复。人谓子文曰：'人之求富，而子逃之，何也?'对曰：'夫从政者，以庇民也。民多旷者，而我取富焉，是勤民以自封也，死无日矣。我逃死，非逃富也。'"更有甚者，史籍《会笺》里记载："时楚国府库空竭，子文，财巨室，积财不少，故自减少家产，以纾其难也。"从这两段文字中，我们不仅能看到他所"取"所"弃"合乎时宜显乎品德的行为，更体现了他对"取"与"弃"的见解深刻而通透，以及对这两者在更高层级的辩证思考。

对"取"与"弃"二字，古人尚且能够看得又深又远，尤其是对利害关系看得十分透彻，而经过现代文明熏陶的许多今人却没把这两者看穿看透。

"取"之固然幸福感飙升，"弃"之也未必不能收获内心的恬静和持久的愉悦。

在物欲横流名利泛滥的时代，欲望和偏见会蒙蔽我们的双眼主宰我们的大脑，这时候需要的是丢弃幻影、傲慢与优越感，认清现实，做欲望的主人。把不切实际的升官梦、暴得大富的发财梦、一夜蹿红的虚名梦，统统"弃"之，也就把阿谀奉承、溜须拍马、人前充大爷人后装孙子、人格分裂扭捏作态的官场心理，把处心积虑、钩心斗角、溜缝钻隙、斤斤计较、唯恐失去丁点金银的商人心理，把声嘶力竭、娱乐至死、哗众取宠、装神弄鬼、生怕不能博取人们眼球的名利心理，一股脑儿地"弃"之干净。

敢于摒弃思想的泡沫和灵魂中被邪恶浸淫的龌龊，能够弃之或者控制住不良情绪，使我们免受其困扰，做一个心灵净化人格健全灵魂独立的人。诚如拿破仑所说："一个能控制住不良情绪的人，远比一个能拿下一座城池的人更强大。"

除去"繁杂"，学会"知止"，善做"减法"，甚至"断舍离"，将那些不必要的社会交往、浪费精力和时间的应酬、虚头巴脑作秀的形式，统统"弃"之；对尘封已久搁置多年的无用之物，甚至盈余的钱财，该"弃"的弃，该捐的捐，经常做物质和心灵的大扫除。从而，简化社会交往，简单物质生活，简构人际关系，让自己专注于所爱、所真、所倾心的人和事，脚踏实地帮助他人裨益社会，多做几件有益的事情，使人生少一些遗憾。

从某种意义上讲，善"弃"者，不失为智者；擅"取"者，未必不愚蠢。

在无限丰富的汉语言文字里，"取"与"弃"并不怎么起眼，也不经常连在一起使用。人们常常把"取舍"连在一起用，而我独重"取"与"弃"，曾经认真咀嚼充分理喻这个组合中道不尽的内涵和韵味，尤其是"弃"，不只为一字，简直就是一门大智慧大学问，我坚守坚信这一点。

君子爱财，取之有道；君子遗世，弃之有道。 "取"与"弃"，并非"取"与"舍"，蕴涵主动，臧否有道，如此，实乃人生幸事，人间正道。

一个人 一栋楼 一座城

朋友聚会多以清谈，有点类似史上曾经的清流，貌似高雅偶尔也俗气。这不，一天，一个朋友的朋友的手机屏保被人偶然发现，是一个美女面朝蓝天大海的背影画面，这倩影确实漂亮，几乎可以想象为一个完美的女人。众人传看一圈，纷纷嚷着要手机主人介绍这个美女。谁知这个朋友莞尔一笑，说，这哪是什么美女，只是个资深老教师。老教师？众人疑惑，五十岁以上的女人不是大腹便便，就是福上加福。朋友补充了一句，不过，这是一个把教学生当作学术来搞的老师。既是美女又是专注教育事业的老师。这下更提起了大家的兴趣，一再要求朋友请来见识见识。朋友无奈，嘀咕一句你们会失望的，就应承了。

一再延宕，美女老师终于和我这几位朋友坐在了一起，看得出来大家对她颜值的期望并不失落，虽年过五十但风韵犹存，且身材窈窕，一看就是一个严于自律的人。随着朋友间交谈的深入，她谈眼下的学校教育现状，谈个人对教育的认识和观念，譬如批驳时下的流行口号"不要让孩子输在起跑线"就是一个伪命题，诘问"起跑线"在哪里？是什么不能让孩子输？譬如她谈到教与学的关系，说，教学相长是两个方面，也是一种普遍说法，但对于小学教育来说，更应当偏重于学生的"学"，不仅仅是教学习方法，还有学习心理问题。她说到学校教育时引用了苏格拉底的话"教育不是灌输头脑，而是点燃心火"，这话很经典，富有哲理，可对基础教育却不适用，大家想想，一个脑袋空白的孩童进了学校，你不给他"灌输"起码的基础知识，没有判断的常识，他不"积薪"拿什么去"点燃心火"？她坚持基础教育是"硬核"的观点，所谓"素质教育"没有"硬核"做基础就会落空，就是欧美发达国家现在也开始偏重基础教学。她侃侃而谈，旁征博引，尤其对小学教育的见解既新颖独到又专业深刻。熟识她的朋友介绍说，由于她卓有成效的工作成就，学校专门给她设立了工作室，除了教学还带年轻教师，在本市教育系统的影响力很深呀。谈论中，几乎是她个人主讲，直听得这一帮子成年人频频颔首，无一不露出赞许、欣赏的眼光。待她说完，好一阵子没人吭声，像是都陷入了沉思。

一会儿，座中一个朋友站起身，竖起大拇指，连声称赞，说，可贵呀，可贵，在一片教育乱象中有你这样专注教书的先生，真是这个城市的良心。大家纷纷说，这个赞点得好。接着，这个朋友讲了一个他的朋友的事。

"我这位朋友，也是我的同事，一个机关干部，为了说起来方便，姑且称他沈先生吧。

"几年前，我第一次去他家的时候可以说是连连吃惊。大家知道我们这个城市依山傍水，城在山中，山在城里，是举世闻名的山城。居民们在靠崖靠江和坎坷不平的地方建有许多吊脚楼作为住房，是这个城市建筑的一大特色，可还有一种楼少见但确实存在于一些山涧崖边，一边是木头架子，另一边的木头或木板的榫头嵌进岩壁上凿出来的小孔，形成摩崖木楼梯，升到一定高度用木板搭成一个平台，就连接到了岩壁上凿出的或者天然的几间洞穴，经过装修的洞穴像是正规的房间，里边生活设施一应俱全，同样住人，同样让人住起来很舒服，且冬暖夏凉，同样形成山城建筑独有的特色，有人叫它摩崖楼，不过，数量一直不多，偶尔在一个山脚或在一个城墙根儿看见一个。沈先生的家就属于后一种，不过更奇特一些，位置处在山崖边突出的一个悬崖上，从一长阶的石梯上去，房是一楼一底的三间，一面靠岩三面临崖，一棵黄桷树硕大的绿叶树冠几乎盖过屋顶，但走进房间却是窗明几净，一片温馨。作为土生土长的本地人，我还是第一次走进这种摩崖楼，对现在还存在这种带点古色古香的楼表现出莫大的惊讶和许多的疑问。这是他家祖传的私房，建于清末或者民国年初，虽然在城中但立在高耸山岩边一块突兀而出的孤崖上，加之草木葱茏，确实不惹人注目，故而能够幸存下来。沈先生的介绍简略简单，轻描淡写，仔细问起方知个中沧桑。抗战时期躲过了日本鬼子的飞机轰炸，新中国成立后私房改造，他父亲以全家大小十余口人挤在三间房的困境和理由滑了过来；十年'文化大革命'，单位上的造反派和地方上的'红卫兵'以'破四旧'的名义，要砸这个小楼，又被他软磨硬泡给拖了过去；遭遇城市大开发，他故意开出了一个天价，吓得开发商瞠目结舌，况且这飞蚊之地确实没赚头，又溜边了。这些劫难虽然过了，但他父亲的尊严和皮肉难免没受损受害，直到他临死都还哀叹：'这个楼啊，唉，差点要了我的命。'沈先生的可贵之处在于守住了这个楼，他的家人都搬出去住上了高楼洋房，他儿子已经在纽约一家公司当了高管，多次催促他搬到郊外去住花园洋房，都被他和老伴固执地拒绝了。他的坚守不仅仅是吃住在这里几十年已经形成习惯，还要定期或不定期地花钱买来材料，自己动手或请来工人保养或者修缮楼房，这可是一笔不小的开销。他说，不是图住起来舒服，而是看在这个楼在这个城是一个稀罕物的分儿上，想尽可能地'原汁原味'地保留下来给后人。他感叹，谁还能把'古董'带进棺材去，这个楼我肯定会无偿捐给国家的。我情不自禁地跷起了大拇指，夸他是这个城市的良知。他竟然羞涩地低了头红了脸。"

无数次"清流"中的一次，记忆深刻。窗外夜已深，一轮冷月孤悬天幕，几杯老茶一再续水已喝得寡淡，室内人的谈兴却越发浓郁，围绕这座城的良知和良心，居然没像以往不停地跑题。

这是一个初春的时节，大地万物复苏，生机正待盎然，蓝天白云下的一切都显得新鲜和生动；这是一座城，三千年巴国城，八百年重庆府，曾经的抗战首都，曾经的直辖市又逢新盛世，巴渝文化、抗战文化、雾季艺术节、红岩精神早已铺下深厚的文化底蕴，梁漱溟、巴金、老舍、曹禺一连串的大师行至留下闪光的足迹，而今它旧貌换新颜，气度沧桑染，由不得你不刮目相看，一再蹿红；这座城有着一个又一个怀揣良心和良知的人，他们一代又一代延续着这座历史名城的过去、现在和未来。

一个人，一栋楼，一座城，时时敞亮着它的面貌，或许一晃而过，或许从中能窥见一种灵魂的律动，不信就待，千万里回头，千百年回眸，这真是一个值得记忆的时代。

家奴·家臣·天下贼

　　能够收纳"家奴"的家族和主人，显然是身世显赫的名门望族或者非同凡响的上大人。对奴才而言，能够受雇或者花钱托门子进这高宅大院成为"家奴"，即使不姓赵也够得上荣耀的了，如果巴结得好，当然，最好是有突出的特点甚至"独门绝技"，譬如搓脚丫子得法，譬如阿谀奉承的马屁拍得恰到好处，譬如声色犬马的玩乐安排得当，哪怕伺候得主子一时高兴，身心俱爽，留有念想，好运便来了，要么在府邸里升位掌管其他下人或者钱财，要么依据主人的权势出任公职掌握公权，无论身在官在家，无论权在私在公，其为臣了，身家自然在奴之上，而且随着主人的势涨必然跟着涨势。

　　是这种出身或者依附这种出身而出人头地者，终归被人视为、自己或者主人自然也视之为"家奴"。在家为奴，受雇于私，唤着"家奴"无可厚非，但出了家门到公门去做官，为朝廷公干为百姓做事就应当是官人，即使奴才也是"官奴"，为何还被视作家奴呢？想来缘由有三：一是被打上了"家奴"的烙印，这种烙印不是一般的挂在胸口上的 LOGO 想拿掉就拿掉，那可是入脑入心的；二是奴才的身家、地位、权力都是主子给的，即使"公权”也是在私堂商量好了走走公权的程序而"私授"的；三是主子与家奴即使不是肝胆相照，至少也可以赤裸相见，彼此捆绑在一起，在公堂上一荣俱荣一损俱损。

从公元前 221 年，秦始皇就建立起中国历史上第一个大一统的中央集权制度，集权制度的根本特征是人治，最大的主子肯定是皇上，对皇上而言，普天之下莫非王土，率土之滨莫非王臣，国事也就是家事，理性一点儿的天子还知道区分一下后宫和庙堂，颠顸的皇上把国事当作家事就办了，所有的王臣都被视为忠于一家一姓的家臣。而这些王臣走出宫廷或者入主州郡县衙，那可就成了他人眼里心里的主子，照样个个如法炮制层层依样复制主子与家奴的关系，这样，家奴继而为王臣，而王臣成为更加死心塌地忠实于主子的家奴现象，可以说比比皆是。主子以说得出口的"学生""门徒""属下"而引以为豪，家奴则冠之以"恩师""伯乐""贵人"名义而堂而皇之，只不过还得顾忌大家都出自"公门"的身份，自然要抹上一层忠于皇上忠于朝廷的面色，这层伪装色不得不抹，而且涂抹得越深越厚越光鲜，潜藏的关系也就越深越厚越牢固。这种主仆关系在家在其府邸，尚能任其胡作非为，毕竟危害有限，但若泛滥于公堂则危害无穷，因为这是一种假公济私结党营私的结构，主子坐大成势则觊觎天下，家奴变身家臣则窃取公权或营私舞弊或欺诈百姓，俱为天下贼，祸害天下。

民国初期，共和了，国民革命成功了，但人还是清朝的遗老遗少，脑袋里装的还是封建王朝的那一套集权专制的糨糊，行事也盖不住王权的脚背。1923 年 10 月，直系军阀曹锟靠武力逼走黎元洪，花大把银元买通国会议员，贿选出任第五任中华民国大总统，成为史上臭名远扬的"贿选总统"。不过他的人生还是有一个亮点，那就是在其晚年失势后寓居天津英租界时，拒绝了日本出面请他组织新政府的要求，至死没当汉奸，保住了晚节。这里要说的是他重用家奴李彦青一事，也是他闻名史上的一段糗事。李彦青本是长春一家澡堂子的搓澡工，天天埋头在推背搓脚中讨一碗饭吃，不承想有一天出现了他的命中"贵人"，命运就此惊天逆转。那时，曹锟刚任第三镇统制，调防驻扎长春，由于军务繁忙，身体欠安，部下安排至澡堂搓澡，澡堂老板有意巴结，特意安排精明小伙子李彦青给他搓澡。李彦青属于那种特会来事的人，一方面上心搓背捏脚，把曹锟的臭脚丫子当作宝物侍弄；另一方面察言观色瞅机会插科打诨，把曹锟弄得身心俱爽，时不时来搓澡就点着名要他上。后来干脆将他调入曹府专职当差，之后，曹锟从长春回保定本部时把他带回了家，并且将一个家仆的漂亮女儿嫁给他为妻。曹锟贿选当上大总统，李彦青也一步登天当上了总统府的收支处长，兼任北京钱局督办，后来还被直系政府授予陆军将军衔。这家奴变家臣来得太快，一时成为最高统治者跟前的红人，权倾朝野，京都各界权贵皆以与其结交为荣。曹锟常常自鸣得意地说："外有各督军保我当大总统，内有李彦青调护我的健康，今生得此两者，可以优游一世，死而无憾矣。"

有道是："宰相拔于州郡，将军起于行伍。"但是，李彦青起于污水横流的澡堂，成将于金碧辉煌的庙堂，逆袭超车，走的是典型的由家奴到家臣的路线，无疑也是"公权私授"的一大样板，这种出身这种来路的国家"公臣"与其主子必沆瀣一气，必假公济私，必做天下贼。李彦青当权后，为自己也为主子大肆捞钱，无论公事私事一律拿钱说话，雁过拔毛，直系军队共有25个师，每个师每月克扣两万大洋，仅此一项就为曹锟捞取"外快"50万元。李彦青还私自克扣冯玉祥部的三个月军饷，为自己在山东省临邑县李元寨村的老家建起了宫殿式的深宅大院，终于激怒了"基督将军"冯玉祥。1924年秋，冯玉祥趁着第二次直奉战争发动了北京政变，回师京城的第一件事就是抓住李彦青，绑赴天桥一枪给毙了。可怜李彦青好日子没过几天，年仅38岁就丢了卿卿性命。其主子曹锟也是一路货色，出身市井小贩，加入新军当了一个小小的哨官，后来打听到路子，携厚礼投靠在老乡族祖曹克忠家门被认为族孙，通过曹克忠攀搭上袁世凯的关系，才成为小站练兵的干将，从此发迹。

李彦青其人其事发生在名曰民国实则依然在封建集权时代的阴影下，而在长达两千多年的封建王朝史上，类似由家奴到家臣继而为天下贼的人和事，数不胜数，从上到下，比比皆是。施耐庵写就的《水浒传》里的高俅高太尉，又是一例极典型的人事。高俅原本是小王都太尉王诜家的下人，一次，主子派他给端王赵佶送修理头发的篦子刀，正巧赵佶在家里玩蹴鞠，这就碰上了他的所长，应端王所邀上场立马就使出浑身解数玩出一套脚法，将球踢得如鳔胶粘在身上一般，端王玩得兴起，直接将其收入门下作为亲信。说他走了狗屎运却也没错，没多久，宋哲宗驾崩，端王幸运地被太后选中继位成为大宋皇帝，他一个闲散王爷的玩伴竟一下子进入大宋官场，凭着奉承有术而平步青云成为掌管军事的最高长官。再有一例，杜蘅何许人也，恐怕知之者不多，有书记载为明太祖朱元璋理发修指甲之匠人，该人确实具备苦心孤诣的"匠人"精神。他把每次为皇上修剪掉的指甲视如珍宝，收集放进一个朱红漆的盒子，供奉在佛堂。朱元璋闻之龙颜大悦，朱红是明朝的专色，龙鳞龙甲与佛同祀，无异于天子下凡之高贵天命神授之象征，着即提拔他为太常卿，正三品，相当于正部级大官，所管辖范围相当于今天的钓鱼台、天文馆、北大、清华、人大、中央歌舞团、中央音乐学院诸多文化单位。如此出身的家奴变家臣，加之有如此昏聩的皇上罩着，不为天下贼不贻误天下祸害百姓反倒是一种异常。高俅玩的花招，对赵家天下以及天下百姓的祸害，史书上写得逼真生动明明白白，不用赘述。

奔仕途是不是都得走从家奴到家臣这条路子？由家奴变家臣的人是不是必然都会为天下贼？在封建王朝体制下，回答是肯定的。在皇上眼里，王朝就是自家天下，家奴和家臣无疑是最可靠的奴才；在臣子和地方官吏眼里，王朝是他人的天下，我不过是从中分一杯羹而已，哄得皇上或者掌权的上方高兴，就可以窃取更高的职位更大的权力，从而分更大一杯羹或者利用潜规则多捞取几杯羹，甚至越过权力边界，卖官鬻爵，鱼肉百姓，祸害天下。再者，既然都是立身为私，从政为私，在上者要拥有势力，或享阿谀滋味或与政敌抗争，必拉拢培植亲信；在下者欲出人头地，或思走高走远或想谋取名利，必挖空心思托关系找门子花重金去投靠。上下一拍即合，"山头""派系""朋党"形成，各自拧成一股绳以谋取更大利益。这里还有一个重大特征不可忽视，那就是各家各派都扛着一面冠冕堂皇的旗帜喊着大义凛然但口是心非的口号。

即使推翻了皇帝进入了民国，在"有枪就是草头王"的"王"眼里哪里会有民，哪里会有国，否则怎会有军阀混战，直系当权被赶走，奉系执政被打跑，皖系又上台演戏，无非就是谁当国家之政谁建立家天下，谁就培植亲信，谁就默许或纵容亲信窃得天下利，是为天下贼。大凡是私家天下，什么国家、民族、人民都被抛在了一边，什么公平、大义、民意皆不知为何物，统统认天下为私产，那就不可避免处处皆是由家奴到家臣是为天下贼的现象。

既然"国不知有民"，家天下自然遍地"贼"行，那么，"民焉知有国"，王朝被大大小小的"贼"蛀空，岂不哗啦啦如大厦坍塌。既然层层以家臣为圈子，以圈子的能量捞私利，一荣倒是俱荣了，一旦溃败自然连根拔起，树倒猢狲散，一切悔之晚矣。

好在历史总是进步的，我们党领导人民走进了新的时代，人民当家做主的时代，天下为公，阳光灿烂，形形色色的污泥浊水必将被荡涤干净。

几幅历史的文化画面

    中国历史脉络是清楚的，读着历史，细思文化的脉络却理不出个清晰的头绪，不过，脑子里老是闪现几幅表现文化的画面。

    说起"百花齐放，百家争鸣"，稍具常识的人都会想到我国历史上的春秋战国时期，那确实是一个"乱世"，金戈铁马，攻伐不断，杀戮不停，尸横遍野，但那前后五百来年确实圣贤辈出，大家如云，也是思想文化技术学术"珍花奇树"竞相峥嵘的"鸣放"时代。

    先秦的文化用"绚烂峥嵘"的画面来写照一点儿不过分。文以载道，论出多门，思想文化多元多术多彩，"诸子"论出惊世骇俗，"百家"各树思想大旗，而且百花齐放，茂繁纷呈，然而这样一种绚烂的美好在公元前221年的那一刻戛然而止。

    这一年，秦王的"武功"发挥到极致，在不到十年的时间内，以气吞山河之势，灭合六国，统一天下。这一年，秦朝的始皇帝开始恣意展示他的"文治"才能，从政治、经济、文化、基础建设上布局一统大业：首创皇帝制度，设立三公九卿为代表的中央官制；地方上废分封制，设郡县制；大兴土木，强征徭役，修长城连驰道建阿房宫；"车同轨，书同文"，以强力手段在全国范围内统一文字、货币、道路、度量衡，包括极度残忍地铲除不利于这种制度的所有因素，譬如彻底废除分封制、焚书坑儒、拆除原六国的城墙，使封建专制制度在神州大地上"播种"且"生根"。这是两幅定格的画面，一幅"焚书"可以看见火光冲天烟雾弥漫，另一幅是听不见哀号的"埋活人"场面。

这是一种崭新的制度，是基于廷尉李斯的"天下无异议"而一统天下的"安宁之术"，采用法家的铁腕治术，迎合了皇帝的胃口和利益，满足了皇上一人独尊一言九鼎的欲望。之后，历经数十个朝代"发芽""开花""结果"，被一代又一代的王权所复制所完善，且发扬光大，直至满清王朝被"连根拔除"时已逾两千年旺盛的生命力。这种"安宁之术"在明朝一代被玩至极端，皇上亲自掌握的东厂、西厂、锦衣卫特务机构密如蛛网，专司"不轨妖言"，眼线、密探、特务无处不在，跟踪、告密、罗织构陷无所不用其极，"文字狱""瓜蔓抄"株连无边，造成整个社会人人自危无暇他顾的氛围和局面，以利于皇权统治。别具讽刺意味的是这个"特务盛世"竟在史上被录为"洪武之治"加以褒颂。这里，可以为李斯立此存照，画面显示他同时受五刑有点难，那就是兵丁押着戴枷锁的他和他的二儿子李由，解说词是他对儿子的话："吾欲与若复牵黄犬，俱出上蔡东门，逐狡兔，岂可得乎！"也可以专门为朱元璋留存一幅大尺度的画面，面部狡诈与残忍并存，折射他"特务文化"之集大成。

然而，作为集权制度的开山鼻祖、大一统天下的创始人，一家一姓占有神州大地的秦王朝的始皇帝，万万没想到理当万万岁的他竟死在了他煌煌大业的顶峰时期，万万没有想到他创立的江山已经够牢固了，足以使其家姓王朝二世、三世乃至万世地延续下去，居然会"二世而亡""十五而斩"，也万万没想到他创立的政权体制会换作他姓一代一代地延续下去。

　　是的，他不遗余力地强制推进巩固和维护一统天下的制度和措施，从有形的到无形的，包括对不利于维护王朝的思想文化因素都无情地暴戾地打击和铲除。为使"天下无异议"，甘冒天下之大不韪"焚书坑儒"，强行征收天下书籍，把藏在民间的书统统付之一炬，对朝政说三道四的儒士方士一律坑杀，以威胁恫吓天下人不敢妄思妄言妄动，可万万没想到"坑灰未冷山东乱，刘项原来不读书"，"揭竿而起"的陈胜吴广读不了书，终灭王朝的项羽刘邦不读书，没有了书读也没有了读书人，短短十五年内三世皇帝殒命，大秦帝国土崩瓦解。该用什么画面来反映这个庞然大物的轰然倒塌呢？一棵徒有其雄浑外表的参天大树。

　　历朝历代的最高统治者都热衷于展现自己的丰功伟绩以期在青史上大书特书一笔，打天下施展"武功"，坐天下彰显"文治"，目的在于建立、维护、巩固家姓天下。除此之外的一切都在其摒除、钳制、扼杀之中，尤其对侵蚀、动摇、鼓动现政权的任何思想文化，想尽一切办法绞杀，恨不能像统一天下一样一统天下人的思想或者弱化天下人的文化智识，从而使自己在北有万里长城戍边或者禁锢，南有万里海疆且不准"片帆入海"的海禁，中有武装到牙齿的庞大而强悍的军队镇守，关起门来策马奔驰挥鞭牧民，恣意作威作福，尽享荣华富贵。想象雄伟的长城在陡岩峭壁崇山峻岭中逶迤蜿蜒，何其冷寂而壮观的画面里，有没有埋伏一笔禁锢的底色！

　　然而，万里长城再长再坚固，万里海禁再冷峻再铁血，也没能把万里河山围成铁桶一般，强悍的军队、强力的措施并没能把亿万民众铸成铁板一块，"外夷"的铁蹄照样踏进中原，占据江山的政权，照样改朝换代。长达两千多年的中国封建社会，长长短短的王朝几十个，大大小小的皇帝多达四百多个，一统江山的王朝有九个——秦、汉、晋、隋、唐、宋、元、明、清，既有如元、清的外族主政，也有如秦、晋的短命王朝，以此为主线，以此为大局，各个王朝你消我亡犬牙交错。纵观这些分分合合的王朝，以举国之力办了一些大事，开创建国基业不说，抵御外侮，变法改革，盛世中兴，建大工程，万国来朝，诸多不乏可圈可点乃至享誉青史的宏大事件。但是，这些表面煌煌王朝有着根本的致命的缺陷，那就是无一不姓私无一不专制，因而永远缺乏对民众民生的关心关注，即使大都在开国之初有过轻徭薄赋休养生息的措施，反倒是不断加重赋税压榨黎民百姓；永远缺乏文化繁荣或者学术思想自由，反倒是只要有半点儿揶揄、讥讽、嘲弄当朝统治者或者针对时政，哪怕就是牵强附会扯上点边，除了"焚书坑儒""诛十族"，便是不断大兴"文字狱"，不仅灭文毁书，还得拿掉读书人"吃饭的家伙"，且株连无边地彻底封杀，其残忍程度绝不亚于一场又一场血肉翻飞的大屠杀。

但是，登峰造极的暴戾灭绝不了书籍灭绝不了读书人，更灭绝不了民族的文脉。朝政当局又玩弄智商，将视为洪水猛兽的文化思想像大禹治水一般堵不了就"疏"就"导"，将一切可能侵蚀王朝统治的文化思想引入歧途或者导入他们认为的"正道"，或者逼入一条死胡同，最为恶毒阴损的是这一切都是在祭起圣人大旗唱起学术颂歌清点文化典籍，甚至鼓励倡导读书编书的冠冕堂皇的理由下进行，不惜以文取士，使"天下英雄尽入吾彀中矣"，造成文化中兴的气象，使读书人欢欣鼓舞，埋头读书，"学成文武艺，货与帝王家"，死心塌地为王朝卖命。殊不知，受蒙蔽的读书人千百年来都没有意识到，"罢黜百家，独尊儒术"就是找几种有利于王朝的书，定为"圣经贤传"让人读，其他诸子百家便是"异端邪说"必须罢黜。再有就是起于隋唐绵延1300余年的科举制度，主要根据以四书五经为题意的八股文的优劣来取士，固定科目、固定题意、固定格式，也禁锢了读书人的思想，实则扼杀思想文化脉络，将许多文人志士所谓的渊博知识、理论修养、思想觉悟、雄才大略一并导入死胡同，空耗其毕生精力不说，还将其推进至死不悟的深渊。幽静的贡院，读书人安静地读书写作的画面，让人有岁月静好的联想。

再拿乾隆皇帝编修《四库全书》的事来说吧，明面上看是一件大好事。这套书是我国历史上规模最大的一部丛书，分经史子集四部，收入的 3470 种著作中有相当一部分于今已是孤本，可见乾隆对中华文化的贡献功不可没。但是，我们再看另一组数据就明白这事的真实面目了，从乾隆三十七年下诏征书，到乾隆五十三年《四库全书》完成，当时被全毁的书达 2453 种，被抽毁的达 402 种，比较一下，被全毁的占全书的四分之三，被抽毁的占八分之一，中国文化遭此浩劫触目惊心。一群读书人整理堆积如小山丘的书籍，忙而不乱的背影，如一幅画面一般呈现眼前。

秦朝始皇帝玩的"焚书坑儒"，相对于他从关西一隅杀遍中原的战火焚烧，不过小菜一碟，但对那个时代为数不多的读书人来说，刚度过先秦的文化繁荣期，殉命的不说了，活着的人可是吓得魂消魄丧，噤若寒蝉；之后的历朝历代大兴"文字狱""诛十族"，其残酷血腥的手段一样也镇住了天下的读书人。同样出于钳制文化禁锢思想的目的，朝政当局倡导"罢黜百家，独尊儒术""存天理，灭人欲"，推出科举，以文取士，编修《永乐大典》《四库全书》等诸多招数，较之暴戾的一手要厉害得多高明得多，欺骗性也大得多。老叟率众小儿读书，仿佛可以看见琅琅读书的画面。

是不是不断扼杀文化钳制思想，就一定会收到"天下无异议"的效果，就一定能保住封建王朝的千秋万代？回答当然是否定的。一部历史写得明明白白摆在那里，中国封建史上不存在超过 300 年的王朝。

那么，反之又怎样呢？

汉代是中国历史上唯一没有文字狱的王朝，不仅如此，思想文化还相当发达。最显赫的是汉武帝刘彻，这个西汉第七任皇帝因在政治、经济、文化、军事上采取许多措施和大动作，历史影响深远而受史家注目。思想文化上，他采用董仲舒的"罢黜百家，独尊儒术"的方略，设立专门的儒学教育——太学机构，而实际上用的是"儒表法里"体制，又"悉延百端之学"，在掌管雅乐的太乐官署之外，又设乐府，掌管俗乐，收集民间歌词入乐。据记载，那个时代文化繁荣，歌舞升平。表现它的画面太多，我们就选一幅轻歌曼舞的吧。

整个汉代绵延405年，实际上分别为两个王朝，西汉存在209年，东汉存在196年，都算不得国运长久。

这一幅历史画面是值得记刻在中国文化里的，1912年2月12日，紫禁城养心殿举行了满清王朝也是中国封建王朝最后一次朝见仪式。隆裕太后在两个太监引领下，牵着六岁的小皇帝溥仪进殿上座，朝臣们以三鞠躬代替了三叩九拜的大礼，她宣布："今天我就按照南北议和的条件，颁布诏书，实行退位。"言未毕，已抽泣，再号啕大哭。仪式结束，清朝268年帝运夭折，中国两千多年封建历史寿终。

历史的脚步有时候会朝后退，参照的标准还不是横向的，国外怎么样呢？世界怎么样呢？封建统治者从不睁眼看看，即使送上门来的先进技术产品也被视为"奇技淫巧"，即使落后人家300年依然以为老子天下第一，只知回头纵向看，明知复辟、复古是退步却振振有词鼓吹是在前进，自欺欺人还欺骗天下人。这不，清帝退位，共和才三年，中华民国首任大总统袁世凯便重当皇帝，1915年12月宣布改国号为中华帝国，建元洪宪，史称"洪宪帝制"。好在世界潮流浩浩荡荡，袁世凯做了83天皇帝梦就呜呼哀哉了。洪宪皇帝的登基既是他自取其辱的画像，也是国人骨子里的"皇帝"情结和文化里的帝王思想的潜意识写照。

绝不否认中国历史的文化辉煌，排列几幅亮丽的画面就足以代表它的瑰丽多彩：国语、楚辞、汉赋（乐府）、唐诗、宋词、元曲（杂剧）、明清小说（以清代《红楼梦》为代表）。其中的每一样内容或博大精深或华丽炫目，足以让人惊叹不已或沉醉痴迷。

如果要在脑底里将这些画面排列，一列是暗色或者灰色的，一列则是亮色的，对比之下，或许我们能悟出点什么，但有一点是肯定的，历史的车轮滚滚向前，一切都将湮隐在无限的时光中。

两个木匠

　　书读多了，脑袋里难免有搅成一锅糨糊的时候，但搅来搅去怎么混浊也会时不时地冒出一些清晰闪亮的东西，也许是它的光太亮，足以洞彻人的灵魂，且经久不灭。这不，几十年前读过的两则木匠的故事又闪现在眼前，何也？虽然这两则故事我记不起是何年何月读的，两个木匠也不知是何方人氏，生卒何年，其真实性如何，当年既不是同时读到也不是在同一本书上读到，可并不妨碍我把它们拉在一起作对比联想，当时读了令人怦然心动有所感悟，至今思之仍有值得鉴品的回味。

　　一个老木匠，一辈子兢兢业业造了数不清的房子，临退休时去向老板辞行，言语中免不了些伤感唏嘘。老板也动了感情，把他好好褒奖了一番，夸他是一个真正具有匠人精神的好建筑工人，末了，恳请他最后再帮忙建一座房子。老木匠答应了。房子造好，老板验收以后，把大门钥匙递到他手上，说："这座房子就送给您了，您可以把妻子、女儿都接来，好好享受天伦之乐吧！"这下，老木匠惊呆了，没想到老板会送给他这么大的礼物，继而又羞愧得无地自容，因为他不知道是给自己造房子，心不在焉，用的是孬木，干活儿也很粗糙……现在，他得在这座自己粗制滥造的房子里"安享"晚年。

另一个小木匠,在修理这个小城法院法官的座椅时,既精工细作又改进了一些不合理的设计,有人不解,问他为何这般用心,他不无调侃地说:"我要让这把椅子经久耐用,直到我当上法官坐上这把椅子。"没想到,这个小木匠经过艰苦努力果真成了一名法官,坐上了这把椅子,而且以后在法官的履职中,尽心尽责,公道而不失人文关怀,深受当地民众的尊重和爱戴。

当年读到这两个故事的时候,也曾掩卷思之,同样是干木匠活儿,两种对"责任"的不同认知导致不同的工作态度,因而收获了两种不同的结果。小木匠无疑是一个十分励志的榜样,而老木匠因为缺乏公利之心,格局太小,只得自食其果,理当被鄙弃。

时隔多年,混迹江湖几十年之后的我,再思个中三昧,联系生活实际来想,这何尝不是一个人生态度问题。如果我们抱着消极的态度对待身边的人和事,尤其是手中正在进行的工作,自然是敷衍塞责,应付了事,即使在人生的关键时刻,依然懒散马虎,其结果必然会遭到类似老木匠粗糙建房一样的"废品的报复"。但如果我们在强烈的意志力推动下,始终抱着积极的态度去"营造"生活,手中做着为他人为社会服务的事,心中想的是也为自己的生活添一分光彩,凡事尽己之力精益求精,其结果自然是美好而充满希望的。

对同一件事情,两个木匠由于出身、阅历、学识的不同,所具有的格局和产生的见解自然不一,处理方式自然也不一样。

再有就是"私"的观念不同,老木匠造房,脑子里想的是"与己无关",无私当然也无心,活儿怎么能干好?小木匠修椅子,想的是"将来我要坐这把椅子",自然上心又卖力,活儿怎么能干不好?毋庸讳言,每个人所站的立场是自我,考虑问题的出发点是自我，预判出现的结果会与自我有多少关系，这可是一个基本的人性。

那么，我们该怎样用心用脑用智慧去做事情谋生活，两个木匠的故事给了我们某种启迪，也揭示了某种真谛，不是吗？

碎思断想

【河东断想】中国地处欧亚大陆的东部，幅员辽阔，整体地貌西高东低，几乎所有的河系都是"滚滚向东流"，古人在诗句里吟唱"滚滚长江东逝水"，今人在歌谣里比拟"长江滚滚向东方，葵花朵朵向太阳"，以母亲河长江、黄河为代表的大江大河不管怎么蜿蜒都朝着东海奔泻。东西向的江河岸分南北，但曲折的长江、黄河在一些地段也呈南北向流动，岸也就有了河东河西。我曾长时间静坐或者徘徊在长江边的一段东岸岩石上，望着滔滔流水，心底除奔涌"逝者如斯"的凄鸣外，还有许许多多逐浪而生的碎思断想如流水中的粼粼波光，虽转瞬即逝，但源自大江的灵动且闪耀金光，连缀起来也不失为思想的长河。

大潮奔流，碎金闪烁。

【读书行路】人的基本生活依靠生命本能的努力获取就行了，而要取得精神生活须读万卷书行万里路，留心人间事，与先知贤士能人作交流，花大力气方能架上融通心灵的桥梁，方才充实精神，使精神生活有足够的动力和储备。读书重点读经典，行路观天察万物，洞明世事，体察人性，积累知识，丰富思想，潜心静气追寻心中的神圣，如此方能树信仰于灵魂深处，由灵魂主宰自己的人生。

魂灵守舍，孤独心路，世界大矣。

【实路人生】 少说那些"跨越式发展""人有多大胆，地有多大产"之类违背常识的大话，少做那些"弯道超车""越道超车"之类违背常规的蠢事。人生之路得一步一步地走，甭说吃饭，就是该吃的苦也一口都少不得，除此之外，别无他途，别无捷径。这不失为一种最基本最踏实的人生态度。

【读书思考】 哲人说：我思，故我在。

思考是以语言为载体的，字词句章不完整，逻辑次序不衔接，知识智慧不出新，何以思考？何以有思想的成果？要思，要思考就得要学习。读书是学习极重要的路径，入脑入心就长知识；读书是倾听前行者的脚步和教诲，跟上先行者的节拍产生共鸣就通识增智；读书是对智者的心迹和灵魂的窥探与深究，融会贯通就能与先知圣贤进入灵魂层面作交流。

读书是获取知识的路径，思想是慰藉灵魂的方式，更重要的是二者融合使人能够辨明正误，找到主导人生的方向，坚实人生的脚步。

【目标向好】 人类从诞生的那天起，就不断追求向好，无论是在器物层面，还是在精神层面，都是为了一个共同的目标——奔向美好的生活。人世间一切的一切都是向着这个目标前进，包括决定人的生死，譬如那些准父母总是千方百计为新生命的降临做力所能及的最好的准备，譬如人活着努力做好事求得一个好的结局成为人生的目标之一，否则，"不得好死"就不会成为一句诅咒坏人的恶语。

生活向好并不是追求豪华奢侈的物质生活、占有相当多的钱财资源，也不是追求眼耳鼻舌身的感官刺激、贪婪声色犬马骄奢淫逸的生活，而是通过自己努力劳作获取应有的物质精神财富，在已有的条件下丰富其内涵，拓展其外延，变换其方式，使之趣意高雅滋味浓郁多姿多彩。

【简单不简】香客进庙，虔诚拜佛后，请教得道高僧，怎样做才能寿命长身体好？高僧眯眼，伸出两根指头做猜哑谜状。香客猜，一拜佛再拜佛。高僧摇头。先认您为师，再祈祷菩萨保佑。高僧还是摇头不语。香客烦躁，很高深吗？一句两句说不清楚吗？高僧发话，很简单，好好吃饭，好好睡觉。香客不以为然，这么简单呀，我早就做到了呀。高僧反问，简单吗？每一顿饭都细嚼慢咽了吗？嗅出香气了吗？嚼出味道了吗？每天晚上都能安然入睡，睡得又香又甜吗？你别慌着回答我，细细想想再说。香客愣怔，沉思无语，忽如豁然顿悟，哦哦哼过两声后复归于沉静，默默而退。

吃饭细嚼慢咽，睡觉既沉又香，即是身体好寿命长的一条最朴素最实在也最简单可行的路子，这不就简单一事吗？但要把这简单的事做好且坚持做到，却不是一件容易的事。静顿下来吃饭，细品生活的滋味，放下一切静心，排除杂念睡眠，没有相当的功夫去修炼，且修养到相当的深度，是无论如何也做不到的。不信试试，不是试试，而是渐入佳境后的坚持。高僧何以得道，看似与常人无异的简单，实则修炼的内化大矣。

人生何其复杂，但只要把复杂的事情简单化，把简单的事情做好就不简单，把做好的事情坚持做好就更不简单。

【生命体验】活着是因为有生命，但并不是每一个活着的人都有生命的体验。许多人忙碌一生，看似目标明确生活充实，未必会有那么一刻让思想的脚步停顿下来内观自己，一一检视自己的生命本身，重新感悟生命的历程，也就是对生命做有意识感受的体验。对生命的认识是否深刻，取决于生命体验的厚度、对人性认识的深度。有无生命的体验，直接决定了人的生命在灵魂层面的升华。

【天气天意】一片两片树叶凋落，干枯焦黄的身姿被风肆虐，会招来大片大片的落叶，隐示着秋即将来临；一丝两丝带着凉意的风吹来，紧跟着阵阵沁骨的寒，昭示着冷的秋已经在敲门，而冻的冬正在不远处等候。天气昭示天意，天意左右万物的荣枯，谁也阻挡不了天意。

【河流在床】从生到死，只有河流自始至终都"活"在床上。涓涓小溪汇聚成河汇入大江大河，奔流蜿蜒直到消失于沙漠或者消亡于大海，河床就是它躺着憩息和成长的地方。即使它长大成为汹涌澎湃的大江流，即使它发起脾气来夺路而逃，也始终逃不了一张更大更宽更伟岸的"床"。人虽可以站立但又何尝不是始终生活在习惯的"床"上，包括思想的维度。

【思想体系】一般人要使自己的思想形成体系，很难，但并不是说我们不能有自己要坚守的看法、观点和思想。固执己见固然不好，但凡事无主见，更糟。

【文化之力】似乎谁都见识过刀枪剑戟的冷血坚硬，似乎谁都知道炮火连天的战争和血腥屠杀的残酷，似乎谁都领教过地震、洪涝、飓风、海啸狂暴肆虐的震撼，但谁见识了文化被灭绝？即使最决绝的"坑杀"，最暴戾的"焚书"，最无噱头的"诛十族"，也灭绝不了文化的根脉；即使被淹没被毁损若干年，留下的文化遗迹总归有重见天日重新绵延的那一天。人，不可战胜的是精神；人类，不可战胜的是文化。

【**乡愁聚城**】有您在，真的好，就像我与蜗居，形影不离！心在哪里安放？有您在，身在心在，哪怕就一个笑靥，一个微微的颦蹙，一句动容的话，心已飘远，魂在。

这些长短不一的句式像诗像词，也像风像雨，也许什么都不像，但确实是真实的心声，这心声像是对爱人说，也像是对情人述，但真实描摹的是对故乡的情愫。故乡是一缕炊烟，一棵痂痕斑驳的老树，一口焦黄牙齿里吐出的乡音，总是蛰伏在每个人心底的情结。每当它寻觅不着或者隔空不见或者缥缈隐约，就会升腾起淡淡的继而是浓浓的愁绪，这就是乡愁。写故乡、叙乡愁的诗词歌赋，何其繁多。优美的文字，凄美的念想，缠绵的情思，把这个主题的创作贯通古今中外，推向美轮美奂无与伦比的地步。而在我的脑子里，城没有乡的闲适、村的怡情，钢筋水泥的森林失去了黄土黑土的地气，鳞次栉比的高楼挡住了山川河流的悠远，念想起故乡，细品起乡愁，似乎觉着变了些味儿，塞进了许多不曾在书籍影像中勾勒出的景物，仿佛飘散了旧时的原始的古老的原汁原味。尽管我的故乡就是一座城，依然没能阻隔我的美的甜的乡愁，她依偎隐约在每个人的"诗和远方"。

故乡是精神的家园。同样是那块地，同样是那块地上建设的更新更好的家园，每当离情别意涌上心头，同样会升起浓郁的乡愁，只是这种从国际化大都市城头升腾起来的乡愁，不再抱残守缺，不再是味同嚼蜡或者人云亦云的哀怨和期许，而是不时更新的愿景，更美好的憬悟。故乡是每个人大脑里真实描摹添加真情色彩的一幅画，通过深刻感受盘踞在每个人心底，它可以是诗和远方，可以是一湾春水荡漾河流边的遐想，也可以是一片绿青草地上的奔跑，还可以是一座浑身充溢现代气息的城，越是点点滴滴心灵感受的积累，越是朦胧诗意的叠加，那个起名"乡愁"的精神家园里的愉悦就更加美好而丰富多彩。

【**修史镜鉴**】 修史好像又是中国人值得褒扬的一大传统，像是宏大盛世的标志之一。一部《二十五史》卷帙浩繁，博大深细，蔚为大观。修史，不光是留给后人"看"，更重要的是"鉴"。唐太宗李世民说："以铜为镜，可以正衣冠；以史为镜，可以知兴替；以人为镜，可以明得失。"是为前无古人后无来者的"镜鉴"论，故而青史留名。

然而，修史并非一件简单的事，而是一个浩大工程。中国历史上除了《史记》为司马迁忍辱负重毕其一生精力而著之外，其他的史籍都是动用了大量的人力物力才完成的，谁能？只有后世的权力掌握者能。更为重要的是，对历史的叙述和书写，对史籍的选择、增删、遗弃、补正、修改，甚至罔顾事实的篡改，谁有权决定？自然也是权力统治者。为什么要这样做？统治者需要"以史为镜"，而"镜鉴"的结果，是一切都要围绕有利于维护和巩固他的权力和地位来选择来增删来篡改，这不仅体现他的威权，还得有利于他私姓家族千秋万代的未来。英国著名作家奥威尔在《一九八四》里写得明白："谁掌握了过去，谁就掌握了未来。"试想，能在"历史"里"颐指气使"的权力人，当然也具备了现实存在的"合法性"和"话语权"，似乎就赢得了不可限量的未来。

遗憾的是人类似乎永远无法把握永恒的时间和无限的空间，

即使在已知的有限的时空里也无法完全把握我们生活中的所有方面。时间根本就不会理睬人为的刻度，永无限量地向前走着，而人，不管他是伟人，还是贱民，不管是过去落后的时代，还是科技高度发达的今天，依然天生受限，在时间长河中不过那么一瞬的短暂生命。

遗憾的是我们没有高高在上的"苍天之眼"，不能站到足够的高度看清楚过去、现在和未来，所有的人和事的发生、发展及走向，以及它们之间的因果联系，而只能看见某一个时段或者某一件事的某一个方面，当然你可以"一斑窥全豹""一树见森林""以家论天下"，但难免以偏概全，甚至碎片化地认知事物。因此，历史是人类创造，而人类天然受限，所创造的历史只能是在受限范围内的所作所为，尤其是当天下的主宰大权集中在一人手里时，受限范围更大，认知和作为的空间更小，甚至避免不了错误的言行，所以黄宗羲总结的"统而必溃"规律屡屡得以印证。因而，历史总是在不断地重复，哪怕史籍在不断地被人修改，仍然在惊人的相似中重复，依然没有踏出唐代文人杜牧所描绘的怪圈："秦人不暇自哀，而后人哀之；后人哀之而不鉴之，亦使后人而复哀后人也。"

既然如此，历朝历代产生这么多历史学家干吗？作为唯一能思考的灵长类动物，人类总是自觉不自觉地去思索能触及到的一切事物，尤其是在文字诞生之后，探究考证历史的真相便成了最感兴趣的方向之一，"为天地立心"；在考证过程中突出新发现发表独到见解，使学术成就如累累硕果，以便后世学习与借鉴，"为生民立命，为往圣继绝学"；有了成果便"货与帝王家"，供今后的统治者"镜鉴"，从中吸取教训，改进治世方式，避免重蹈覆辙，"为万世开太平"的同时，也不失自己的进身之阶。不过，尽管史学家们劳心劳力产出的成果汗牛充栋，但后人一如德国哲学家黑格尔所言："人类唯一能从历史中吸取的教训就是，人类从来都不会从历史中吸取教训。"

人之受限大焉，不可不察。

【**终极之问**】你是谁？从哪儿来？到哪儿去？自从有了人类，这个灵长类动物就睁大眼睛看世界，开始思索许多自然现象的起始和消亡，受大自然的启发开始了模仿和创造，待基本的衣食住行问题解决之后，特别是文字诞生以来，直接驱动了对世界的深入探索和思考，对这三个最原始最朴素的问题不断追索，竟然催生出一门大智慧的学问——哲学（爱智慧）。几千年来无论是古希腊仰头看天的最早的哲学家泰勒斯，还是中国古代道家始祖老庄，不管是哪个流派的哲学家，还是哪个体系的哲学，林林总总，纷繁多枝，博大精深，最终都离不开对这三个问题的研究和探索，使之成为人类的终极之问。

对人类"来自哪里？去到何处？"这两个问题已有数千年的深入探究。立足地球哪怕借助最先进的科技手段往外看，月亮比我们这个星球小49倍，但太阳却是地球的130万倍，我们已知的最大星体——盾牌座UY，体积又是太阳的210亿倍，银河系够大了吧，太阳系够远了吧，之外的太空以光年计算距离仍遥遥无边，我们这颗可怜的星球不知孤悬在哪里。按照人为刻度的时间往前计算不知我们这个星球源于何时，向后算计不知时间的最后极限在哪里，更遑论这个星球上的人类源自哪里，去往何方。对这两个迄今为止仍遥遥不可知的问题的深入研究，哪怕就是极为科学极为合理的研究，仍旧只能定位为猜想。

不可否认，这些事实上的臆想，诞生了种种神话寓言、传说故事，对少年人类衍生出许多美丽的童话，因为他们渴望知道自己从哪儿来，也憧憬未来的美好；对成年人类滋生出各自虔诚膜拜的宗教，因为他们更需要寄托自己的灵魂，想象肉体走向消亡后各自的去处；对理性思考的人类有了不断深入的哲学体系，相对接近我们已知规律的认识，似乎更能揭示这谜一样问题的答案。至于人类的个体，要证明"我是谁"，这个问题所赋予的内涵可就多了。要使自己贴上各个不同的醒目的"唯一"的标签，对在长短不一的人生历程中的所作所为所言，竭尽体力精力脑力甚至以命相搏，不至于因"平庸无为""无誉无咎"而淹没在极其浩瀚的人类长河里，也就"演绎"了生命的意义，"创造"了人生的价值，这或许就是在现有认知条件下看得见摸得着的"暂时"答案。

【若水"上善"】只有河流从出生到死亡，也就是从聚溪成河到融入更大的河流或者消亡于茫茫沙漠或者汇入大海，直到结束自己或长或短的生命，自始至终都生活在"床"上。换句话说，这个被唤作"河床"的沟槽就是河流躺着睡觉顺着成长的地方。散布在深沟狭壑里的小溪细流，在喁喁私语里宁宁静静地长大，及至长成大江大河，即使宽大伟岸的河床也不一定能使它归顺，一旦发起脾气来，就会挥胳臂蹬腿或打破堤岸或漫过床围，夺路而逃，奔走寻找更大的河床继续成长。我领教过不少大江大河，欣赏过她们静静流淌的身影，领略过她们宣泄愤怒的咆哮，也目送过她们敞开胸膛扑向大海的欢乐，但她们始终归顺于委身于"床"。虽说"上善若水"，终归孱弱、低下、卑微；虽说曾经喧嚣扑腾，甚至澎湃泛滥，终归温良。这种委身求存求全的"善"，浑浊、藏污、低眉顺目，与"奴"无异，不如弃之。

【寻根踏祖】也许是太平盛世久了，衣食无虞的人们不知从何时兴起一股续家谱找故土的"寻祖"热，而且蔓延至生活的各个层面各个角落。这不，有一天就出现了这么一个场景。几家人围坐一桌，吃着喝着，大家伙不知怎么又聊到了"寻祖"的话题上，座中一男子已喝得面红耳赤，敞大嗓门说："我姓岳，祖上是民族英雄岳飞，你们看啊，岳飞，字鹏举，1142年1月，宋高宗赵构和宰相秦桧以'莫须有'的罪名，将岳飞及其子岳云、部将张宪杀害……"座中有人揭短，说："你姓张，是他妈的东北人，人家岳飞祖籍河南，葬在杭州，跟你八竿子打不着，还是你什么祖宗？"张姓男子怡然，不慌不忙地说："我家是东北人不假，但我妈姓岳，我妈的爸祖上是河南人，跟岳飞同宗，我查过族谱的。"这时，一个稚嫩的童声响起："我姓曾，我爸姓曾，老家在湖南，祖上是曾国藩，我查过家谱的。"大家定睛一看，曾姓朋友的小孩模仿大人的口吻和神态确实令人忍俊不禁，呵呵大笑。笑声稍停，那小孩一本正经地求教："叔叔，阿姨，是不是祖上是大英雄，后代一定也是大英雄？"众人愕然。他爹拍了拍他屁股，说不一定的。小孩不解，说："啊，后代就一定是个大笨蛋。"众人纷纷否认，七嘴八舌地说不，说不一定，说不会是的。小孩眨巴眨巴眼睛说："祖上太远了，爷爷都不认识，为什么我们非得要认一个英雄做祖宗？"众人哑口，有人面露羞色，有人陷入沉思。是呀，"寻根"干吗？"蹭祖"为甚？再说，捏合线索穿凿附会攀上曾经的伟人、上大人、大英雄于今于己何用？装点门庭抑或是证明自己"根正苗红"？

都说童言无忌，谬之大焉，但"皇帝的新衣"大都是稚气未脱的小孩说破的。

木桶·彼得

几块加工成弧形的木板，用草绳、竹索或者铁丝捆扎箍紧就可以成为装水盛液体的木桶。早些年，很多人都用过木桶，用来盛水装油，还用来装大米、麦面、石灰、水泥，日用而司空见惯，普通而毫不起眼。有人面对这个普通得瞧不上眼的用具却悟出了一个经典的"原理"，说的是由多块木板构成的木桶，其价值在于盛水量的多少，但决定木桶盛水量多少的关键因素不是其最长的板块，而是其最短的板块。这就是著名的"木桶原理"，也被世人称作"短板效应"。

我最早知道"木桶原理"是上个世纪 90 年代初，在一本理论书籍中第一次读到的时候，脑子里为之一颤，细细嚼之，确如此理，便牢记于心，在以后的学习、工作和生活中时常引用，张口即称"木桶彼得"云云，就像说到平时朗朗上口的那首欧洲舞曲《啤酒桶波尔卡》一样，既亲切、活泼还带有一丝崇敬感。因为悉心关注，发现人们把这个朴实的原理从原点出发，不断引申发散，且运用广泛，"效应"迭出。除了理解补齐"短板"使"木桶"达到最大盛水量的本意之外，有人认为还可以改变木桶的使用状态，譬如将木桶有意识地向长板方向倾斜；也有人主张运用物理方法，譬如临时锯掉一些长板凑合着补齐短板，譬如外加一圈更长的木板；还有人将目光从短板"引申"到木板的质量和契合程度、桶底与圆箍的牢固度以及整个木桶的维修维护，从而使之能够长时间盛水且尽可能增大盛水量。你不得不称赞人们从一个普通器物的实际使用状况发掘出极不普通的原理，既启迪心智又富含哲理，在工作和生活实践中，尤其是在多种因素合成一个完整的组织或者事项中，找到、重视或加强"短板"而圆满做事的适用效应；不得不佩服人们由此脑洞大开而不断开拓的发现广度和认知深度，生发出各种各样的"推论"。

被称作"木桶定律"也好，叫作"水桶理论"抑或是"短板效应"也罢，包括种种"推论"，核心内容逃不脱一个共同点：只有桶壁上的所有木板都足够高，水桶才能盛满水。

每每想到此，我脑子里便不停闪现出一个真实的故事。某天，某家来了一位客人。客人走进厨房看见一只烂掉了一块木板上半截的水桶，便调侃主人说："你这水桶缺牙豁嘴的长相，难看不说，还少装了不少水。"主人心头一凛，待客人走后，便准备修理水桶。补齐短板吧，工艺要求得高；拆掉短板吧，工作量太大。比画来比较去，最后锯掉了高于短板的其他木板，这下桶沿整齐了。第二天，客人又登门，看见木桶变了样，嗔怪道："你不知道'木桶原理'？都知道补齐短板，你却锯掉长板，好看倒是好看了，可盛水少了呀。"主人"嗯嗯"道："这点儿水，够我用就行啦。"客人走后，主人又将木桶清理打磨上漆，弄得跟新桶一般。不日，另一位客人上门，偶尔看见这只盛满水的木桶，夸赞道："这只新桶好漂亮，水也装得满满的，好！"后来某一天，主人当着许多客人的面，故意显摆了一下这只桶，赢得的都是称赞，有人说精致，有人说扎实，还有人夸主人懂"木桶原理"，水盛得满满当当的。主人沉吟半晌，笑曰："它原来不是这个样子。"接着把这只桶的来龙去脉摊开讲了，这下引发了七嘴八舌的议论。有说是"削足适履"，有说这样将就了"短板"却挫伤了"长板"，压低了整体效用，有违"木桶原理"的本意。有人反驳说，这种反其道而行之的作法是真实的，也是可行的，从道理上讲与"木桶原理"的初衷有些拧巴，但相对于木桶的体积来说，追求到了"盛满水"这个最大容积，还兼顾了质量和外观，既经济又实用。主人满意，第二位客人包括我们不知这只矮桶的"前世今生"，自然也称好，由此还举出了历史和现实生活中的若干例子，振振有词，似乎辩无可辩。

翻看我那些号称"记下琐碎事，缀成千秋史"的笔记本，其中一本纸页有些发黄黑色铜版纸封面有些破损，居中一页上记录的是"木桶原理"，文字内容大体一致，旁批注明的出处是"彼得（管理学家）"字样，回忆不起是从哪本书里"钩玄提要"来的，想得起的是记下这短短三行字的时间大约在30年前和当时品读内容时心灵的震颤，还有就是对"彼得为何许人也"的揣度。囿于那时查找资料的难度，更因为个人的求知欲望不高，没去深究彼得其人，及至后来读到他的著作才吓了一大跳，原来第一个提出这个原理的彼得竟是名贯中西著作等身被誉为"现代管理之父"的大师级人物彼得·德鲁克。除了在大学授课、作经济和管理的深入研究、给大型企业当顾问，他还写下了以巨著《管理：任务、责任和实践》为代表的一系列"管理学"书籍，从理论上阐述管理跟商业、经济的融合与转折，将管理学开创成为一门学科，学术上建起一座高山，实践上具有的指导性适用性取得了巨大的影响力。任选他的一本著作来读，包括其文笔生动的自传体小说《旁观者》，都不得不从内心深处感觉震撼，不得不为自己的无知浅识而羞报，禁不住由衷地钦佩大师细微深刻的眼光和见解独到的渊博学识。彼得首先发现和提炼的"木桶原理"不过是他论著大河中的一滴水而已，但就这一滴水依然折射出映照客观规律的光芒。

那么，我所描述的所谓"削长就短"的故事，似乎有违"短板效应"的原意，但我的叙事并非虚构，既客观又真实。中国歇后语中有一句老话"武大郎开店——高我者不用"，说的是这个诨名"三寸丁谷树皮"的矮子，如果自己开店是容不得个头儿比他高、能力比他强的手下的，这可是对"削长就短"现象惟妙惟肖的形象解释，不过，这里的"削"是一种"选择"，是一种"弃之"，而这种现象书里有之戏中有之世上有之，现实社会中处处可见。英国历史学家诺斯古德·帕金森在《帕金森定律》一书中，解读了机构臃肿的根本原因——迁就能力低下人员的组织结构，以至于造成普遍存在的"官场病"。古今中外，人为地就"短板"削"长板"的人和事不仅普遍存在，而且越发蔓延，沉疴难返。

"长板效应"与"短板效应"相悖，"帕金森定律"与"木桶原理"相对，"削长就短"与"修齐短板"相反，如果前一种成立，是真理，那么后一种就一定是谬误吗？窃以为，"长板效应"是基于"短板效应"的另一种"推论"；"削长就短"和"修齐短板"是为了不同目的向不同方向的实际做法；"帕金森定律"与"木桶原理"既相对又可以相互补充，前者利于找到"短板"，后者用起来能够治疗"官场病"，恰如一面硬币的两面，相得益彰。

事实上，我们这个世界的所有人和事从来都不是绝对孤立的，任何事物和现象的存在都不是遗世独立的，而是错综复杂的。专门把一类事物或者现象拿出来作研究，抽象可以，搭建模型可以，孤立地分析问题也可以，这样有利于发现、提炼其背后隐藏的规律性的东西，但是，要将其作为反映事物发展客观规律的普遍真理，那就必须在整体的辩证的普遍联系的观点指导下，将其"还原"到这个世界，在社会生活中延伸并持续发挥作用，经受得住时间和实践的考验，方才成为一条普适的真理。

真理是朴素的，大师也朴实，我依然常常念叨"木桶·彼得"，就像是尊重隔壁那位白发冉冉面目慈祥的邻居大爷和他的老话，感觉自然而亲切。

读书野谈

星光下野地里，谈谈关于书的那点事儿，远近高低，无拘无束，路子也野。

官宣：近年来我国成年国民纸质图书阅读量每年仅为 4.77 本，远低于韩国的 11 本、法国的 20 本、日本的 40 本、以色列的 64 本。其他国家的情况咋样？没调查也没感受，不去说了。就说说我国的这个数字，先估算一下，人口 14 亿，18 岁以上为成年国民，平均年龄 77 岁，这区间的人就算 10 亿，人均年阅读量 4.77 本，不知道这个平均数是从出版量来的，还是从销售量来的，不管出处在哪儿，这两者相乘不会低于 40 亿本吧。人口大国的人均量可能小，总量却不可小觑。遗憾的是我所接触到的读纸质书的成年人可谓凤毛麟角，倒是从幼儿园到大学的学生读教材、教辅加课外读物的不少，这部分人算未成年人吧，就算人均年读书 10 本，算 3 亿人，也达 30 亿本，这样总共加起来是 70 亿本。这个量无论是从出版社、产销链、占有资源量，还是从读者群以及产生的影响力来看，即使在流行以"大数据+事例"说事的当下，也足以让人瞠目结舌，惊诧之余也该质疑这个数据不是低，而是高了。想想眼下诸多方面的统计数据作假、注水、按人为需求夸大或缩小的现象遍地存在，即使这个偏低的数据有所提升，也不该过多计较，只是由此想到注水也要思量，不仅要考虑其合理性，还得顾忌推衍的后果和事物的另一方面，譬如牛肉注水过多就会被人识破，还赚得了钱吗？昧心钱赚多了，这日子还能安生吗？

假如这些数字真实可据，且不谈每年的累加，国人实实在在读了这么多本纸质书，当然读手机读电子书的人远超此数，整个社会的文明程度必然会大大提升，事实上，人均阅读量、文明程度与综合国力之间是成正比的关系。不容置疑的是我们的国力增强了，但我们不可否认的现实是各类精英糊涂决策昏招迭出，在"长枪短炮"的注目下一味照念冗长空泛的文稿，答非所问不说，还振振有词地说错话念错字而自信满满；肩扛多个头衔的教授学者，登上盛大而庄重的典礼台，众目睽睽下张口就说白话念别字而毫无愧色……这些人至少表面上绝不会没读书或少读书，而事实怎样呢？连猜想的估算都不敢太大胆。

精英们如此，台面上的光鲜者就这个样儿，普通国民会花多少时间费多少精力去读多少书，不可想象。

看看一个无法掩盖的事实，数数一个城市的大街小巷里美容店、按摩房、夜总会、KTV有多少，再找找图书馆、书店、阅览室有几个，有的小城居然寻觅不到一家书店，这几多比一少的现状说明什么？

一个不可能睁眼看不见的事实：广袤的农村，西部的山区还有孩子上不起学的家庭，在四壁龇牙咧嘴漏风漏雨的木屋草棚中遑论藏书读书，这种家庭不多却不难找到。

一个侧面是不读书，另一个侧面是读不起书，共同点是都没读书，折射出的是不同的问题和不同的社会现象。当然，社会主流是读书的，而且是认真地抓紧时间地在读书。我们常说"没有阅读就没有未来"，一个社会文明的进步需要社会成员整体跟上进程，尤其需要关注的是弱势群体的状态。这些是不是都值得深思？

一般地说，读书是一个文明社会自然而然的正常现象。完成了基本的学历教育，就具备了人生最基础最基本的文化知识，也就进入了成年人时代的阅读，开始在精神世界里构筑自己的坐标。有了精神的坐标，读书也好，做人也好，就有了明白无误的精神指向，那就是真善美、仁智爱。从这个意义上讲，读书绝不可能是一个服从命令式强制性的过程，而应当是在一条不断质疑、鉴别、审视、形成并保持宝贵的独立的判断力的思想之路上的自觉行走，这样的行走是一件极个性化也充满愉悦的事。读什么？怎么读？读得怎样？似乎仁者见仁智者见智，与他人无干，但经千百年万千人的淘滤流传至今的书籍，我们称之为经典的书籍，还是值得一读的。读了，是否获得其精髓？是否形成了自己独到的见解？是否产生了交流的渴望？这是自己内心深处的东西，但有一条是肯定的，那就是增长了知识积淀了文化，在先贤大师的指引下，离自己的精神指向更近了一步。

真正意义上的读书不是装装样子，而是用心去读，这样读来会产生真知灼见，会碰出思想的火花，会拨开云雾见太阳，会入木三分看事物，这是读书进入的一重境界。还有一重境界的阅读是"革故鼎新"的更新知识再造思想结构的读书。起始于1915年以《新青年》创办为标志的新文化运动，是一场"反传统、反孔教、反文言"的思想文化革新文学革命运动。学生和知识界高喊"打倒孔家店"，提倡白话文，拥抱"德先生（民主）"和"赛先生（科学）"，之后，胡适先生又提出"整理国故"，拟出"研究问题""输入学理""整理国故""再造文明"作为新思潮和新文化运动的纲领，无疑对阅读和再造读书人的精神结构以极大的震撼。

正是因为读书的深入和拓展，使许多蒙蔽、欺骗、忽悠的假象和谎言不攻自破，乃至无地自容。于是，惹出了一连串的反读书反文化的现象，诸如"焚书坑儒"，大兴"文字狱"，目的在于阻隔人类与文化的联系，说到底就是一小部分人为了维护自身的利益，操弄手中的统治权、话语权、影响力，去玩弄绝大部分人的骗术治术愚昧之术。

还有另一种用心险恶的反读书反文化现象，就是有的统治者以倡导读书修史的面貌出现，骗取收罗民间藏书编辑图书集成或者编史，既毁弃大量宝贵书籍，又以自我意志为标准删择取舍史实、著作和评价，既获取了弘扬文化的美誉，又实施了蒙骗愚昧之术。

御苑砧声向晚多，芸芸众生也读书。令人欣慰的是，耕读传家的美德，珍惜字纸的家风，收藏书籍的风范，广殖于民间，散布于众生，使这个民族虽屡遭劫难但文化不灭，而且使其悠远绵长的文化不断吸取新鲜血液，更加发扬光大，更加屹立辉煌。

眼光转回现代，前些年追求学历，很多人为拿文凭而勤奋读书；这些年追求名利，求着成功人士开书单指点迷津。暴富者、暴得大名者、当权者，尤其是主政一方者，自然为居高临下之成功人士，便忙着犹如治病开药方一般开出一长串书名，并且洋洋洒洒似现身说法，大谈读书的心得、体会和经验，引导非成功人士走捷径抄近道尽快获取成功。此举是否有功效，不得而知，但确实为人均阅读量添量不少，一时间有的著作脱销便是明证。

还有一种人，或者说是一种现象。我有一友，绝非富豪也非什么学者之类，却坐拥数万册书，入他家门如进书巢，书房从墙角到屋顶全是书不说，卧室的大部分家当也是书，客厅的博古架上没有一件古董而是堆满古典书籍。自从他当青工开始，月薪的绝大部分都用来买书，而且书一入他的手，谁也借不走，因而被称为"书痴"、"书虫"。令人大惑不解也十分遗憾的是，他自己几乎从不看书，每当问及购书的动因，笑答："放在家里，以后慢慢读。"除此个例，许多有钱人或者权贵，包括一些有权支配公款的人，成套成系列地大量购进精装的经典书籍，摆上硕大的书橱充门面，光彩夺目堂而皇之作摆设，以博取"读书人"、"儒商"或者"学者型干部"的雅誉，这种束之高阁的购书量也为国民人均阅读量添数不少。

古者，"著于竹帛谓之书"。书，自古稀罕而珍贵。人若能上书，便是不朽。延续下来，国人自古就有著书、读书、藏书乃至自费刊刻出书的传统。农耕时代以"耕读传家"为荣耀，家道殷实的大多以"晴耕雨读"为生活常态，"总把新桃换旧符"的时候门楣上贴着的对联大多是"忠厚传家久，诗书继世长"，即使寒门人家也说说识字读书藏书的事儿，再不济也得识几个数字算简单的账，认识一本历书，续写一本家谱或者族谱，写了就得传，传就得藏书。事实上，许多孤本、善本都藏于民间，如若不是，几次掀天揭地几欲赶尽杀绝的文化浩劫之后，文化余脉何以得到传承？

我们这个民族是世界上唯一一个绵延五千年不灭而且不断发展壮大的族群，凝聚这个民族的最重要的纽带，就是她自古以来就有的文化传承。纸、墨、毛笔、印刷术的发明和最广泛的应用，就在这个民族；读书、藏书、刊刻和传承书籍的优良传统，就在这个民族。这些文化的物质符号和融入血肉的精神内核两相结合，以至于"人不读书，则尘俗生其间，照镜则面目可憎，对人则语言无味"。如此代代相传，又持续加固着中华文化的血脉根基。

野地里谈书，星光下信口，鄙夫似我者，玄思奇想，浅薄粗糙，无异于野兔子跑野地屙屎——东拉西扯，但既是说书那点事儿，又是脱离了世网尘劳名缰利锁的清谈，怎么也会存一丝风雅，宛如一股清流飘来一缕馨香，在理与否，录之一瞥。